邪神帝国

クトゥルー・ミュトス・ファイルズ ③
The Cthulhu Mythos Files ③

朝松 健
Asamatsu Ken

創土社

目次

〝伍長〟の自画像

1

〝伍長〟と初めて出会ったのは、池袋の外れにある薄汚ないカクテル・パブだった。

ひと昔前にはコンパと呼ばれた形式の、広いフロアに馬蹄型のカウンターがあり、客は何人もいるバーテンに好みのカクテルを注文する——まあ、そんなタイプのパブだ。

ただし、池袋も外れにある飲み屋の常で、スツールは破け、壁紙もはがれかけ、床のピータイルは目も当てられない状態である。客筋も店と同様、わたしのような売れない作家やフリーライター、三流会社のサラリーマン、貧乏学生といった、およそ冴えないものだった。

その日は友人のオカルト・ライターと一杯引っかけに来たのだが、相棒は早々に酔ってしまい、蕨《わらび》市に帰っていった。

時計を見れば、まだ十時半。帰宅するには早すぎる時刻である。

どうしようか、とソルティードッグのグラスを口につけたところで、男の大声が聞こえた。

「馬鹿野郎！　ウチは貸し売りはやってねえんだよ」

次いで、なにかが引っくり返る大きな物音。

他の客たちと同時に、わたしは音のしたほうに振り返った。

見れば、髪を長く伸ばした小男[*1]が、パブの若いウェイターに突きとばされたところだ。

「な、なにも、そんなにしなくとも——」

震え声で抗議した小男は、まだ二十かそこいらだろう。薄汚れたルパシカにジーンズ。よれよれの黒いベレー帽を被っている。

「ほら、この小汚ねえ画材を持って、とっとと帰りやがれ。警察を呼ばれないだけ、マシだと思うんだな」

ウェイターはそう大声で言うと、小男を引き立たせ、パブの外へ追放した。

（なにも貧乏美大生にああまでしなくとも）

ほろ酔い気分のせいだろう。そう考えた次の瞬間には、わたしは伝票を手に、カウンターを離れていた。キャッシャーに走り、手早く勘定を済ませると、先程の小男を追ってパブの外に飛び出した。

もういないのでは、という心配は杞憂《きゆう》にすぎなかった。小男は床に這つくばり、ウェイターに放り投げられたため、そこここにぶちまかれた絵具を必死で拾っている。わたしも床に屈み、絵具や筆やスケッチブックを拾うのを手伝いはじめた。

「はい、これ」

拾った物をかれに手渡してやると、小男はおどおどした表情で、

「あ、ああ、どうも済みません」

応えながら、それらを震える手で受け取り、ぎごちなく画材箱に納めていった。

わたしは立ち上がると、そんなかれを観察する。イタチかネズミに似た貧相このうえもない面立ちだった。小さな眼は臆病そうに絶えず動いている。顔の皮膚は赤らんで、ところどころに汚ならしいニキビが浮かんでいた。顎は小さく、点々と茶色くて長い無精髭《ぶしょうひげ》が伸びている。

縁の擦り切れたコットンシャツから覗く項《うなじ》は汚れており、ベレー帽より溢れた髪は脂じみて、長らく洗っていないことを物語っていた。

「君、美大生？」とわたしは訊いた。

「いいえ。浪人です。日芸を目指して、美大専門の予備校に通っているんですが――」

ようやく小間物を納め終えたかれは、そう言って

立ち上がった。

「名前は？」

「……〝伍長〟……いや、平田といいます」

「平田君か。わたしはA――という。どう、よかったらおごらせてくれないか。久し振りに美術の話がしたいものでね」

「………」

うさん臭さそうに、平田青年は、わたしのことを見つめた。が、すぐに、わたしがホモや麻薬の密売屋ではない、と察したようだ。

貧相な容貌をちょっとは明るくして、大きくうなずいた。

＊

いかに卵の卵とはいえ、芸術家を遇するなら、それなりの店へ案内するべきだろう。

ほろ酔いの頭でそう考えたわたしは、平田青年を西池袋の裏街にある『ヴィーネ』に導いた。『ヴィーネ』は古い雑居ビルの地下にある薄暗いバーだ。昭和四十五年頃、アングラ・バーとして開店され、のち、何十人となくオーナーは変わったが、内装はそのまま、という恐るべき店である。

客筋は半分が大学生。あとは演劇関係者、自称詩人、ジャズミュージシャン、作家や編集者――早い話が、スキンヘッドか長髪か、髭を生やした連中の溜り場だった。

真っ黒い内装に、蛍光塗料で骸骨やバケモノが描かれている『ヴィーネ』の隅に、わたしたちは陣取った。すかさず、テキーラとグラス、ありきたりの肴が出される。この店では酒はテキーラかジン、ウォッカ、それに安ブランデーと決まっていた。

「ぼくは福島の出身なんです。父は県庁の下級役人でした」

と、平田青年はテキーラを啜りながら話しはじめた。

「十三歳の時に父は死に、のち、ぼくは母の手ひとつで育てられたのです。中学時代は建築家になるのが夢でした。それで県立工業高校の建築科を受けたのですが、落ちてしまって。仕方なく夜間の普通科に通って、昼は働くことにしました」

聞いたような話だな、とわたしは思った。苦労した若者の話というのは、どこか一致するものがあるのだが。……それにしても、平田の話には、どこか、聞き覚えがあった。

「四年間、ぼくは、建築家への道を絶たれたことの悔しさ――それのみを味わい続けて過ごしました。あまり悔しくて、自分の建築した建物のスケッチを写生帖三十冊分も描いてしまったほどです。……そうするうちに、ひょっとして、ぼくは絵描きの方が向いているのではないか。と、そう思いはじめました」

「それで日大の芸術学部を?」

「ええ。……でも、二度も、落ちてしまって。来年の春、もし落ちたなら、ぼくは福島に帰って、肉体労働でもするしかありません」

か細い声で言って、平田青年は、瞳の底に浮かんだ涙をそっと拭った。

「いまは池袋の近くに住んでいるの?」

「家賃の滞納でとうにアパートは追い出されました。いまは街頭で似顔絵描きをして、僅かな金が手に入れば、大久保の木賃宿に泊まっています」

「金が入らない日には?」

「中近東からの出稼ぎ連中や東南アジア人の救済宿泊施設にこっそり泊まったり……あとは……ホームレス。池袋駅の入口あたりで寝てますね」

「………」

わたしは顔をしかめた。このテの話には弱いのだ。なまじ、自分が学生時代、分不相応な仕送りをもらって、読書と飲酒三昧の日々を送っていただけに、なにかしてやりたくなってしまう。

(いくらか——かれの心が傷つかない程度のカンパをして。あと、ここの勘定を払って……とっとと帰るとしようか)

そう考えて、わたしは話のきっかけを作ろうと、腕時計を見るふりをした。

「……さて」

わたしが言いかけた時だった。

背後のボックス席から声高な笑いが湧き起こった。次いで、日本語と英語と、どこか中近東系と思われる言葉をチャンポンにした会話が声高に交わされる。

「乾杯！」「チェリオ」「サラーム」

おや、と見遣れば、この店でよく見かける演劇青年たちが、イラン人だかイラク人だかの青年とともに酒杯を打ち鳴らしていた。

平田はうるさそうな表情になり、肩越しに振り返った。その小さな瞳で冷たい光が横切ったのをわたしは見逃さなかった。

かれは明らかに背後の外人を見下している様子であった。

平田はわたしに向き直る。

「はっきり言って、この池袋という街はゴミ溜めですね」

かなり大きな声で言って、テキーラを一口啜り、言葉を続けた。

「朝鮮人や中国人までは、まだ我慢ができます。しかし、タイやベトナム、カンボジア、フィリピン、インド人、イラン人、イラク人ときた日には、耐えられません」

「おい、おい……それは人種偏見だろう……」

わたしは力なくたしなめた。

しかし、平田は、わたしを無視して、

「あいつらはこの日本にやって来て、本来、学生がやるべきアルバイトを横盗りしているのです。そして、貴重な円を奴等の国へ流出させている。さらに日本人の女に手を出して、純粋な大和民族の血を濁そうとしているんだ」

「やめろよ。それは被害妄想だぞ」

だが、平田は、一段と声を張りあげる。

「奴等は安い賃金で過酷な労働をすすんで行なう。それは、何故《なぜ》か。奴等は、本来、そうするために生まれた民族だからだ。下等な労働以外には、まったくなにも出来ない劣等民族であるからに他ならない」

「よせったら。みんな、見ているだろう」

わたしの注意はオーバーではなかった。いつの間にか『ヴィーネ』の客はおろか、マスターもウェイトレスたちも、一斉に口をつぐみ平田を注視している。

それでも平田は大声で演説し続けた。


「差別とはひとつの思想である。脆弱《ぜいじゃく》な者は言うだろう。差別はよくない、と。しかし、真の強者は知っているのだ。差別とは、正しい選択であると！」

「うるせえ！」

そんな罵言がボックスから飛んできた。

「一体、自分を何様だと思ってやがるんだ」

「そんなにイラン人が嫌なら、とっとと出ていけ！」

わたしは、かれらの怒声に心の中で賛成しながら、平田に言った。

「君は酔っているんだ。……さあ、出よう」

平田はなおもテキーラをあおり、演説を続けたそうだったが、今夜のスポンサーの提言を受け入れ、もぞもぞと立ち上がった。

危うく叩き出されそうになるところを、わたしは、かろうじて平田とともに外へ出たのである。

そして、かれに名刺を渡し、「なにかあったら、連絡してくれ」と言って別れた。

……おそらく、わたしもかなり酔っていたのだろう。

翌日には平田のことなど、きれいさっぱり忘れて、いつもの仕事に戻ったのだから――。

＝

仕事場に平田から電話が入ったのは、それから、三カ月ほどしてからだった。

「お久し振りですね。このあいだ〈レムリア〉を見て、驚きました。あなた……本当に作家だったんですね」と平田は切り出した。

〈レムリア〉というのは、わたしが作品をよく発表するオカルト・ホラー小説雑誌である。どうやら、本屋で立ち読みして、わたしの名を発見し、慌てて電話してきたようだ。

「いまは？　なにをしているの」ようやく平田の名を思い出して、わたしはぼんやりと尋ねた。

「日芸はきっぱり諦めました。目下は日々、瞑想を続けています」

「……瞑想……？」

「はい。本当の自分を見つけるための修行なんですが。お蔭で、ぼくがなんだったか、ようやく分かってきました。……もう三カ月前のぼくじゃありません。よろしかったら、また、会ってくれませんか？」

あまり気乗りはしなかったが、結局、わたしは平田と会うことにした。

それというのも、その日のニュースが、やれ連合与党の混迷だの、在日外人によるＯＬ殺害事件だの、大幅な人員削減だの、さらに長びく不景気だの、と気の滅入るものばかりだったせいだ。

こんな日には変人とでも会った方が、かえって気分が転換できるかもしれない。と、そう考えたのである。

Ⅲ

平田が指定してきたのは、池袋の西口から歩いて五分ほどのところにある喫茶店だった。

大通りに面した瀟洒《しょうしゃ》な内装の店であった。コーヒーは一杯、千円……。とても貧乏な芸術家の卵の、卵が指定できるような場所ではない。

訝しみつつ、店に入ると、一番奥のボックス席から平田は手を振ってきた。

三カ月前とは、まるで印象が違っていた。

脂じみた長髪は、さっぱりした七三に変わり、理知的に前髪を垂らしている。ベレー帽もルパシカも身にはまとっていなかった。

着ているのは、デザインこそ古いが、きちっとしたブレザーと筋の通ったスラックス。プレスの利いたカッターシャツ。それにシックなネクタイであった。垢じみたところなど微塵《みじん》もなく、湯上がりのような清潔さを感じさせた。

「凄い変わりようだね」

と、わたしは揶揄《やゆ》と讃嘆の入り混じった調子でかれに言った。

「昔の仲間もそう言ってますよ。〝伍長〟は変わった、と」

「……〝伍長〟？　初めて会った時も、そう言いかけたね。それは君の渾名《あだな》なのかい」

「ええ。子供の頃から……ぼくは自分のことを〝伍長〟と呼んでいました。それで、みんな、そう呼ぶように」

「子供の頃から？　ああ、そうか。父上が戦争に行かれてたんだ。それで〝伍長〟――」

わたしが言いかけると、平田は、きっぱりと首を横に振った。

「父は昭和十五年の生まれです。戦争体験はありません。ぼくは……なんというか……前世の記憶が僅かに残っているんですよ。それで……かつて戦争で……〝伍長〟と呼ばれていたことを憶えているのです」

「面白いな」オカルト作家としての好奇心から、わたしは素直に呟《つぶや》き、煙草をくわえた。

「先日、あなたと会ってから、ぼくも色々な目に遭いました。外人ホームレス用宿舎から日本人とバレて叩き出されたり、西池袋の裏街で中国人グループに袋叩きになったり……」

「少しは、それで丸くなった訳だ」

平田はわたしの言葉を無視して、ブレザーの内ポケットから薄いパンフレットを取り出した。それをこちらに手渡しながら、

「そんな状態で、みじめのどん底にあったぼくに手を差しのべてくれたのが、ここです」

パンフレットの表紙には、薔薇十字に絡む蛇が描かれ、その下にＯ∴Ｓ∴Ｗ∴とある。〈星智教団〉《オーダー・オブ・スターリー・ウイズダム》なる活字が一番下に印刷されていた。[*2]

「ご存知ですか、Ｏ∴Ｓ∴Ｗ∴を」

「ああ……。少しは、ね」

げんなりした調子で、わたしはうなずいた。

それは、アメリカのシカゴで発生したというカルトだ。古代エジプトで崇拝されていた神を復活させる、というのが教義で、魔術を祭祀《さいし》に取り入れているという。また、洗脳まがいの調伏方法や、信者の身ぐるみ剥ぐような集金体質などで、アメリカはもとより日本でも問題になっている団体であった。

「でも、感心しないな。こういうのは」

「ぼくだって心底、信じている訳じゃありません。ただ……本当の自分が……O∴S∴W∴の修法で発見できれば、と思いましてね」

「本当の自分？」とわたし。

「そうです。ぼくは、あなたと別れた夜からずっと考えていたのです。貧乏な画学生など本当のぼくではない。ぼくは、かつて戦友たちから〝伍長〟と呼ばれた英雄だった。ずっと夢で見るのです。廃墟に立てこもった敵の兵士十数名に、たった一人で立ち向かい、ほとんど素手で捕虜にしてしまった時のことを」

（……新種の〝戦士シンドローム〟だな）

と、わたしは鼻白んだ。

一九八〇年代中頃、中学生や高校生の間で、爆発的に流行した病理現象だ。——現実の自分は本当の姿ではない。真実の己れは、地球の平和のため、宇宙の秩序のために、人知れぬところで戦う〝選ばれた戦士〟である。ともに夢の世界で戦った戦友たちよ、どうか連絡してくれ。わたしの暗号名は、エルだ。……

おそらく平田は、遅れてきた〝戦士〟なのだろうと、わたしは早々と結論づけた。

「信じていませんね？」

「いや、信じているよ。ただ、オカルトというのは、きわめて主観的な体験だから。それを信じない者に納得させるのは難しいだろうね。……もちろん、ぼくはオカルト作家だから、信じるよ」

「主観的か」

平田は吐き捨てるように呟いた。と、同時に、かれの瞳の底で、わたしを蔑《さげす》む表情が閃く。が、すぐに、平田はそれを消し、こちらをまっすぐ見つめた。

「O∴S∴W∴の神官たちは、ぼくの前世の記憶は、ほぼ正確だ、と言いました。そしてより鮮明に、前世を甦らせる行法を教示してくれたのです。これは完成までに六十日かかる行法でした。……そして、今日が、その六十日目なのです。よかったら、ぼくのアパートまで来て、行の完成に立ち会ってくれませんか」

「作家としては、そりゃあ見てみたいな。だが、それは、ヨガみたいなものなのかな?」

「いいえ。むしろ、こう呼ぶべきでしょう」

と、そこで平田は一息おいて、

「魔術と」

Ⅳ

平田が住んでいるアパートは、池袋東口のビル街に建っていた。四階建ての古いビルだ。そこの半地下にあるコンクリートの八畳間がかれの住居だった。

その他には、誰も住んではいない。

半年後には建て替えのため、ビルはまるごと壊される予定だという。その約束で、月一万円足らずの家賃で借りた、と平田は説明してくれた。

ドアを引けば、部屋から異様な匂いが漂ってくる。油絵具を溶かすオイルと、香《こう》の白檀《びゃくだん》と、あと何ともいえない胸の悪くなる臭気だ。

「換気が不充分なものでして」

言い訳しながら、平田は、わたしを部屋に促した。

部屋はまだ夕方だというのに暗かった。

それというのも、窓らしきものが、東向きのかなり高い位置にしかないためである。

その窓の曇りガラスを透して見えるのは、表の往来を歩く通行人の足の影ばかりだ。

「まるで戦争映画でゲリラが潜んでいるような場

所だね」

わたしはたじろぎながらも、軽口を叩いた。

八畳間の壁も天井も打ちっ放しのコンクリートだった。床には申し訳程度のカーペットが敷かれている。四囲は、粗大ゴミ捨て場より拾ってきたと思《おぼ》しい本棚で埋められ、怪しげなオカルト書や、O∴S∴W∴のパンフレットがぎっしり詰まっていた。

さらに裏返されたカンバスが、そこここに立てられている。

「絵はまだ描いているんだ」

と言って、わたしは、手近のカンバスを表にしようと右手を伸ばした。

「駄目だ！」

ぴしゃりと平田は制止した。次いで、しまった、という表情を浮かべ、

「いや……恥ずかしいから見ないで下さい。どれもみんな自画像ですが……ぼくには才能がないんですね。きっぱり、絵も建築も諦めました」

「ふうん……」

作者に止められては、こちらとしても強引に見る訳にもいくまい。わたしは右手を引き、腰のあたりで左手と組むことにした。

「で……その代わりに君は何を？」

「それは、きっと、真の自我を発見したなら決められると思います」

わたしに応えながら、平田は屈みこんだ。

カーペットの隅を引っくり返すと、コンクリートの床にチョークで描いた魔方陣《マジカル・スクエア》が露わになる。

それは次のようなものだった。

M	I	L	O	N
I	R	A	G	O
L	A	M	A	L
O	G	A	R	I
N	O	L	I	M

「……〝アブラメリン〟だ[*3]……」とわたしは呻いた。

〝アブラメリン〟とは、十五世紀にナイル河畔に住んでいた魔術師が、ユダヤ人アブラハムに伝えた、という魔術である。古来、多くの魔術師がこれに挑戦したが、圧倒的多数は失敗し、狂人か、自殺者と成り果てたという。……

「流石《さすが》にオカルト作家。よく知ってますね。そう、これはアブラメリンの魔方陣です。それも過去のすべてを知る魔術……を行なうための……」

「やめろ。それは危険だ。下手をすれば――」

「ぼくは発狂するか、自殺する。……でしょう。もとより、そんなことは覚悟のうえです。このまま、真の自我を発見できず、屈折した学生か、ホームレスになるくらいなら、いっそ狂気や死を選んだ方が、よっぽどマシですね」

そう言いながら、平田は魔方陣《マジカル・スクエア》の四隅にローソクを置き、火を点していった。

わたしは、といえば、成すすべもなく――いや、それは嘘だ。止めようと思えば、すぐに止めることはできた。しかし、オカルト作家として、本物のアブラメリン魔術実践の場に立ち会える一事に興奮を覚え、止めるのをやめてしまったのだ。

わたしは呆然と、平田のはじめる儀式を見つめ続けた。

「シャダイ！　エル＝カイ！」

魔方陣に向かった平田は、まず、そんな呪文を唱えた。それは声というよりも振動と表現すべき音だった。

続いて平田は胸の上で腕を十字に組む。

「我が守護天使よ、願わくは教えたまえ、
真の我があるべき姿を、
真の我があるべき名を、
ベリアルとアスモデゥスの御名にかけ、
アッツォウス[*4]とヨス＝トラゴンの御名にかけ――」

八畳間が急速に光を失った。

足元から冷気が、白い靄とともに這い上ってくる。渦を巻いて。蛇のように。

床に描かれた魔方陣は、まるで夜光塗料で描かれたかのように粘りつく緑色の光を発しだした。

「………」

わたしは眼を見張った。背後の窓から先程まで響いていた、往来の喧騒は、いつしか聞こえなくなってしまう。代わりに耳に届けられるのは、ザックザック、ザックザック、と足並み揃えた行進の靴音だ。

それから……とおくの方から何千とも知れぬ男女の怒号が湧き起こる。なんだか口々に「殺せ」とか「追放しろ」とか叫んでいるようだ。

ガラスを砕く音。子供の泣き声。女や年寄りの嘆く声。またガラスを砕く音。げらげらという野卑な笑い声と罵声。


さらに、戦車のキャタピラの音。戦闘機の爆撃音。長く尾を曳いた落下音。爆発音。

わたしは軽く頭を振って平田を見遣った。

平田の小柄な体は、完全に闇に呑みこまれてしまっていた。ただ、その眼のあるあたりに、ふたつの熾火《おきび》めいた真紅の光点が、ぎらぎらと輝いている。

「我々ハ理性ノ時代ノ終末ニ至ッテイル。自律的ニナッタ精神ハ生ノ病ト化シタ」

平田のものとは似ても似つかぬ、野太い声が、わたしの頭上からおとされた。その口調は尊大で、確信に充ちている。

「魔術的世界解釈ノ新時代ガ到来スル。意志ニヨル解釈デアッテ知識ニヨル解釈デハナクナルノダ！」

そう断言した声は、旧式のマイクを通したように、かなりひずんではいたが、鼓膜を破らんばかりの大きさであった。

「分かった、平田！　もう、いい。やめろ」

わたしは寒気を覚えて怒鳴った。背中一面に鳥肌が浮いていた。その癖、全身が汗まみれになっていた。

「天ハワタシヲ最大ノ人類ノ解放者ニ定メタ」

「やめるんだ。やめないと――」

わたしがそこまで叫んだ時であった。

突如、眩い真紅の光が、フラッシュのように八畳の半地下室に閃いたのだ。

その光は、侍立《じりつ》した平田の体を貫き、一瞬、かれの体内の骨を露わにした。

「やめんか、この畜生!!」

猛烈な憤怒に駆られて、わたしは平田に跳びかかった。かれの身を押し倒した。馬乗りになって、力まかせに頬を殴りつけた。

それから立ち上がり、魔方陣の四隅に立てられたローソクを蹴りとばし、床の古怪な図形を靴底でこすり消していた。

＊

気がつけば、あの濃密な闇は拭われたように消え、わたしの前には貧相なコンクリートの部屋があるばかり――。

「気が済みましたか」

冷静このうえもない声に振り返れば、平田が、壁を背に、腕組みして立っていた。

「ああ……。いや……申し訳ない。せっかくの……君の行法を……中断させてしまって……」

わたしは弁解がましく応えた。

「いいえ、オカルトに頼るのは、やはり弱者のしるしなのです。ぼくも、それに思い到りました。同時に、自分が誰であったのかも」

はっきりした口調で言う平田の声は、力強く、張りがあり、自信に充ちていた。

「………」

愕然と、わたしは、平田の顔を見つめた。

そこに立っている平田は、以前と同じく小柄であったが、まるで巨人のような印象を受けてしまう——なにかがあった。

かれの顔は、もはやイタチにもネズミにも似てはいなかった。

強いて言うならば、それはオオカミやワシに似た顔立ちである。

「おそらく、この次お会いする時には、ぼくはもっと大きくなっているでしょう。もっと——もっと巨大に——」

確信に充ちた調子で言って、平田は身を翻《ひるがえ》した。

「待て、どこに行くんだ。おい、平田!」

そう呼び止めるわたしを無視して、平田は大股に、まるで軍人のような足どりで半地下室から去っていった。

「………」

あとに残されたわたしは、しばらく、そこに佇んでいた。が、急に衝動にかられて、壁に立てかけられた〝伍長〟の自画像を裏返す。

——そこに描かれている人物は、平田ではなかった。

かつてオーストリアに生まれ、建築家を志し、挫折して、画学生を目指しウィーンに赴いて、また挫折した人物の肖像だ。かれは第一次大戦に従軍し、たった一人で十数名のフランス兵を捕虜にするという武勲を立てたという。のち、かれは、オカルト結社と接触し、民族主義運動に身を投じ……一九三三年一月三十日、ドイツの首相となった。

第三帝国の総統にまで上りつめた〝伍長〟。その名は——アドルフ・ヒトラー。

それが、平田の発見した〝真の自我〟であり〝前世〟であった。

Ⅴ

あれから、平田には会っていない。かれよりの連絡も途絶えたままである。

だが、平田の顔をこの目で見るのは、そう難しいことではない。

町に出たならば、平田のポスターが電信柱や塀に掲げられているし、ＴＶをつければ、政治評論家相手に激論を交わす平田の姿を見ることができる。

与党第一党、真正日本党の若き論客、平田某――。

そんな肩書をポスターで見つめるうちに、わたしは悪夢のような予感に襲われる。

五年後か、十年後――。

大日本帝国総統府に呼ばれたわたしに、貧相な容貌の小男が、こう言ってにこやかに右手を差し出すのではないか、という予感だ。

「ご無沙汰しております。その折はお世話になりました。……平田です」

ヨス＝トラゴンの仮面

すべての〝あとから来る者達〟にとって、ナチズムとは〝大魔術の夢〟なのである。そしてヒトラー自身が、この〝あとから来る者達〟の筆頭なのである。かくて、彼は自ら魔術師《メイガス》に、そして〝名状しがたき宗派《ネームレス・カルト》[*1]〟の司祭になる。

――ヘルマン・ラウシュニング

総統：
アドルフ・ヒトラー

副総統：
ルドルフ・ヘス

国民啓蒙・宣伝相
ヨーゼフ・ゲッベルス

ナ　チ　党

（国家社会主義ドイツ労働党・NADAP）

- 突撃隊（ＳＡ）
  - ↓
- 親衛隊（ＳＳ）

長官：
ハインリッヒ・ヒムラー

  - 親衛隊長官幕僚本部
    - 情報部・クララ

  - 親衛隊本部
    - 武装ＳＳ
    - 一般ＳＳ
    - 髑髏部隊
  - 親衛隊諜報部（SD）
  - 保安警察
    - 秘密警察（ゲシュタポ）
  - 秩序警察

Ⅰ　ワルプルギスの夜

一九三七年四月三十日。

ベルリン。ウンター・デン・リンデン。

ヴァインシュタイン・ホテル〈獅子の間《レーヴェ》〉。

ウィーン宮廷風のパーティー会場は、立錐の余地もないまでの人また人で溢れていた。

そこに集まった男女の国籍や職業は様々であるが、圧倒的多数は軍人であった。

しかし、それも無理はない。

なにしろ今夜のパーティーの名目は、四日前の空爆――四月二十六日に第三帝国の誇るコンドル軍団がスペインのゲルニカを爆撃し、同地を焼土と化した、その戦果を祝うパーティーなのだ。

ところが、パーティーの名目にふさわしい空軍将校の姿はまばらである。圧倒的多数はＳＳ――ハインリッヒ・ヒムラー[*2]率いる親衛隊の将校たちだった。

かれらの間隙を埋めるように、情報宣伝省の男女、鉄鋼会社の重役、ユンカース社の幹部、そして各国大使館の人間が談笑している。

そろそろ始まって一時間ということもあって、広いパーティー会場に、いくつかの人の輪が形成されつつあった。

そんなグループのあいだを渡り鳥よろしく移り歩く一人の青年を指差して、金髪の美女が傍に立つ中年男に尋ねる。

「誰なの、あの東洋人は？」

美女に問われて、中年男は片眼鏡《モノクル》を右眼にはめた。指差すほうに面を向ければ、東洋人にしては長身に属する二十代半ばの男が、ＳＳの首領に呼びとめられたところだ。

「ヒムラーと話しているあの男かね。あれは日本人だよ。最近、本国から赴任してきた二等書記官で。確か、ゴドーとかいう名だ」

「ふうん。……東洋人にしては男前じゃない」

鼻を鳴らして、女は肉食獣のように舌なめずりした。それを見た男は吹き出すと、

「いかもの食いはよしたがいいぜ。天下のツァラ・レアンダー*3が日本人をつまみ食いしたなんて、ゲッベルス*4に知れたら、君もユダヤ人だと決めつけられちまう」

だが、当のゲッベルスは、ツァラ・レアンダー級の美女に囲まれ、ご満悦の態でジョークを披露していた。

「情報宣伝省のアメリカ担当官が、先日、真夜中に電話してきたんだ。『閣下が悪役として登場するハリウッド映画を入手いたしました』とね。わたしは、すぐに持ってこい、と命じた。で、翌日、省の試写室で上映してみた訳だ。どんな映画だったかって？……まあまあの出来のアクション物だよ。ユダ公の役者が扮したわたしも、それなりに似ていた。しかしね、かれの書斎という代物が、机の上に総統《フューラー》の胸像。壁には総統の肖像画。愛用のライターとシガレットケースは鉤十字《ハーケンクロイツ》入りときた。映画が終わって、アメリカ担当官はわたしに尋ねた。『閣下、いかがでしたか』。わたしは応えてやったね。『悪くない映画だった。しかし、実際のゲッベルスは、あれほど悪趣味ではない』と――」

言い終えると同時にゲッベルスは哄笑した。

しゃがれた笑い声だ。聞く者に鴉の鳴き声を連想させる。ハインリッヒ・ヒムラーも、そう感じたのであろう。肩越しにゲッベルスを一瞥すると、吐き捨てるように呟いた。

「ニヒリストめ」

次いで、ヒムラーは呼びとめた日本人青年に向き

直った。ヒムラーは縁なし眼鏡をずり上げ、青ぶくれした顔につくりものめいた笑みを広げると、

「失礼。かれの笑い声は、どうも、私の神経を逆撫でするものでね。……改めて自己紹介させていただこう。親衛隊長官、ハインリッヒ・ヒムラーだ」

そう名のりながら女性のそれのように小さな右手を日本人青年に差し出した。

「大日本帝国在ベルリン大使館二等書記官、神門《ごとう》帯刀《たてわき》です。お遭いできて、光栄です。閣下」

朗々とした声で応えて、ヒムラーの手を握り返した日本人青年は、身長およそ一七八センチ。ナチス・ドイツが理想的アーリア人の身長と定めた一八〇センチには少々足りないが、広い肩幅に厚い胸板は、SS将校にまったく劣るところはない。

「閣下はやめたまえ。ヒムラーでいい」

と、ヒムラーはくすぐったそうに、引っこんだ下顎をさすり、鼻の下にたくわえたチョビ髭を歪めた。

そこに盆を持った給仕が通りかかる。ヒムラーは給仕に声をかけた。

「シャンパンを私と、こちらの紳士に」

「はい」

給仕が差し出すグラスを受け取りながら、ヒムラーは畳みかけるように、

「クララ・ハフナーは何処だ？」

「あちらでレニ・リーフェンシュタール[*5]様とお話ししております」

「ちょっと、こっちに来るように言ってくれ。『日本人の君の同業者を紹介する』と……」

「承知いたしました」

静かにうなずき、給仕はシャンパン・グラスを神門帯刀に手渡してから、去っていった。

「わたしと同業者の女性ですか」

興味深そうに呟き、神門帯刀は太く濃い眉を上下

させた。

「そうだ」

ヒムラーは短く応え、グラスに口をつけた。いつの間にか、その唇から笑みは拭われている。それと同時に、縁なし眼鏡の奥の瞳からも表情が消えていた。冷気がその身から漂ってくるようだった。

「女性も二等書記官になれるとは、ナチス・ドイツは、我々の予想以上に進歩的なようですね」

神門帯刀は感心した口調で言い、グラスを引き締まった唇に近づけていく。

「ふふん」

ヒムラーは鼻を鳴らすと、一息にシャンパンを呑み干した。グラスを勢いよく手近のテーブルに置いた。まるでグラスを叩き割ろうとしたかのようだ。

周りの人々がそんなヒムラーに瞳を向けた。

ヒムラーは周囲をゆっくりと見廻した。誰もが皆、そんなかれと視線を合わせるまいと、眼をそらし、また談笑しはじめる。

「君が二等書記官ではないように、クララも二等書記官ではないよ。ヘル・ゴトウ」

まったく抑揚のない調子で言いながら、ヒムラーは、神門帯刀の大きな黒い瞳を見つめた。ヒムラーの眼は虚ろで、仮面の孔そっくりである。神門は一瞬、死んだ魚の眼を連想してしまった。

「それはどういう意味でしょうか」

神門帯刀は困惑した思いで笑いをひきつらせた。

――と、その背に硬いものが押しつけられる。神門の浮かべかけた苦笑が凍りついた。

(銃口だ)

神門は背中に押しつけられたものを直感した。

背後からハスキーな女の声が浴びせられる。

「はじめまして、ヘル・ゴトウ」

「クララだ」

とヒムラーは誇らしげに、神門に銃口を向けた女を紹介した。

「ナチス・ドイツの二等書記官は、常に拳銃を携帯しているのですか？　これは初対面の挨拶だとでも？」

とぼけるような調子で神門は尋ねた。

「シラを切るのはやめたまえ。我々はＳＳ。ナチス・ドイツが世界に誇る精鋭軍団だよ。君の正体など、入国前からお見通しということだ」

「……わたしの正体ですって」

「そうだ。君は日本陸軍情報部の神門帯刀中尉。我がナチス・ドイツの対ソ連戦略の今後を探るため、外務省二等書記官として潜入した」

ヒムラーは決めつけた。

神門の精悍な顔から笑いが消えていった。

代わって、クララが甘い笑いを含んだ声で囁《ささや》きかける。

「わたしもご同業よ。親衛隊長官幕僚本部付き保守部《SD》の秘密情報員。ハフナーと呼んで」

それを聞いて、神門は口をへの字に曲げて見せてから、残りのシャンパンを呑み干した。グラスを置くと、ヒムラーに訊く。

「そこまでご存知ならば、とぼけ通す必要もないらしい。それで、わたしをどうするおつもりですか？　ゲシュタポ本部へ連行して拷問なさる？　それとも、この場で射殺されますか？」

ヒムラーは再び笑みを広げた。

（ぞっとするような笑顔だ）

と、神門は思った。

（わたしに対する嘲《あざけ》り、威嚇、冷笑、勝利、侮《あなど》り、その他考えられる負《ふ》の感情を露わにした笑いだ）

カチッ、という音が背後より響いた。

撃鉄の落ちる音だった。

諦めたように神門は瞼《まぶた》を閉じた。

だが、弾丸は、かれの厚い胸板を貫くことはなかった。

おそるおそる瞼を持ち上げる。

面前では、ヒムラーと肩を並べて、プラチナブロンドの髪をペイジカットにした美しい女が、煙草をくわえていた。

女の手にした拳銃の銃口からは、小指ほどの赤い火が伸びている。

女はその火を煙草に点じると、引き鉄を引いた。たちまち、火は消えてしまう。拳銃のかたちをしたライターだったのだ。

女は面白そうにくすくす笑いはじめた。

「ヘル・ゴトウ――」

とヒムラーは言った。

「君をお招きしたいのは、ゲシュタポ本部の拷問室でもなければ、墓場でもない。今夜という日にぴったりの場所だ」

「………」

神門は沈黙で応えた。

「今夜は、ワルプルギスの夜よ。全世界の悪魔や妖怪がブロッケン山に集まる夜……」

クララは笑いながら説明した。

その言葉を聞くと、神門は先程のヒムラーを真似て鼻を鳴らし、

「ふふん。化け物屋敷にでも案内してくれるのかな」

「ある意味では、化け物屋敷でしょうね」

そう言ってクララは意味ありげな眼差しをヒムラーに向けた。

「ヘル・ゴトウ。君をお連れする先は、実践的な学術機関の別館だよ。その名をドイッチェス・アーネンエルベ――祖国遺産協会[*6]という。別館で一人の魔術師と会っていただきたいのだ」

「魔術師だって……」

そう繰り返した時点において、神門帯刀は、自分

が現代の国際諜報戦の世界から弾き飛ばされ、古怪な魔術世界に沈められようとしていることなど、まったく予想だにしていなかった。

＝　瀕死の魔術師《メイガス》

〈祖国遺産協会《ドイツチエス・アーネンエルベ》〉——。

(実践的な学術機関だと？) クララ・ハフナーの運転するメルセデスに揺られながら、神門はその名を聞いたことがある、と感じていた。

(たしか、二年前の昭和十年に設立された、ヒムラー直属の学術機関だった筈だが……)

ただし、それがなにを研究するための機関であるかまでは、流石の情報将校でさえ与《あずか》り知れなかった。

あまりに厚い鉤十字のヴェールに覆い隠されているためだ。同様に昭和十二年現在のナチス・ドイツの最新軍事力、科学力、世界戦略が、どれほどの規模や内容を有しているのかさえ、日本政府当局は、ほとんど把握していなかったのである。

それでも水面下に、日独伊三国防共協定の成立が進められ、この冬にも協定は調印されようとしている。

林銑十郎総理と外務省は「一日も早い成立を」と焦っているが、調印は中村孝太郎陸軍大臣と北方警備筋によって引き延ばされていた。

「ヒトラーが独ソ戦を準備しているのは理解出来る。しかし、かれがまた、スターリンと手を結ぶ構想を有している、と思われる情報も届いている」

というのが、その理由であった。

ソ連との全面戦争を準備しながら、その一方で、ソ連の最高指導者と手を結ぼうとする……

ヒトラーの世界戦略は、日本陸軍にとってあまりに矛盾していて、神秘的ですらあった。

このヒトラーの矛盾と神秘を探るため、神門帯刀中尉は、ベルリンに潜入したのである。

「これからご案内する場所は、我が〈祖国遺産協会〉が分室として利用しているところだ」

神門の左に坐ったヒムラーは暗いくぐもった声で説明しはじめた。

「そこに一人の魔術師が捕われている……」

クララがこちらに振り返って言い足した。

「一九三四年の〝オカルト・パージ〟[*7]で逮捕されたオカルティストの一人よ」

「オカルティストとか、魔術師とか、陸軍情報将校としてはなんのことか、さっぱり理解出来ませんね」

神門は皮肉な調子で言うと、唇を歪めた。

「おや、そうかね。日本はきわめて霊的な帝国である、と常々、総統《フューラー》はおっしゃっているのだが」

小馬鹿にした調子で言いつつ、助手席に坐った将校が、神門に振り返った。

「静かに」

とヒムラーは将校を黙らせて、

「隠秘学《オカルティズム》とは、人類がかつて有していた叡智の残滓だよ。そのなかでも、魔術は〝賢者の学問〟として、ごく一部の限られた者のみに伝えられてきた技術だ」

「閣下は信じておられる？」と神門。

「もちろんだ。わたしは青年期よりあらゆる隠秘学の知識を渉猟してきた。カール・デュプレル、ハイゼ、パラケルスス、グィド・フォン・リスト[*8]、アドルフ・ランツ[*9]、フリードリッヒ・フォン・ユンツト[*10]、H・P・ブラヴァツキー[*11]……かれらの書物はヴェストファーレンのヴェデルスブルク城に保管されている」

「たいしたものです。と言いたいところだが、わたしは、今おっしゃった人物の名を一人も聞いたことはありません。悪しからず」

神門の半畳を無視して、ヒムラーは言葉を続けた。

「一九三四年、わたしは〝オカルト・パージ〟を命じ、ドイツ国内のすべての秘密結社を急襲させ、あらゆる占星術師・魔術師・隠秘学者を逮捕させた。そして、大量の手写本や秘密文書、儀式道具を押収した。また、魔術師たちに拷問を加え、かれらの知る〝秘密教義《シークレット・ドクトリン》〟や〝喚起魔術《マギッシエン・エボカシオン》〟を吐き出させたのだ」

ルームミラー越しにこちらを見ながら、クララが口をはさむ。

「その結果、閣下がザクセン王ハインリッヒ一世の生まれ変わりであることが分かったわ」

ヒムラーは静かにうなずいて、

「昨年、クェドリンブルクにあるハインリッヒ三世の墓所において、わたしは王の千年祭を祝うとともに、王の霊を喚起する儀式に成功した。今では儀式などしなくとも、王の霊を呼び出せるがね」

（こいつらは……正気じゃない……⁉）

神門は心のなかで叫んだ。

（まるで新興宗教を狂信していた大正時代の海軍少将だ）

だが、ヒムラーの奇怪な言説は、なおも続けられる。

「今夜、君が会う魔術師は、三年間逃げ続けた大物中の大物だ。今年の二月に、我々の霊的包囲網によって、やっと捕まえたが。ふふん、手こずらされたよ。優秀な魔術師が二名とＳＳ隊員七名が、奴の喚起した妖魔に食い殺された」

そこでヒムラーは深い溜息をおとし、二秒ほど眼を閉じた。どうやら死亡した魔術師とＳＳ隊員の冥福を祈ったらしい。

「しかし、犠牲をはらった甲斐は大いにあった。二カ月に亘《わた》る拷問の末、とうとう奴は、トゥーレの位置を白状し、仮面の存在を認めたのだから」

「トゥーレ？……仮面？……なんの話です。閣下のおっしゃることは専門用語が多すぎ――」

神門の質問をヒムラーは力のこもった調子で押し返す。

「トゥーレ[*12]とは我がゲルマン民族誕生の地だ。ケルトとゲルマンの神話で言及される幻の楽園。神秘の孤島だ。それは北方の海にある、と伝えられてきた。……だが、神話は時として誤りを伝えることがある。本当のトゥーレがあるのは南だ。地軸の逆転によって、トゥーレは北の果てから、南の果てに移動した。……現在、南極大陸と呼ばれる位置に」

（本格的にこいつは狂っている……）

神門はそう感じて、寒気を覚えた。

それでも、情報員の習性で質問を続ける。

「それで……仮面とは？」

「超古代にトゥーレの地において、祭祀に用いられた白金《プラチナ》製の仮面だ。それを被る者は時空を超越した幻視《ヴィズイオーン》が得られるという。奴は、その仮面をこう呼んだ。――〝ヨス＝トラゴンの仮面〟[*13]と」

ハインリッヒ・ヒムラーは最後の一語に力をこめ、両の拳をかたく握った。

そんな仕草は、演説を終える時のヒトラーのカリカチュアであった。

「……わたしを魔術師に会わせて、どうしろとおっしゃるんです」

うんざりした表情で、神門は改めて尋ねた。

と、その問いに答えるかのように、メルセデスが急停車した。

神門は、一瞬、シートに押しつけられた。

シートに坐り直すと、クララがこちらに振り返った。

「魔術師をSSの手から救出するのよ。あなたと、わたしで。そして、〝ヨス・トラゴンの仮面〟を移させる。……野蛮なナチスの手から守るために」

「クララ！　その言い草は、ゲッベルスそっくりだぞ。口を慎しめ」

とヒムラーが言った。

「失礼」

とクララはヒムラーに一礼してから、

「あなたも情報員なら、こちらの筋書きはすぐに読めるでしょう」

「ひと芝居打って、仮面の隠し場所を知ろうというのか。それで、仮面を手に入れたなら、魔術師はお払い箱――」

「そういうこと」

クララは楽しそうに笑った。

「本来このような手段は好まんのだが、事態が急変してしまった。なにしろ副総統が仮面の噂を聞きつけ、動きはじめたのだ」

「副総統？　ルドルフ・ヘス[*14]閣下も……その……隠秘学《オカルティズム》を信奉しているのですか」

意外そうに訊く神門に、ヒムラーはうなずいて、

「ヘスは、ルドルフ・シュタイナー[*15]にかぶれ、人智学の守り手などと自称している。そんなヘスにとって、仮面は、全地球的書物――『アカシャ年代記』[*16]を読み解く鍵なのだよ」

(ナチスの連中と話していると、こちらの頭がおかしくなりそうだな)

ヒムラーに気づかれぬよう、神門はそっと舌打ちした。

(だが、協力を断われば、今度こそあの世行きだ)

溜息まじりに神門はヒムラーに尋ねた。

「それで……わたしが救出する魔術師の名は？　なんというのです。助ける相手の名前も知らなけれ

ば、不自然だと思いますが」

「まったく、その通りだ」

神門に賛成して、ヒムラーはホルスターからワルサーPPKを抜き、かれに手渡しながら言った。

「これを持っていきたまえ。多少、我がSS隊員を殺傷しても、それはかまわん。わたしがなんとかする。君はクララとともに、あの建物の地下室から救出するのだ――」

と、ヒムラーは一息おいて、その魔術師の名を告げた。

「クリンゲン・メルゲルスハイムを」

III　魔術師の哄笑

メルセデスから降り立った神門は、この時になって初めて自分が、ベルリンの西北部に連れて来られた、と知った。

シュプレー川を北に渡った、ヴェディング街である。

あたりには貸長屋《ミーツカゼルネ》が建ち並ぶ、一九二〇年代には貧民街として知られた一角だ。キャバレーの寸劇では、令嬢が拐《かどわ》かされ凌辱される舞台としてお馴染みの場所である。

ナチス統治下の現在のベルリンでは、流石にそのような真似をする無頼漢など姿を消してしまったが、それでも闇の濃い地区には変わらなかった。

ことに眼前の建物が孕《はら》む闇は、あたりに比べて、数段に濃いようだ。

（なんだ、この陰気な建物は……）

神門は眉をひそめ、三階建ての石造りの館を見上げた。建物それ自体は古いものではない。おそらくワイマール時代初期に建てられたのであろう。

しかしながら、神門の眼には、それが中世に築かれた古城のように映った。

（なぜだ？　どうして、わたしはそんなふうに感じるんだ）

神門は眼を細めながら、自問した。

アーチ状の玄関。円柱を多用した様式。出窓。どれもベルリンにはよくあるものだ。だが……この建物は何処かが、なにかが違っていた。

「ねじれているように見えるでしょう」

ジープの運転席から降りながら、クララ・ハフナーが神門に言った。

（ねじれている？……そうか！　いかにも、この建物は、ねじれている）やっと、神門は得心した。

建物全体ではなく、細部が、少しずつねじくれ、たわみ、歪んでいるのだ。

そのために生じた陰影が、ことさらに建物全体を暗いものにしていた。

「魔術師のせいかしら。ねじれは日々、加速しているわ」

「成功を祈るよ、ヘル・ゴトウ」

ヒムラーの声に振り返れば、助手席の将校が運転席に移り、いまにもジープを発進させようとしている。

「仮面を手に入れた場合の報酬は？」

神門が質問を投げると、ヒムラーは縁なし眼鏡を光らせた。

「そんなことを言える立場だと思っているの」

くすくす笑いながら、クララがモーゼルＨＳＳに弾倉を叩きこんだ。それでも神門は、もう一度、ヒムラーに問いかける。

「報酬は？」

ヒムラーは苦々しい表情で応えた。

「総統が構想しておられる対ソ戦略を君にお教えしよう」

「そうと聞いたら、なにがなんでも、成功させますよ」

神門が言い終わらぬうちに、ジープは発進し、瞬く間に闇の向こうへと消えていった。


クララと二人きりになり、改めて館と対峙した神門は、自分が怯えているのに気づき、驚いた。

（こんなことは生まれて初めてだ）

ワルサーPPKを握った掌に冷や汗が滲んでいた。ぞくぞくするような感覚が背中を這いずりまわっていた。

（館から放たれるこの独特な雰囲気……これが……〝妖気〟というものなのか……）

現実主義者《リアリスト》でなければ勤まらない、といわれる情報員のかれでさえ、そんな思いを抱いてしまうほどだ。感受性豊かな者や、霊感を有した者ならば、この街区に近づくことさえしないだろう。

「館はSS隊員によって結界が張られているわ。結界はわたしが破る。館に侵入したら、床に黒いチョークで描かれた、五芒星や六芒星をけっして踏まないように。忘れないで」

「踏んだらどうなるんだ」

クララは、ちら、と神門を見遣ると短く一言——。

「死ぬわ」

「気をつけよう」

神門は血の気のない顔を縦に振った。

「……いい？　行くわよ」

「ああ」

神門が応えると同時に、クララはブラウスの喉元に手をやり、なかから銀のペンダントを引き出した。ペンダントの先には、頭頂に楕円の付いた十字架がある。エジプト十字章（アンクー）だった。

クララはそれで空中に五芒星を描いていく。

「ユル……ハガル……ペオース……」

不思議な言葉を唱えだした。

いや、それは唱えるというよりも、振動を発すると表現すべき発声法である。

(この女も魔術とやらを使うのだろうか?)

神門は愕然として、クララを見つめるばかりだった。

「ルーンの文字が[*17]……我が身に意志と力を召喚し……結界を破らせる……」

そんなクララの呪文を耳にして、ようやく神門は、ヒムラーが古代北欧の神秘的アルファベット〝ルーン文字〟の信奉者であったのを思い出した。

(クララが使っているのは古代ゲルマンの魔術なのだ!?)

クララの瞳が青く輝いた。

それを待っていたようにかの女は走りだす。

神門は慌てて、クララのあとに従った。

二人は足音を忍ばせながらも、素早く玄関前の階段に駆け寄った。六段もの石段の表面には、クララの言ったように、五芒星や六芒星、七芒星、さらにルーン文字が黒いチョークで殴り描きされている。

そこまで近づくと妖気は息苦しいほどだ。

胸が妙に高鳴り、不安と戦慄が肌に粟を生じさせる。

肉の腐臭が鼻をかすめたように感じ、神門は眉をひそめた。クララは、と見れば、その身が一瞬、ゆらいだように思われた。

(いや。これは目の錯覚だ)

二人は巧妙に描かれたシンボル群を避けつつ、一息に六段を上りきる。

六段目に達した時、なにか蜘蛛の巣のようなものを体で突き破った感じに襲われた。と同時に、これまでの動悸や不安などが嘘のように消えてしまう。

「いま、結界を破ったわ」

クララが神門に囁いた。

（確かに。わたしも、それを体感した）

と、神門は心のなかで応えて、ドアのノブに手を伸ばした。ぶ厚そうなドアの向こう——そちらの気配に耳を澄ませながら、静かにノブを廻していった。

掛け金の外れる感触がした。

そっと押してみる。

ドアと戸口の隙間から、粘りつくような緑色の光が洩れだした。それはゆっくりと六段の石段に落ち、頭足類の触手に似た動きで、ウェディング街にわだかまる闇を割って伸びていく。

「見張りは？」

クララの問いに、神門は無言で隙間を覗きこんだ。眉をひそめた。

入口のロビーの床に二人のＳＳ隊員が仰けに倒れていた。二挺のベルクマン短機関銃が投げ出され、床の血溜りにひたっていた。ただし、血溜りは緑の照明のため、異様な色に見える。

「死んでいる」

乾いた声で神門は囁き返した。

「——まさか⁉」

小さく叫びながら、クララはドアを蹴った。

ノブが神門の手を離れ、ドアが目一杯に開かれた。

クララはロビーに跳びこむと、手近の死体に屈みこんだ。死体は胸に刀創があった。

「ナイフで心臓をひと突きか」

ロビーに進んで、神門は言った。

「いいえ」

と、クララは首を横に振る。

「これは銃剣よ。わたしたちより先に、兵士が踏みこんだんだわ。きっとヘスの手の者が」

「とにかく地下室へ急こう」

神門はそう促して、クララに左手を差し出した。

「………」

女情報員は神門の手を借りることなく立ち上がる。そして猫に似た動きで、モーゼルＨＳＳを構えると、ロビーの左側に進みだした。

どうやらその方向に地下室があるらしい。

左手の突き当たりのドアをクララは力まかせに引いた。と、戸口から、生臭い風に乗って、弱々しい老人の歌声が聞こえてくる。

それを耳にするや、クララの顔色が変わった。

「誰よ!?　クリンゲンの口枷《くちかせ》をほどいた馬鹿野郎は！」

「あの声は魔術師のものか」

クララのあとに従った神門が訊くと、

「そう。それも妖魔を呼ぶ呪歌《まがうた》を歌っている。早くやめさせないと――」

そう応えるが早いか、かの女は戸口の向こうに駆けだした。

全力疾走の勢いで、二人は急な階段を下っていく。下るにつれて、老人の歌声は、次第に鮮明になっていった。それが何語なのかは分からないが、少なくとも、次のような音声を発しているのは、神門にも理解出来た。

「いあ！　なと、よす＝とらごん！　いあ！　るらいぃえぇ、くとぅううるぅう」

十段あたりまで下ったところに、またＳＳ隊員の死体が転がっていた。今度の死体には刀創が見当たらない。その代わり、喉仏の部分に、噛みちぎられた痕跡があった。

それを見て、クララは銃口を上げる。

「気をつけるのよ。妖魔がいるらしいから」

「……妖魔？」

訝《いぶか》しげに神門が問い返すと、階段の下から哄笑が響いてきた。それは、もはや弱々しくもなければ、老人のものでもない。力強い中年男が発する、狂気の哄笑であった。

ひとしきり哄笑したのち、中年男は、勝ち誇ったような調子で叫びだした。

「踊れ、踊れ、小悪魔どもよ。ヨス＝トラゴンの手のなかで踊れ。ヒトラーも、ヘスも、ヒムラーも、ハウスホーファーも、みんなヨス＝トラゴンの吹く角笛にうかれて、踊り続けるがいい！」

「あれは……」緊張した声で神門は尋ねた。

クララは唇を歪めて応える。

「魔術師クリンゲン・メルゲルスハイムよ」

「なんだと。拷問で死にかけてるんじゃ――」

「甦ってしまったのよ。〈力の言葉〉を口にして。誰かが口枷を外したんだわ」

苦々しく言ってから、クララは階下めがけて、モーゼルHSSを発射した。

「待て。魔術師を殺すつもりか」

「そう！　口枷が外されてしまったからには、奴を殺さなければ、わたしたちが殺されてしまう」

（どういう意味だ？）

呆然とした神門の視界の隅に、なにかが強引に割りこんできた。オレンジ色の光に縁取られた小さなものだ。一瞬、神門は、蝙蝠《こうもり》かと思って、反射的に左手で払う。

次の刹那、それは神門の左手に嚙みついた。

「くッ――」

苦痛の呻きを発して、神門は、左手にまつわりついているものに目を向けた。それは人間の――より正確には尖った顎鬚と、長い髪を伸ばした、痩せた中年男の――頭と、猿の胴と蝙蝠の羽根を持ったなにかだった。

神門の厚い掌の肉に牙を突き立てながら、そいつは眼を細めて、こちらに笑いかける。

「妖魔か!?――これが」

神門は叫んで、そいつの胴体にワルサーPPKの銃口を向けた。

　それに気づくと妖魔は眼を見開き、驚いたような表情になった。掌に突き立てた牙を抜き、怯えた顔をこちらに見せる。そんな様子は、なまじ人間に似ているだけに、言語を絶するおぞましさだ。

「くたばれ！」

　一声叫んで、神門はワルサーＰＰＫの引鉄《ひきがね》を絞った。銃声があたりに谺《こだま》する。と同時に、汚ならしい液を空中にまき散らして、妖魔は四散した。

　階下からの哄笑が唐突にやんだ。

　ＳＳ隊員の死体を乗り越えて、二人はさらに階段を下っていった。

　地下室は闇に鎖《とざ》されていた。

　だが、クララは慣れた動きで壁に向かう。明かりのスイッチを求めて、手を伸ばした。

「無駄だ。電球は点かない。わたしがそう意志したからな」

　闇の奥から笑いを含んだ中年男の声が聞こえてきた。それを耳にしてクララは悔しそうに、

「お前の口枷を外したのは、ヘスの一味か」

「その通りだ」

　魔術師は楽しげに応えた。

「なにも知らない、人智学かぶれの副総統殿の配下だよ。奴等は護符と機関銃で武装して、三十分ほど前にやって来た。そして、わたしを見張っていたＳＳ隊員を皆殺しにして……ご親切にも口枷を外してくれたのだ」

　そこで魔術師は笑いだした。その声はハイエナの鳴き声そっくりに聞こえた。

　声のする方に、神門は銃口を向けた。

「この闇のなかで、わたしを射殺する気かね」

　いきなり、魔術師の声が、生ぐさい息とともに、神門の片頬に吐きかけられた。

「やめた方がいい。闇は、わたしのものだからな。

君たちが闇のなかで足掻いたとて、同志討ちするのが関の山だ」

今度は、とても遠く――しかも頭上から、魔術師の声が落とされた。

「事実、ヘスの配下のうち、三人が同志討ちで負傷したよ。まあ、わたしは寛大な男だし、口枷を外してくれた恩もあるので、殺しはしなかったがね」

「仮面を何処に隠した」

クララはそう言って、頭上めがけてモーゼルHSSを撃った。闇をほんの一瞬、銃火《ガンファイア》が照らしあげる。しかし、そんなことをしてみても、魔術師の立つ位置は分からなかった。

「おお、君たちも、それを知りたがっていたな。忘れていた」

とぼけるような口調で、魔術師は言った。

「今夜はめでたいワルプルギスの夜だ。三年と二カ月、沈黙を守ってきたが、特別にお教えしようか」

そう言う魔術師の声は、二人の周囲を、ぐるぐると廻り続けていた。

「哀しいかな。人間というものは固定観念に縛られている。そのため、一度、徹底的に破壊した場所は、何故か、再び顧《かえり》みることはしないらしい……」

「なにが言いたい！」とクララは苛立たしげに叫んだ。

「フリードリッヒ街《シュトラッセ》の六番地にある廃屋を探してみたまえ。かつてフランク・アンテルマンという金貸しの事務所のあった建物だ」

「フリードリッヒ街……ユダ公の巣か」

「いかにも、四年前にSAに爆破された、ユダヤ人の事務所だ。わたしは〝オカルト・パージ〟が開始されるという情報を摑むや、〝ヨス・トラゴンの仮面〟をアンテルマン事務所の焼け跡に隠した。黒焦げの金庫のなかにね」

魔術師の息がクララの耳朶に吐きかけられた。クララは身を翻して、声のした方向にモーゼルを連射した。

「無駄だ、と言っているだろう。闇のなかにおいては、君たちはわたしの懐《ふところ》にいるのと同じことなのだ」

せせら笑う調子で魔術師は言うと、

「そんな真似をする暇に早くフリードリッヒ街に行ってはどうだ。副総統殿とその配下が、廃墟をひっくり返しているかもしれないぞ」

「やかましい」

いまいましそうに言い返して、クララはモーゼルの弾倉をわずか十秒で空にしていった。

「クララ、やめろ。確かに魔術師の言う通りだ。ここで時間を食っていたら、ヘスに先を越される。もし仮面を横盗りされたとヒムラーが知ったならば、我々は、奴に殺されてしまう」

神門がクララのいるあたりに向かって、そう言うと、カチッという乾いた音が響いた。弾切れだ。

「メルゲルスハイムを殺さなくては、ここを離れられない。こいつを野放しにしてしまえば――」

魔術師はクララの言葉を受けて、

「どんな災厄にベルリンが見舞われるか、分からない。……そう言いたそうだな、娘さん。だが、心配は無用だよ。わたしは仔羊のように人畜無害な男だ。その証拠に……」

闇のなかで真紅の光が閃いた。

それは、瞬く間に、空中に逆五芒星を描いていく。完全に描き終えられて、光が消えたのちも、真紅の逆五芒星はしばらく神門の眼に残像を刻み続けた。

「君たちをフリードリッヒ街まで送って差し上げよう」

そんな魔術師の台詞とともに、神門とクララをかつてない感覚が襲った。

早さ、速度。風のない向かい風。疾走感。

二人とも足を止め、地下室に立っているのにもかかわらず、凄まじいスピードで周囲の情景が流れだした。

地下室の闇が遠ざかり、地上に続く階段が遥か彼方に去っていく。ねじれた館のロビーも、玄関も、六段もの石段も——。

いや、それどころか、ヴェディング街までもが、超高速で二人から遠ざかっていくのだ。

（まるで逆回転させたフィルムを見ているみたいだ……）

めくるめく感覚に神門は吐き気を催してしまった。

ベルリンのネオンが、街並が、シュプレー川が流れていく。二人は立ったまま、東へ、東へ、と移動していった。

その間、街の喧騒はまったく聞こえない。ただ、魔術師のクリンゲン・メルゲルスハイムの狂ったような哄笑だけが、二人の耳を鞭打つばかりだ。

やがて視界に魔術の五芒星がいたるところに落書きされた、寂れた街区が迫ってくる。いや、落書きは五芒星ではなかった。ダビデの星——ユダヤ人のしるしである。

フリードリッヒ街が近づいてくるのだ。

「もうすぐ終点だ」

哄笑を納めて魔術師は二人に言った。

「わたしはユダヤ人街の闇のなかから、親衛隊と副総統の配下との戦いを見物させてもらうとしよう」

Ⅳ　ルドルフ・ヘスの聖槍《せいそう》

街角には三台の黒塗りのフォルクスワーゲンが停められていた。そのいずれの車中にも人影はない。

人影は、爆破のあとも生々しい、廃墟のなかにあった。かれらの数は六人。いずれも黒革のトレンチコートをまとい、黒いソフト帽を被った民間人風のいでたちだが、その身ごなしは明らかに軍人のものだった。

「どうした。金庫は、まだ見つからないのか」

街角に立った男——かれのみナチスの褐色の制服をまとっている——が苛々した調子で、廃墟のなかに声をかけた。

太い眉と、その下の金壺まなこが特徴的だ。左手に細長い槍のようなものを持っている。

「それらしきものは見当たりません、閣下」

廃墟のなかから声が返された。

「フリードリッヒ街で、アンテルマンの事務所といえば、ここしかない。もっとよく調べてみろ」

と、怒鳴りつけてから、不意に男は顔を西に向けた。

「……妖気だ」

低く呟くなり、左手の槍を上げる。

槍穂の先をぴたりと西に向けた。

「魔術師が近づいてくる」

そう言って、男は念を凝らすと奇怪な呪文を震動させだした。

「いあ！　いあ！　はすとううるうう！」

神門とクララの眼には、それが長大な光の槍と映った。

フリードリッヒ街の六番地に迫っていたところ、街角に立っていた男が不意にこちらに身を翻し、左手の槍を向けたのだ。

槍穂が蛍光性のピンクに輝いた、と思った次の瞬間には、穂尖から光の槍が放射される。

その光に打たれた二人は、高圧電流を流されたような衝撃を覚えた。

魔術師メルゲルスハイムの悲鳴が遠く聞こえた。

一息おいて、神門とクララは冷たい石畳の街路に投げ出された。

前のめりに倒れた二人の周囲が、たちまち黒衣の一団に取り巻かれていった。男たちは手に手にベルクマン・ベヤード自動拳銃を握っている。その銃口が神門とクララに向けられているのは言うまでもない。

逞しい腕が伸びてきた。

神門は力まかせに引き立たされた。

クララは気丈にも、男たちの手を払い、立ち上がる。が、すぐに、かの女のモーゼルHSSは奪われ、女豹のごとき体は身動きできぬよう固定されていった。


「男は知らんが、女の方は見たような顔だ」

槍を持った男が太い眉を上下させながら、こちらに近づいてきた。

「クララ・ハフナーだったな。ルーン魔術を使う、ヒムラー子飼いの女狐《めぎつね》だ」

男はそう言って、今度は神門に向き直った。

「中国人か」

「日本人だ。在ベルリン大使館二等書記官、神門《ごとう》帯刀《たてわき》――」

神門が名のると、男は慇懃無礼な仕草で、深々とお辞儀する。背筋を伸ばしながら、

「これはこれは。ユダヤ人街で友好国の書記官殿とお会い出来るとは、なんたる奇遇だ。ここはなんとしても自己紹介しなくてはなるまい」

芝居がかった調子で一息にまくしたて、男は名のる。

「ナチス党副総統ルドルフ・ヘスだ。以後、お見

知りおきを」

次いでクララに振り返り、言葉を続けた。

「もっとも、お前たちに〝以後〟があるかは、保証の限りではないがな」

黒衣の一団から暗い笑いが湧き起こった。

（カラスの群れか、こいつらは……）

歯噛みする神門の手からも、ワルサーPPKが取り上げられた。

「クララと一緒にいるからには、お前もヒムラーの犬だろう」

と、ルドルフ・ヘスは決めつけた。

「偶然、通りかかっただけです。……と言っても、閣下は信じないでしょうね」

神門は苦笑まじりに応えた。

「日本人にしては、ユーモアのセンスがあるな。ヘル・ゴトウ」

「お誉めにあずかり光栄です」

軽口を叩いた神門の腹めがけ、ヘスは、やにわに槍の柄を突きこんだ。激しい苦痛に、神門は身をくの字に折りかけるが、男たちの屈強な腕によって、すぐに元に戻されてしまう。

「メルゲルスハイムの魔術で、ここまで運ばれたのよ。わたしたちに、副総統の作戦行動を邪魔する気はないわ！　だから手荒な真似は――」

クララの台詞をヘスは中断させる。

「お前たちの狙いは分かっている。〝ヨス＝トラゴンの仮面〟だろう」

「………」

クララは言葉を呑みこんだ。その美貌から急速に血の気が失われていく。だが、それは千里眼を有すると噂される、面前のヘスの言い知れぬ無気味さのためではなかった。

街区の闇から闇へ移動する魔術師の黒い影に気づいたせいだ。

ルドルフ・ヘスは、たったいま影が横切った方向を横目で見ると、槍を握る手に力をこめた。

「……魔術師が……メルゲルスハイムが……恐ろしくないのか……あんたは……」

神門が激しい咳の発作の合間から質問した。

「あいつは口枷を外されたのよ。あなたの部下の手で。だから〈力の言葉〉を使える。もう誰にもあいつを止められないわ」

クララも、ひきつった顔で吐き捨てた。

「クリンゲン・メルゲルスハイムごときを怖れると思うのか。このルドルフ・ヘスが」

鼻を鳴らして、ヘスは槍をクララの面前に突きつけた。

「この槍がある限り、わたしは負けん」

「……その槍は？」

ようやく咳から解放された神門は副総統に尋ねた。

「これこそはローマ帝国百卒長ガイウス・カシウスの聖なる槍だ。[*18] カシウスはこの槍で、十字架上のキリストの脇腹を貫いた。以後、この槍は聖なる力を帯び、呪宝《じゅほう》として二千年間、ヨーロッパの王たちに伝えられたのだ。人呼んで、ロンギヌスの聖槍《せいそう》という。……」

（ナチスの連中は、全員、狂っている!?）

神門は心の底から戦慄した。

（狂気によって操られているんだ、この帝国は）

だが、傍のクララは、ヘスの正気よりも聖槍の方を疑っているようだった。

「よく出来たニセ物ね」

「ニセ物？　どうしてそんなことを」とヘス。

「だって本物のロンギヌスの聖槍はウィーンにある筈よ。ハプスブルグ家宝物殿《ほうもつでん》のガラスケースのなかで、赤いベルベットの上で眠っているわ」

「そちらがニセ物だと、どうして疑わないのかね」

聖槍を誇らしげに立てて、ヘスは笑った。

「……なんですって……」

「一昨年《おととし》の三月十六日、第三帝国がヴェルサイユ条約を破棄したのは、なんのためだと思う？　再軍備とオーストリア併合――ただそれだけか。馬鹿め、総統はロンギヌスの聖槍を手渡せ、とオーストリア政府に迫ったのだ。ザールやラインラント同様、オーストリアなる国家は消滅し、第三帝国の領土の一部となる。いずれ消滅する国家に聖槍は不用だ、と」

「…………」

クララは沈黙した。瞬く間にその顔が不安に翳っていく。どうやらヘスの言葉に思い当たる節がある、と考えたようだ。

だが、常識に鎧《よろ》われた神門には、ドイツの再軍備とキリストを刺した槍の関連性など、思いもつかぬことであった。


（隠秘学《オカルト》は……こんなにも根深く……ヨーロッパ諸国の人間の心に食い入っているのか）

「さて。くだくだしい議論は不毛にすぎる、と、総統《フューラー》もおっしゃっておられる。そろそろ話を切り上げようではないか」

ルドルフ・ヘスはそう言うと、笑いをおさめて、聖槍を振った。

「二人揃って、そちらの廃墟へ行け。わたしの部下に代わって〝ヨス＝トラゴンの仮面〟を探すのだ」

「どうして我々が？」

怪訝《けげん》な表情で尋ねた神門の頬が、また聖槍の柄で張りとばされた。

口のなかが切れたようだ。

血の味が舌に広がっていく。

「メルゲルスハイムは狡猾な男だ。必ずや金庫には魔術がかけられているに違いない。せっかく代役が現われてくれたのだから、わたしの可愛い部下を危険に晒す必要はなくなった訳だ」

そして、神門とクララは、爆破された金貸しの事務所の跡へと促されたのだった。

Ⅴ　冷笑《わら》うヨス＝トラゴンの仮面

スコップと懐中電灯。

それが神門とクララに、拳銃に代わって、手渡された品である。

廃墟はコンクリート造りで、未だ建物の形状が残っているものの、内部は瓦礫の山だ。

「突撃隊《SA》は手榴弾でも使ったのか。こんな有様では探しようがないぞ」

スコップを持った神門の声が反響した。

「SAは野獣の群れよ。そんな甘っちょろいことはしないわ。これは……ダイナマイトの束を投げこんだのね」

あたりを懐中電灯で照らしながら、クララは、面白くもなさそうに応えた。懐中電灯の光条に、粉々になった机や椅子、黒く煤けた壁面などが照らしだされていく。

「まるでギャングだな」

神門は鼻白んだ表情で呟いた。

「まるで、ではない。ギャングそのものだった。そのため総統《フューラー》はSAの粛清を命じられたのだ」

ガラスを失った窓の向こうから、二人を監視しながらヘスが応えた。

ヘスの背後では六人の男たちが銃口をこちらに向けている。

かれらの顔に貼り付いた表情はまったく同じだ。

不安と期待のないまぜになった表情。

不安は魔術師の仕掛けた罠に対するもの。

期待は、罠によって、神門とクララが如何《いか》なる凄惨な死に見舞われるか。それに対するものだ。

いずれにせよ、神門とクララは、黒焦げの金庫を探すより他はなかった。

「オーケー。はじめよう」

溜息まじりに言って、神門は、スコップを地面に突き立てた。足元に床と呼べる部分はまったく無い。煤けたコンクリート塊と、焼けたガラクタ、それに土。ただそれだけであった。

「待って。わたしが調べるわ」

と神門を制し、クララは、胸元に手をやった。ブラウスのなかからペンダントを引き出す。先程、ねじれた館の結界を破るのに用いたアンクー（エジプト十字章）のペンダントだった。

「おかしな真似はするなよ。ルーン魔術を使うそぶりを見せたら、すぐに部下が射殺する」

窓の外からルドルフ・ヘスが警告した。

「ダウジングしてみるだけよ」

クララは応えながら、ペンダントを外し、右手に摘んで垂らしていった。

「ダウジング？」と神門。

「ヨーロッパに古くから伝わる占いよ。こうして垂らした振り子の動きで、地下の水脈や鉱脈を探し当てるの」

クララの説明を聞いて、神門は顔をしかめる。

「いっそ水晶球か、トランプでも使ってくれた方が、わたしには理解出来そうだな」

「黙って。精神を集中するから」

ぴしゃりと言われて、神門は口をつぐんだ。

「成程、その手があったか」

感心した口調でうなずくヘスに、神門は振り返り、

「あんたの持っている聖槍とやらで探したらどうなんだ」

言われたヘスの眼が大きく見開かれた。ほとんど顔の大半が眼になってしまったようだ。理解出来ない、という光がその眼に広がっていく。

「ロンギヌスの聖槍で探す？　それは冗談か。まさか本気ではないだろうな」

「なんでも出来る魔法の槍なんだろう」

「聖槍は、それを持つ者に霊感と霊的勝利をもたらすものだ。失せ物探しの道具ではない」

「分かったよ。土はクワで耕せ、フォークを使うな、という訳だ」

閉口した顔で言うと、神門は肩をすくめ、クララの方に面を向けた。

かの女はこちらから三十歩ほど離れた位置をゆっくりと歩いているところだ。

右手のペンダントが、くるくると円を描いて回転していた。

と、突然、その動きが変わった。

激しく縦揺れを起こしはじめる。

まるでクララが上下させているようだが、かの女の手はまっすぐ伸ばされたままであった。

（あの動きはどうしてなんだ？　まるでペンダントが命を得て、蛇のように自らの意思で動いているみたいな……）

信じられぬ現象が、またしても神門の眼の前で発生した。

「近い。かなり近いわ。このあたりに金庫はある。魔術で一般人には気づかれないようにされて――」

クララがそこまで言った時であった。突如としてアンクーが鎖を引いて、U字型に浮かび上がった。

そのままアンクーは凄まじい勢いで跳ね上がり、鎖を切って神門の方に飛んでくる。

（眼がやられる⁉）

反射的に神門は顔を庇うかたちで左腕を上げた。

アンクーが腕にぶち当たる。金属性のアンクーは背広の生地《きじ》を貫き、腕の皮膚を裂き、筋肉に突き刺さった。

「くっ……」

神門は力をこめて、いまいましいアンクーを引き抜いた。どくどくと傷口から血が溢れだす。下唇を噛み、痛みをこらえ、神門はハンカチで傷の上をかたく縛った。

「いまのは？」

傷つけられたことの怒りよりも、ダウジングなる技術への興味が先に立ってしまうのは、情報員の性《さが》であった。

「魔術によって発生したエネルギーの塊に接したせいだわ。……わたしも、まだ手が痺れている……」

クララはアンクーを失って、ただの細い鎖と化したペンダントを捨てると、軽く右手を振った。それから、思い出したように、ヘスに向き直る。

「金庫はここよ。早く掘り出したいのなら、あなたの後ろで突《つ》っ立ってるデクの坊たちにも手伝わせて」

それを聞いたヘスは苦笑で唇を歪め、

「井戸を掘れ、というのではない。二人で充分だろう。わたしは、健康なドイツ婦人ならばその程度の労働は可能だ、と信じている」

ヘスの部下の一人が、もう一本のスコップをクララに放り投げた。

爪先すれすれのところにスコップが転がった。それを険しい眼で見下ろすと、クララは、ヘスに視線を移し、

「少なくとも、あなたはゲッベルスよりはましなようね。女の仕事は子供を産むだけじゃない、と考えているから――」

憎しみをこめて吐き捨て、スコップを取り上げた。

「いくわよ、ゴトウ」

「ああ」

クララにうなずき、神門はかの女の指し示す場所に向かった。二人は掘りはじめた。コンクリートの塊を崩し、半ば炭化した木製品を掘り返し、硝煙の匂いの残る土にスコップを突き立てた。

作業は沈黙のなかで五分間続けられた。

やがて、神門のスコップに、金属質の手応えが伝えられた。

「懐中電灯で照らしてくれ」

神門はクララに命じた。

すぐに光が地面を照らす。黒焦げの四角いものの角が、土のなかから盛り上がっていた。

「間違いない。金庫だ」

神門は掘るスピードを上げだした。

「気をつけて……。どんな魔術がかけられているか、分からないわよ」

心底から神門を心配している口調で、クララは囁いた。次いで、空中に人差し指で五芒星を描き、口のなかでルーン魔術の呪文を唱えはじめる。

「もう少しだぞ」

神門のスコップの下で、金庫は、ようやくその全体像を現わそうとしていた。

予想したよりずっと小さい金庫である。

縦は五〇センチ、横三〇センチ、高さ六〇センチほどだ。この程度の大きさならば、神門一人でも地上へ持ち上げられそうだ。

瓦礫に屈みこみ、神門は両手を金庫の側面に差しこんだ。底の方に手が届く、両肩に力をこめて、持ち上げていった。

地上から四〇センチほどのあたりまで持ち上げた時――。

金庫が身震いした。

まるで大きな魚のように、身をくねらせる。

「うわっ」

生き物じみた動きの無気味さに、神門は思わず手を放した。

金庫が瓦礫の上に投げだされた。それでも、その身震いはやまなかった。

「聖槍を！　早く、聖槍を金庫に向けて‼」

クララがヘスに乞うた。その声はほとんど悲鳴だった。

ヘスは慌ててロンギヌスの聖槍を構え、その槍穂を金庫に向けた。

「いあ！　いあ！　はすとぅぅるぅぅ！」

ヘスは念を凝らし呪文を震動させた。

聖槍の尖《さき》から蛍光性ピンクの光条が発射された。光条は、ふるふる震える金庫にぶち当たった。そこから、どろりとした緑の閃光が弾け、あたりに飛び散った。

神門は生まれて初めて、無機物の叫びを耳にした。金庫のあげる絶叫である。それはガラスを引っ掻く音のように耳障りで、汽車の車輪の軋みのごとく鳥肌を立たせるものだった。

「よし。入れ！」

ヘスの命令一下、六人の男たちが次々と窓から廃墟に跳びこんできた。懐中電灯の光が三本、おとなしくなった金庫に向けられる。それは、見たところ、ありきたりな、ただの焦げた小型金庫にすぎなかった。

外見と、悲鳴がしなくなったことが、かれらを安心させたのであろう。

七人は一斉に金庫に手を伸ばした。

と、その時——。

金庫の蓋が内側から開かれた。

なかから緑色をした猿のようなものが跳び出した。

懐中電灯の光に、ほんの一刹那、照らされたそれを見るなり、神門はクララに叫んだ。

「危ない。伏せろ！」

クララと神門が伏せるのと、七人の男たちがどよめくのとは、ほぼ同時であった。

黒いソフト帽が宙に舞った。

一人の顔に、緑のものがへばりついたのだ。

それは蛸の触手そっくりの手足を伸ばしていく。

「取ってくれ！」

顔に貼り付いたものの背を掻きむしりながら、男は叫んだ。だが、それに仲間が手を伸ばすと、背中から針のような棘《とげ》が浮き上がる。

その頃になって、ようやく、かれらは知った。

――金庫から飛び出したものの無気味な姿を。

それはゴカイの腹に似た背を持ち、蛙のような全体像を有し、蛸の触手を四本持っている。しかし、それ以上におぞましいのは、その頭が、尖った顎鬚をたくわえた、痩せた中年男のものであることだ。

「館にいたのと同じ……。メルゲルスハイムの喚起した妖魔よ」

クララが囁いた。

「あの顔は……わたしを襲った奴と同じだ」

「喚起された妖魔は、魔術師の顔を真似るの。あれはメルゲルスハイムの顔をカリカチュアさせたもの」

何処《どこ》からか、勝ち誇ったような魔術師の哄笑が響いてくる。

その声に乗って、メルゲルスハイムの顔をした妖魔は、虐殺を開始した。

最初に貼り付いた男の顔面の肉を引き剥がす。真紅の骸骨面が、悲鳴をあげながら倒れこんだ。妖魔は手近な位置に立った男に飛び移る。蛸の触手のなかから鉤爪が突き出て、男の喉を横一文字に掻き切った。血煙を浴びながら、妖魔は第三の犠牲者に飛びかかる。

「聖槍を化物に向けろ」

神門がヘスに叫んだ。

ルドルフ・ヘスは、ようやく廃墟のなかに足を踏み入れたところだ。

愕然とした表情を貼り付け、聖槍を右に左に振っている。

あまりに妖魔の速度が早いため、照準を絞りきれないらしかった。

「なにをしている⁉」

そう叫んだ神門の鼻尖を、拳銃を握った手首がかすめた。三番目の犠牲者のものだ。まるで鋭い刃物で切られたように、すっぱりと切断されていた。

手首を失った腕を押さえて転げまわる男から、妖魔は四番目の男に移った。

男はベルクマン・ベヤードを乱射する。

だが、妖魔は、目にもとまらぬスピードで、触手を男の両眼に突きこんだ。

視力を失った男の発射した銃弾が、神門とクララの周囲で弾けていく。そのうちの一発は、転げまわる男の頭部を粉砕した。

四番目の犠牲者の悲鳴が、唐突にやんだ。

妖魔の触手が大脳に達したのだ。

男は口を開けたまま、膝からくずおれていった。

妖魔が男の顔から離れていく。ぽっかりと眼窩に赤黒い空洞が開いているのを見て、クララは眼をそむけた。

（くそっ、こんな状況で死んでたまるか）

必死で陸軍情報部員の冷徹さを取り戻し、神門は手を伸ばした。

切断された手首を掴み、引き寄せた。硬直が早くも始まっている指をほどいて、ベルクマン・ベヤードを手にするためだった。

一方、妖魔は、副総統の味に興味を持ったか、ルドルフ・ヘスに襲いかかろうとしている。

ヘスの聖槍が、空中の妖魔に向けられた。

「いあ！　いあ！　はすとぅぅるぅぅ！」

ピンクに輝く光の槍が、闇を裂いた。

それは正確に妖魔の体の中心を刺し貫く。空中から耳障りな鳴き声がおとされた。

腐肉が闇のわだかまる、廃墟の隅に散っていった。

「やった。……わたしの勝ちだ」

ルドルフ・ヘスは会心の笑みを広げ、部下に命じる。

「金庫を調べろ。白金《プラチナ》の仮面が入っている筈だ」

生き残った二人が、冷や汗を拭う暇もなく、焦げた金庫に駆け寄っていった。

神門はそっとベルクマン・ベヤードを背広の懐に隠しながら立ち上がる。クララも溜息をおとして立ち上がった。

男たちの手で金庫があけられる。神門はその仮面を目にすると、眉をひそめた。

（到底、正気の人間が欲しがる代物ではない）

仮面は人間の大人が、頭からすっぽりと被れるほどの大きさだった。

大きさは、白人の男の頭ほどである。

ただし、その容貌は、人間のものではなかった。

細長い逆三角形の顔。先が鋭く尖がった耳と顎。頭部には一毛もない。額からは、イソギンチャクの触手を思わせる器官が何十本も生えていた。眼は吊上がり、細いが、東洋人のそれとは似ても似つかない。まるで古代の遮光器のようなスリットだ。鼻は細く高く、唇は傲岸な表情でへの字を描いている。

神門の目の前で白金の仮面を持った男が副総統にそれを差し出した。

「これが〝ヨス＝トラゴンの仮面〟か。……シュタイナー師が彫刻したアーリマンの頭そっくりだ……」

ルドルフ・ヘスは感動した表情で言いつつ、白金の仮面を受け取った。

聖槍を部下に預け、恭しく捧げ持つ。

「どうするの？」

クララが震え声で訊いた。

「知るのだ。――神秘の実相を。トゥーレの光景を。我がゲルマン民族の歴史のすべてを。……そして、第三帝国の未来を……」

恍惚とした声音で応えながら、ヘスは〝ヨス＝トラゴンの仮面〟を己れの頭に持っていく。

「やめろ！　それは人間の被るものじゃない」

神門が制止しようと、一歩前に出かけると同時に、二人のヘスの部下が拳銃と聖槍を向けた。

神門は歯噛みしながら、後退する。

「安心しろ、まだ殺しはしない。殺すのは、わたしが幻視するものをお前たちに語ったのちだ。善戦したお前たちには、それを聞く権利がある……」

「……」

神門は懐の拳銃を抜く隙を窺うため、ヘスを見つめた。次いで、仮面を。

仮面は、いま、ヘスの頭に被られようとしている。

と、その時――。

クララが恐怖に喘いだように、息を呑んだ。

「むっ」

神門の眉が、ぴくりと動いた。

「仮面が……」

とクララは洩らした。

神門は小さくうなずいた。

二人は見た。

ヘスの顔を覆いつつある仮面の、額の触手が蠢き、その唇が笑うかたちに変わったのを。

「……冷笑《わら》っている」

と、クララは言葉を続けた。

VI　オカルト帝国《ライヒ》

ヘスは白金の仮面を被り終えた。

細い裂け目のような眼から、ヘスの金壺まなこが、神門の方を見ていた。

「聖槍を」

短く命じたヘスに、部下がロンギヌスの聖槍を手渡した。

仮面を被って、聖槍を捧げたルドルフ・ヘスは、ナチス党の副総統ではなかった。

(中世の悪魔教の司祭だ)

神門はそのグロテスクな姿に寒気を覚えた。

(俺は本当に一九三七年のベルリンにいるのか？魔女狩り時代に逆戻りしたのではないか)

ヘスは呪文を震動させはじめた。

「いあ！　いあ！　はすとぅぅぅるぅぅぅ」

と、すかさず、闇のなかから別の呪文が発せられる。

「いあ！　よす＝とらごん！」

魔術師の声が終わるや否や、仮面の孔の内側から、膿汁のような緑の光が送った。

ヘスのくぐもった悲鳴が仮面から響く。

「なんだ、この光景は！？」

聖槍を取り落とし、ヘスは仮面を脱ごうと頭を抱えた。だが、眼前に広がる幻視《ヴィズイオーン》に眩惑されて、容易に脱ぐことは出来ないようだ。

「……これが『アカシャ年代記』なのか……ここは超未来なのか……それとも超古代なのか……ああっ……アルプス山脈よりも高いあれは……建築物なのか……ならば如何《いか》なる巨大なものどもが築いたというのだ……」

闇の奥からメルゲルスハイムの哄笑が聞こえてくる。

ひとしきり笑うと、魔術師は、ルドルフ・ヘスに言った。

「時空を超えて、すべてを見るがいい。副総統閣下。そして、お前の目撃したものをすべてヒトラーに伝えるのだ」

狂ったようにヘスは暴れだした。

その頭から仮面を取ろうと跳びついた二人の部下を突きとばす。手足をデタラメに振りまわす。廃墟の壁によろけていき、頭を壁面にぶつけていった。

「おお!? 吹雪のなかで我が軍の兵士がばたばたと倒れていく……ムッソリーニが逆さ吊りにされている……ベルリンが燃える……」

「お前が見るべきは未来ではない。過去だ」

メルゲルスハイムが笑いを含んだ声で言った。

「トゥーレが未だ北の果てにあった時代……アトランティスがクシャと呼ばれ、レムリアがシャレイラリィと呼ばれていた時代……地球の主《あるじ》が人類ではなかった時代を見よ。――いあ! なと よす=とらごん!!」

ルドルフ・ヘスは絶叫した。

それは野獣の咆哮を神門に連想させるほどの叫びだった。

長く尾を引き、恐怖にひきつり、肺腑も裂けんばかりにヘスは叫び続ける。

「巨大で――触手を持って――数知れない眼を瞬かせ――ナメクジのような光沢――鱗と皺だらけなのに――どうしてあいつはあんなに知的な光を眼に湛えているんだ!?――ああっ、神よ!」

「神だと。馬鹿め。お前の見ているものこそ神なのだ。旧支配者の崇拝していた神……ヨス=トラゴンの真の姿だ」

魔術師が蔑みをこめて吐き捨てた。

(いまの声はかなり近い)

そう察して、神門は、のたうちまわるヘスから眼を離した。ヘスの二人の部下は、恐怖に戦《おのの》いた表情で上官を見つめている。すでに二人は戦う気力すら失った様子であった。

（よし、いまだ！）

神門は右手を背広の懐に近づけた。

仮面の孔から放射される緑の光が壁に当たった。と、その壁から黒い人影が滲んでくる。人影は瞬く間に立体感を増していった。

やがて壁を背にして、長身の中年男が現われた。男は長身で、その身に古臭い黒のフロックコートをまとっていた。黒々とした髪をオールバックに撫でつけ、細長い顔をして、尖がった顎鬚をたくわえている。

男の容貌に神門は見覚えがあった。

かれを襲った妖魔の顔――ヘスの部下を惨殺したバケモノの顔――そして〝ヨス＝トラゴンの仮面〟の顔だ。

クララが呟いた。

「メルゲルスハイム!?　でも……どうして……あいつは八十七歳よ……どうして若返っているの……」

「わたしに人間《モータル》の常識は通じない」

クララに応えながら、魔術師は、苦悶するヘスに歩み寄っていった。

不意にヘスの絶叫がやんだ。

副総統は壁に背中からぶつかったと見るや、そのまま、ずるずると腰をおとしていく。

「ヨス＝トラゴンに会った人間は必ず失神する。そして……再び気づいた時には、聖者か狂人になっているのだ」

魔術師が近づくと、ヘスの部下は少女のような悲鳴をあげ、這って逃げた。

「我等が副総統閣下は、さあて、目覚めたならば、どちらになっていることか」

低い声で言いながら、魔術師は、鉤爪のような手を白金の仮面に伸ばしていった。

(渡してたまるか！)

神門は懐からベルクマン・ベヤードを抜き出した。素早く銃口を魔術師の背に向ける。

かれが次にとる行動を悟って、クララは、空中に五芒星を描くと呪文を唱えた。

「ケン、ソーン、ラド！」

ベルクマン・ベヤードが火を噴いた。

クララの描いた五芒星が一直線に宙を滑った。

灼熱した銃弾が魔術師の心臓を砕き、光の五芒星がその首を水平に断ち切る。

沈黙。……三秒のち。

フロックコートを着た胴体から、ゆっくりと魔術師の首が滑り落ちていった。

尖った顎鬚をたくわえた生首は、瓦礫の上でバウンドし、二人の方に面を向けた。

「……やった……」

神門が銃口を下げかけると、クララはかぶりを振った。

と。——魔術師の生首が二人に笑いかけた。

首のない胴体が静かに笑う生首を持ち上げる。

「見事だ。わたしの首を切断するとは、カブレラス伯爵以来だよ。……これは褒美を差し上げねばなるまい」

魔術師の生首は、にやにや笑いながら、そう言うと、

「仮面をヒムラーの許に持っていくがいい。どうせ、今後のわたしには不用の品だ」

生首を提げた胴体は壁に歩いていった。一歩進むごとに、その身から立体感が失なわれていく。また色を失い、次第に黒くなっていく。やがて壁に辿り着く頃には、魔術師は完全な影になってしまい、そ

のまま壁の下にわだかまる闇のなかに消えていった。

「……今度こそ、本当に終わりだ」

神門が呟くとクララは蒼ざめた顔を縦に振った。

そして、二人は、失神した副総統の仮面を剥がすため、ゆっくりと進みはじめた。

「ご苦労だった。これでトゥーレを見つけることができる」

SS本部の国家長官室でヒムラーは、巨大な机の上に置かれた仮面を見て、満足げに言った。

「副総統閣下は大丈夫でしょうか」

眉をひそめて神門はヒムラーに尋ねた。ヒムラーは縁なし眼鏡を光らせ、

「ふふん。気がつけば聖者か狂人になるだと？ヘスはナチスに入党する前から狂人だった。あれ以上、狂うことなど考えられんよ」

「……」

神門は小さくうなずいた。

（ヘス同様に、ヒムラーもゲッベルスも……ヒトラーも狂っているんだ）

「さて、君には報酬を支払わなくてはな」

「長官！」

クララがなにか訴えたそうに踏み出した。ヒムラーは、首を横に振り、クララに小さな掌を見せる。

「いいんだ、中尉。……第三帝国は日本・イタリアと三国協定を結んだのち、ソ連と手を結ぶ。すでに総統《フューラー》とスターリンの間にはホットラインが出来ているのだ。三国協定の件を総統から聞いて、スターリンはなんと言ったと思うかね？」

「さあ。……共産主義者の考えていることは理解できませんね」

と、神門は、かぶりを振った。

それを耳にすると、ヒムラーは唇をV字型に吊り

上げて囁いた。

「――ファシズムは趣味の問題だ、とさ」

その一言を耳にするや、神門帯刀《ごとうたてわき》陸軍中尉は、魔術や虐殺を目撃した時以上の凄まじい戦慄が背を走るのを覚えたのだった。


一九三七年五月三日、神門帯刀は狂気の第三帝国をあとにして、帰国した。

同年十一月六日、日独伊防共協定が調印された。

一九三九年八月二十三日、独ソ不可侵条約調印。

同年九月一日、ドイツ軍はポーランド侵攻を開始し、第二次世界大戦はここにはじまる。

副総統ルドルフ・ヘスは、一九四一年五月十日、単身メッサーシュミットに乗り、イギリスに向かった。当然のことながら、ヘスはイギリス軍に逮捕され、一九八七年八月十七日に死亡するまで監禁されることとなる。

一九三八年と四二年の二度にわたって、ナチス・ドイツは極地探検を行なっている。前者は南極、後者は北極に向けたものだが、いずれも芳《かんば》しい成果は得られなかったという。


ヒムラーは？

一九四五年四月二十九日、ヒムラーはゲーリングとともに和平工作のかどでナチス党から除名された。同年五月、イギリス軍に逮捕されたかれは口中の青酸カプセルを嚙んで自殺した。

かくして一九三七年五月一日以降、白金《プラチナ》の仮面が何処へ運ばれ、なにに使われたのかは、永遠に歴史の闇に葬り去られてしまったのである。

＊第一次世界大戦
一九一四〜一八年、ドイツ・オーストリアを中心とする同盟国側と英・仏・露を中心とする連合国側との間で戦われた世界戦争。同盟国が敗北し、ドイツ帝国は崩壊した。

＊ヴェルサイユ条約
一九一九年六月、フランスのヴェルサイユで調印された、第一次世界大戦における連合国とドイツの間で締結された講和条約。

＊コンドル軍団
一九三六〜三九年、スペイン内戦で、フランコの国民戦線軍を支援するためにナチスドイツが派遣した空軍を主体とする遠征軍。

＊スペイン内戦
一九三六年、スペインで勃発した内戦。フランコ将軍を中心とした右派が人民民戦線政府に反乱。ナチスドイツの強力な支援を受けた右派が勝利した。

＊日独伊三国防共協定
反共産主義、反ソ連を目的として一九三七年、日本・ドイツ・イタリアの間でむすばれた協定。

＊独ソ不可侵条約
一九三九年八月、ドイツとソ連の間に締結された不可侵条約。互いに仮想敵国視していた両国の条約だけに、世界を驚かせた。

＊第二次世界大戦
一九三九〜一九四五年、独、日、伊を中心とする枢軸国陣営と、英、仏、ソ連、米、中国などの連合国陣営との間で戦われた全世界的規模の戦争。連合国の勝利に終わった。

（編集部註）

狂気大陸

Ⅰ 〝ノイシュヴァーベンラント〟[*1]へ

一九三九年六月二十一日。

ベルリンではオリンピック・スタジアムでゲッベルスが「火の演説《フォイアーレーデ》」を喚き、恒例の夏至の大焚火が行なわれていることだろう。

しかし、わたしたちは、夏とも火とも最も縁遠い地――南極大陸をめざして進む輸送船ヘルダーリン号の船内にある。

三台の最新雪上車、一機の分解したメッサーシュミット、そして大量の銃火器を船倉に積みこんで、現実には存在するはずもない極地の楽園に向かっているのだ。

すべては、ナチスの御用探検家アルフレート・リッチャー大尉のでたらめな報告書と、ヒトラーの馬鹿な側近どものせいである。

一九三八年、隠秘学者フォン・ユンツトの『無名祭祀書《ウンアウスシュプレッヒリッヘン・クルテン》』に記された譫言《たわごと》に注目して、ヒトラー総統は、リッチャー大尉に秘密指令を下した。

それは、南極大陸北部、英国人がクイーン・モード・ランドと呼ぶ地点より、南下すること、およそ三〇〇〇キロ。その約六〇〇万平方キロもの面積の土地を調査せよ、というものであった。

フォン・ユンツトによると、その地域は火山活動のために水温が高く、温水湖があり、植物は豊富で、夏は戸外で外套なしで生活が可能なほど、温暖であるという。

凍てついた氷の大陸、南極に、そのような地帯が存在すると主張すること、それ自体が狂気と呼ぶべきであるのに、ヒトラー総統は、この妄説を信じた。

そして、莫大な国家予算を投じ、リッチャー大尉に軍人と科学者チームより成る八十二人を与え、南極へ送り出したのである。

やがて、リッチャー大尉より送られてきた報告は、常軌を逸したものだった。

飛行機を駆って、リッチャー大尉は、くだんの地域に向け、二〇キロおきに鉤十字旗《ハーケンクロイツ》を投下した。

そして、当該地域が第三帝国の領土であると宣言したのである。

のち、大尉は大量の犬橇と雪上車を使い、その地へ足を踏み入れたという。

そこでかれらを迎えたのは標高四〇〇〇メートルものアルプス級の山脈と、地肌も露わな沃土、そして咲き誇る花々と豊かな緑の森に彩られた温水湖であった。

この驚異の景観は、大量の写真と映画フィルムにおさめられ、リッチャー大尉一行は、百十七日の調査を終え、喜望峰経由で帰国した。

ヒトラー総統はこの世紀の発見を喜び、かの南極の沃土を〝ノイシュヴァーベンラント〟、すなわち〝新しきシュヴァーベン〟と命名したのだった。

……ただし、リッチャー大尉の発見自体、かれの功名心より生まれた、子供だましのペテンだとする声は、国防軍内に数多くあった。

かくいうこのわたし、リヒャルト・フォン・ハオゼン陸軍少佐も、その一人である。

わたしは知人の新聞記者にリッチャー大尉の背後を洗わせ、遂に、かれがナチス党のフォトモンタージュ新聞〈ＡＢＺ〉とパイプを持っていることをつきとめた。

つまり、探検隊が撮影した、沃土の写真は高度な合成写真であり、映画も南極ならぬウーファーのスタジオで撮ったもの、との状況証拠を握ったのだ。

だが、こうしたわたしの活動は、非ナチス党員の軍人を心良く思わぬ、親衛隊《SS》の知るところとなった。

一九三九年三月二十四日、国防省に召喚されたわたしは、「一年に亘《わた》るノイシュヴァーベンラントの警備を命ず」との命令書を、ハインリッヒ・ヒムラーの名のもとに突き付けられたのである。

つまるところ、南極への島流しというわけだ。

この〝存在せぬ領土〟の警備を命じられたのは、全部で三十二名であった。

いずれもナチス党に非協力的な国防軍兵士ばかりである。

そんな我々を監視するために、当局は十四名のSS隊員と、二名のゲシュタポを当てがった。

かれらを指揮するのは、ヴィルヘルム・ブラスキSS上級大隊指揮官――こともあろうに、娼婦五人を殺害した容疑で、拘留中の人物であった。

ブラスキに限らず、監視部隊に属する奴らは、全員、犯罪者か異常性格者だった。

これがなにを意味するか。答えは明解かつ簡単である。

せっかくの好機に、国防軍のうるさい兵士と、SSでも手に余る異常者を、一気に南極に葬り去ろう、というわけであった。

かくして、ヘルダーリン号は、一九三九年四月三日、軍港キールより船出した。

ヘルダーリン号は廃船寸前のポンコツ輸送船であったが、同じ船室となった三人の戦友が、みんな気の合う者だったお蔭で、はじめのうち、航海は苦にならなかった。

三人のうちで、最も年長者は、クレンツ海軍中尉で、四十一歳。つまり、わたしより二歳年上である。

クレンツ中尉はプラチナブロンドの髪と、意思強固そのものの顔立ちが特徴の、生粋のドイツ軍人で、海軍情報部に属していた。

なんでも先の大戦で、かれの父はUボートに乗り組み、大西洋において敵に撃沈されたという。[*2]

わたしよりも若い、残りの二人は、ミュラー陸軍少佐と、ハインリッヒ空軍少尉であった。

ミュラー少佐は、その名をエリッヒ・フォン・ミュラーといい、カールスルーエの貴族出身の二十九歳。

理知的かつ貴族的な容貌が人を惹きつけるが、やや線が細く、神経症がかった性格であった。

対するハインリッヒ少尉は、陽気な大男で、出身地を尋ねればザールとのこと。母方にベルギーの血が入っていると聞き、天性の明るさは、そのためかと納得した。

ちなみにハインリッヒは、二十七歳である。

わたしたちは、その場で打ち解け、十年来の戦友であったかのように笑い合った。

——だが、そんな楽しい航海も、十日を数える頃から翳りだし、やがて重苦しくも絶望的な日々へと変わってしまうことになる。

ことの起こりは、四月十一日午後七時、ドアを荒々しく叩くノックの音であった。

「どうぞ」

ベッドに横たわり、雑誌を広げていたハインリッヒが、ノックに応えた。

すぐにドアが開かれる。

戸口に立っているのはブラスキと、縁なし眼鏡をかけた私服のゲシュタポであった。

わたしは、そのゲシュタポの、ハイニッケという名を思い出しながら訊いた。

「なんのご用ですか?」

「貴様になど、用はない」

とブラスキは吐き捨てて、

「ミュラー伯爵、ご同行願えますかな」

皮肉な調子でミュラー少佐に呼びかけた。

「自分が……なにか……」

訝しげに問うミュラーに、ハイニッケが居丈高に応える。

「たったいま、ヒムラー長官より、連絡があったのだ。――そろそろ〝ヨス＝トラゴンの仮面〟をミュラーに被せろ、とな」

ハイニッケの言葉を耳にするなり、ミュラー少佐の顔色が変わった。

「知らない……そんな仮面など……自分は知らん……なんの話だ……」

首を横に振るミュラーの胸倉を、いきなり両手で摑んで、ハイニッケは己れのほうへ引き寄せた。

ミュラーとハイニッケの互いの鼻尖が、いまにもぶつからんばかりだ。

「とぼけても無駄だな、ミュラー。貴様の父、エックハルト・フォン・ミュラー伯が、メルゲルスハイムのパトロンだったことなど、とうに我々は押さえているんだ」

「メルゲルスハイム……？」

ハイニッケの口から発せられた耳馴れぬ名をクレンツ中尉は繰り返した。

「貴様らには関わりのないことだ。つまらん穿鑿《せんさく》は、やめたほうが身のためだぞ」

ブラスキはそうわたしたちに釘をさすと、片眼鏡《モノクル》をずり上げた。

「さあ、来ていただきましょうかな、ミュラー伯爵。あなたの霊能をヒムラー長官は高く評価しておられる。〝ヨス＝トラゴンの仮面〟に啓発されて、どんな素晴らしい幻視を得られるものか、わたしも興味があるのでね」

そうして、ミュラー少佐は、ハイニッケに引き摺られるように、船室から連れ去られていった。

唖然として、わたしは、ハインリッヒやクレンツの顔を交互に見やるばかりだった。

ややあって、クレンツ中尉が、額に拳を当てながら、こう呟いた。

「メルゲルスハイムだと……。ハイニッケは……クリンゲン・メルゲルスハイムのことを……言っているのか……」

「クリンゲン・メルゲルスハイム？　何者だ、それは」

ハインリッヒとわたしは異口同音に尋ねた。

「魔術師だ……トゥーレ協会の黒幕と噂された……何百年生きてるとも知れない……魔術師の名だ……」

わたしとハインリッヒは、一瞬、互いに見つめ合った。が、すぐに、眼をクレンツに戻す。

「どうして、中尉は、その名を？」とわたし。

「父の日記に……その名が記されていた……だが……信じられるか……父がメルゲルスハイムに会ったのは……一九二五年のことだった……当時……奴は九十歳以下には見えなかったという……」

II　幻視者フォン・ミュラー

この一文を書き進めている六月二十一日現在、ヘルダーリン号は、東経三〇度をひたすら南下し続けている。

すでに南極大陸は、三〇〇〇キロの距離にまで迫った。

次第に寒気は増しつつある。

だが、この耳の奥では、二カ月ほど前にヘルダーリン号のなかをつんざいた、ミュラーの絶叫が、未だに響き続けているのだ。

(どのような拷問が、ミュラーに加えられているというのだろう)

悲鳴を聞きながら、わたしはそう想像せずにはおられなかった。

また、

(どうしてミュラーは、そんな目に遇わねばならないのだ)

と、憤《いきどお》ってもみた。

だが、二時間ほどのち、船室に戻ってきたミュラーの肉体には、毛一筋ほどの外傷もなかった。

かれは、ただ、紙のように蒼ざめ、麻薬に酔った者のごとく双眸をぎらぎらと輝かせ、時折、痙攣めいた笑いを浮かべるばかりであった。

そう——ミュラーが負わされた外傷は、肉体ではなく、精神に刻まれたのである。

「大丈夫か」

クレンツが両手を伸ばすと、ミュラーは、急に怯えた表情で端整な顔を歪め、必死でその手を払いのけた。

次いで、両頬を掻きむしりながら、奇怪な譫言《うわごと》を口走る。

「……あれは動物か、植物なのか。……こっちを見るな……五芒星のかたちをした頭を向けるな……山が動く……おぞましい細胞の山が……」

そこまで言ったところで、ミュラーは、血を吐かんばかりの絶叫をあげると、気を失った。

ミュラーの身をハインリッヒが受けとめる。

眉をひそめ、クレンツが立ち上がった。

「どうする気だ」

と、わたしは質問した。

「医務室へ行って、鎮静剤か、ブランデーをもらってくる。ミュラーに必要なのは、休息と睡眠だ」

クランツが応えた時、かれの背後でドアが引かれた。同時にハイニッケの声がわたしたちに浴びせられる。

「それには及ばん。……コニャックだ」

ハイニッケは細面に酷薄げな笑みを湛えて、コニャックの壜を提げていた。

壜の栓を口にくわえ、引き抜く。

コニャックをラッパ飲みしたのち、それをわたしに手渡した。

受け取った時、ハイニッケの吐く息が、鼻を掠めた。すでに、かなりの量を呑んでいるようだ。ゲシュタポは、全身から酒の匂いを放っていた。

わたしは壜をハインリッヒに廻すと、

「ミュラー少佐になにをしたんだ」

相当に酔っているハイニッケに問いただした。

「夢を見せたんだ」

酒のせいで、ハイニッケの口は、かなり軽くなっていた。

「夢？　幻覚剤でも使ったのか」とわたし。

「仮面さ。仮面をそいつに被せたんだ」

「……仮面だと？」

クレンツが眉を上下させ、ハイニッケを正面から睨めつけた。

「そうだ。さっきも言っただろう。〝ヨス＝トラゴンの仮面〟。ヒムラー長官が苦心のすえ二年前、やっと手に入れた白金《プラチナ》製の仮面だ。そいつを被った者は時空を超越した幻視を得られるという……」

へらへら笑いながら、ハイニッケは言った。

「だが、どうして、ミュラーでなければならないんだ」

クレンツが詰め寄ると、ハイニッケは肩をすくめる。

「知らんのか、ミュラーの一族は、黒森《シュヴァルツヴァルト》あたりでは有名な、霊能者の家系なんだよ。魔女、魔術師、霊媒、接神者などを数多く輩出しているのさ」

クレンツはなにか言いたそうに、ハイニッケを険しい目つきで見ていたが、ミュラーの呟こむ声を耳にして、

「おい、ハインリッヒ。ミュラーは？」

コニャックをミュラーに呑ませるハインリッヒに眼を転じた。

「大丈夫だ。ちょっと、むせただけだろう」

「まあ、せいぜい、看護してやれ。明日もミュラーには幻視してもらわなければならないのだからな」

そう吐き捨てると、ハイニッケは、耳障りな笑い声を残し、わたしたちの船室から去っていった。

その夜遅く、ようやく正気に返ったミュラーは、〝ヨス＝トラゴンの仮面〟と、それによって得た幻視について、次のように語った。

「椅子に縛りつけられたのち、ブラスキは、艦長室の金庫を開いた。

そこから取り出したのは白金製の、頭からすっぽりと被る仮面だった。

形状は細長い逆三角形をしている。耳と顎が鋭く尖がっており、頭部には髪などない。

ただし、額には、イソギンチャクの触手を連想させるものが密生していた。

眼は吊り上がって、細い。まるで切れ目のようだ。口はVの字を描いて冷笑している。

一目見るなり、わたしは直感した。この仮面は、実在する怪物を、そのまま写しとったものだ。しかも、そいつは、人類とは決して共存し得ない。……いわば人類の天敵だ、と。

『恐れることはない。君の父上も、クリンゲン・メルゲルスハイムとともに、この仮面で幻視を得たのだ』

と言いながら、ブラスキは、抵抗するわたしに〝ヨス＝トラゴンの仮面〟を被せた。

それは、かつて味わったこともない、奇怪な感触だった。

大きさや形状からして、わたしの頭部に合うはずもないのに、白金の仮面は、ゴムのように伸び、ぴったりとわたしの首から上を覆ったのだ。

初めは変わったものなどなにも見えない。

切れ目状の仮面の孔から見えるのは、サディストのSS指揮官と、にやにや笑いながら酒を呑むゲシュタポの馬鹿面《づら》だけ……。

だが、三十秒ほどのち、信じられないことが起こった。わたしの口が、こちらの意思とは関わりなく、勝手に呪文を唱えだした。

『いあ！　いあ！　はすとぅぅぅるぅぅぅ』

呪文と、いま、わたしは言ったが、むしろそれは〝振動〟と表現するべきなのだろう。

なにしろ、わたしの声に、艦長室の壁とドアが、ひりひりと反響したのだから。

次の瞬間――。

わたしの視界がピンクに染まった。ただのピンクではない。蛍光性のピンク……眼が痛くなるほど、眩《まばゆ》いピンクだ。

そして、幻視が、わたしを襲った。

映画以上にリアルで、悪夢よりも遥かにおぞましい光景……。

天を冲するばかりに高い石造建築物。一つ目巨人《キュクローペス》が築いたかとも思われる、超高層の連なり。恐るべき大迷宮だ。

それらは無秩序につながり、重なり合っている。石造りの壁といわず、屋根といわず、建物同士を結ぶ通路といわず、どこもかしこも膿汁めいた緑の漿液まみれだ。

突然、奇怪な迷宮都市の住人が、わたしの顔を覗きこんだ。

その恐ろしさに、わたしは、反射的に悲鳴をあげてしまった。

なんという怪物であろう。

全長およそ二メートル四〇センチくらいだ。

頭部は五芒星というか、海星状《ひとで》というべきか。本体は樽そっくりのかたちで、長軸方向に五つの峰がある。

海百合《うみゆり》……そうだ。あれは、海百合の一種に違いない。

君たちも学生時代、生物の教科書で、一度は見たことがあるだろう。あの太古の地球を支配していた、植物そっくりの怪生物のことだ。

その五芒星の各頂点からは、管が伸び、さらに管の先端には球型の器官があった。

球のひとつが、わたしに向けられる。

と、次いで、黄色い薄膜がめくれ、ガラス状の赤い虹彩をもった器官が露わになったのだ。

なんだと思う?

眼だ。

それは、海百合型の怪物の、眼球だったのだ。

だが、わたしを恐怖させたのは、そんなことではない。

怪物の眼球に湛えられた光は、明らかに知性を有した生命体のそれだったからだ!」

怪物はミュラーの意識に思念を送ってきたという。

ミュラーは、怪物の思念を、次のように受けとめた。

それは――。

(南下をいますぐ中止せよ。レン[*3]に近づくなかれ。我等を滅亡の淵に叩きこみし巨大なる悪魔が、汝等を待ち受けているがゆえに)

III　極地の幻影

七月十三日。遂にヘルダーリン号は、南極圏限界線南緯六六度三二分に到着した。

わたしたちは、犬どもと橇を船から降ろしたが、一方、別の兵たちは一日がかりで巨大な荷を船より降ろしていった。

やがて、全ての荷を降ろし終えた時、わたしたちの面前にあったのは、二台の戦車と一台の雪上車だった。

「……一体……ブラスキは……いや……総統《フューラー》は……なにを企んでいるんだ……」

クレンツは愕然として呟いた。

「南極に敵軍の基地があるとでもいうのか」

ハインリッヒも、信じられぬ面持ちで言った。

予想だにしなかった戦車の出現に、わたしたちは、将兵の別なく動揺した。

その動揺に気づいたか、SS隊員のベルクマン軽機関銃に護られたブラスキがマイクを通して呼びかけてくる。

「諸君、驚くのはもっともだが、これには理由がある」

ハウリングでひずんだ声は、悪魔を思わせるほど、しゃがれていた。

「我が第三帝国の新領土、ノイシュヴァーベンラントの西南において、将来、脅威となりかねない危険が確認されたのだ」

「どんな危険でありますか⁉」

わたしは大声で、甲板に立つブラスキに質問した。

「それは、まだ、言える段階にはない。諸君は、わたしの指揮に従い、あの山を越え、山陰に存在するものを徹底的に崩壊させればいいのだ」

「あの山とは？」

わたしが食い下がって訊くと、ブラスキは、険しい目つきでこちらを見据える。

ひと呼吸おいて、かれは、言った。

「――狂気山脈だ[*4]」

ブラスキの応えを耳にするなり、ミュラーは、その場で失神した。

――神よ。

その名を聞いただけで、大の男、栄光あるドイツ陸軍の将校が、失神してしまうとは。

狂気山脈には、如何なる恐怖が潜んでいるというのだろうか。……


ベルクマン機関銃の機動部にたっぷりと凍結防止のグリースを塗りながら、わたしはミュラーの言葉に耳を傾けた。

「どうやら、〝ヨス＝トラゴンの仮面〟は、太古の南極地図の役割を持っているらしい」

わたしもミュラーも、クレンツも、ハインリッヒも、同じ大型の犬橇に揺られていた。

めざすは到着地点より一〇〇〇キロ離れたノイシュヴァーベンラント。

さらに、その彼方に聳える、狂気山脈であった。

「中佐が自分に〝ヨス＝トラゴンの仮面〟を被せ、強引に幻視させたのは、狂気山脈の正確な位置と、その向こうに何が潜んでいるか、を調べるためだったんだ」

「なにを幻視したか、覚えているか」

クレンツがミュラーに尋ねた。

「いや。おそらく、幻視したものが、あまりにおぞましかったので、潜在意識が記憶を封印してしまったのだろう。なにも覚えてはいない」

ミュラーは首を横に振った。

「最初の日にミュラーが口走った譫言《うわごと》を、いまでも俺は覚えている」

と、ハインリッヒは言い、顔をしかめた。

「山が動くとか、細胞の山とか――」

「狂気山脈は巨大な生物だというのか」

わたしはハインリッヒを見つめた。

古いフィルムの傷のように、チラつきはじめた雪の向こうで、ハインリッヒは肩をすくめる。

「さあね。俺には想像力が欠如しているんだ。まったく考えが及ばんよ」

「………」

わたしは下唇を噛みしめ、天を仰いだ。

オートミールの色をした曇り空からは、赤子の拳ほどもある雪片が降っていた。

それを地上へ運ぶ風は、乾いて凍てつき、素肌では到底、受けとめることは困難である。

ぶ厚い毛皮付きのフードと、色のついたゴーグル、それに鼻と口を覆うマスクによって、わたしたちは、まるで巨大な昆虫のように見えた。

あるいは奇怪な海獣――銃を携帯したアザラシやオットセイの類ででもあろうか。

犬橇の先頭に立てられた鉤十字旗《ハーケンクロイツ》は、早くも凍りつき、ポールにへばりついた状態であった。

不意に寒気が轟音を運んでくる。

もう一度、上空を見上げれば、復元なったメッサーシュミットBf110が、鋼鉄の翼を一杯に広げ、勇躍、天を翔けていた。

「ブラスキめ。一足先に、目的地へ行こうってんだ」

クレンツがいまいましげに吐き捨てた。

「ふん、俺たちと仲良く犬橇で行くのは、真っ平なんだろうよ」とハインリッヒ。

ミュラーはメッサーシュミットを眼で追っていたが、やがて、それが我々の行く手彼方に消えると、

「おい。……ちょっと……あれを見ろ……」

震え声で言いながら、前方を差し示した。

「なんだって」

わたしは慌てて、かれの示すほうに視線を向けていく。

そして、音をたて、息を呑んだ。

見よ。

純白の地平線のすぐ上に、くっきりと浮かんだ奇怪な蜃気楼を。

それこそは明らかに人工物《クンスト》と分かる、幾何学的な建造物の堆積ではないか。

無秩序に建て増しが繰り返された結果、巨大な迷宮と化した遺跡ではないか。

わたしは恐怖に戦《おのの》きながらも直感していた。

あれこそは、モヘンジョダロが誕生する以前、メンフィスやバビロンが未だ産声をあげぬ超古代に建てられたものに違いない、と。

「光の屈折による一種のオーロラじゃないのか」

クレンツが自信なさそうに言った。

「いや。それにしては、いささかも揺らめいていない。……あれは……ずっと向こう……狂気山脈の裏手に……実在する光景だ……」

ハインリッヒはそう断じると、犬の手綱から右手を離し、素早く胸に十字を切った。

わたしもハインリッヒに従い、十字をきる。

誇りあるドイツ陸軍の将校が、アルザスの農夫のような真似を、と笑いたければ、笑うがいい。

だが、わたしが目の当たりにした蜃気楼を、見てしまった者なら、なんぴとといえ、神に祈らずにはいられないだろう。

もっとも、この南の果ての凍土にも、神がおわしますならば、の話ではあるが。

四時間ぶっ通しの走行ののち、わたしたちは、野営することとなった。

ブリザードの勢いが増してきて、これ以上の前進は、かえって目的地到着を遅らせてしまう、と一隊の指揮官が判断したためである。

指揮官は、ハイニッケ——あのネズミのごときゲシュタポであった。

「天幕《ツエルト》を張れ。ぐずぐずするな。ブラスキに誰か無線を入れろ。火を起こせ」

野営の経験など、一切ないと思われる、秘密警察官の命令に従い、わたしたち三十二名は黙々と天幕を設営していった。

さまざまな怪異や不安も、肉体労働に没頭しているあいだのみは、忘れられるものだ。

わたしにとって、体を動かし、なにも考えずにいられる時間は、まさに至福の一刻であった。

ただし、至福が、そう長くは続かぬのは、世の常であるが。

Ⅳ　深夜の来襲

生まれて初めて踏みしめた南極の凍土による緊張も、ほぼ一日がかりの戦車の復元と四時間に亘《わた》る前進、そして天幕《ツェルト》の設営による疲労のため、わたしたちは泥のように眠りこけた。

激しい風音も、天幕の隙間より洩れ入る冷気も、わたしたちの眠りをおびやかすことすらできない。これも厚い寝袋と羽毛入りのシートのお蔭である。

夢のない兵士の眠りを貪っていたわたしが、寝袋のなかで目覚めたのは、ひとえに風音の谷間に、三発の銃声が轟いたせいだった。

寝袋のジッパーを下ろして、跳ね起きると、すでにハインリッヒとクレンツは、機関銃を構えていた。

「北のほうからだったな」

強張った表情でハインリッヒが言った。

「悲鳴も聞こえたぞ。あれはハイニッケのものに違いない」

とクレンツが言った。

「ゲシュタポ野郎がどうなろうと知ったことじゃないが――」

素早く寝袋から脱け出しながら、わたしは呟いた。

「一緒にいるミュラーが心配だ」

ミュラーは入質のようにハイニッケと同じ天幕で、休まされていたのだ。

ベルクマンを手に、天幕の外へ跳び出せば、あたりは白一色に塗りつぶされていた。

夜の闇にあっても、ゴーグルなしでは、視界はまったく利かない。まるで空間の隙間という隙間を埋めつくすかのごとく、雪片が乱れ　舞っている。

わたしたちは、それでもミュラーの名を叫び、ハイニッケの天幕めざして、走りだした。

すでに他の天幕の兵士たちは、そちらに到着したようだ。

「なんだ、これは!?」

「神よ！」

「早く来てくれ」

そのような叫び声とともに、ベルクマンの銃声が、切れ切れに響いてきた。

空白の銀幕《シルム》に、オレンジ色の閃光が走る。銃火だ！

それを目標に、わたしたちは走り続けた。

深い雪に足をとられ、氷に靴底を滑らせて、必死でハイニッケの天幕のあった位置に辿り着いた。

そこでは銃を構えた兵士が取り巻いていた。

「通してくれ。ミュラーは無事か」

叫びながら、わたしたち三人は、戦友を掻き分け、前へ踏み出した。

そうして、わたしが見たものは、天幕のあった地点に穿《うが》たれた、まるい大孔であった。

その縁にしゃがみこんで、わたしは、孔のなかを覗きこんだ。

信じられないほどの深さだった。

しかも、孔は完全な円型で、掘削面は氷も土も磨いたガラスのようにつるりとしている。

「……これは……機械によるものじゃないな……」

大孔の向こうでクレンツが呟いた。

「かと言って、動物に、こんな孔があけられるわけもない」

とハインリッヒが言った。

「ミュラーとハイニッケは絶望だな」

そうハインリッヒに応えたわたしの眼の端に、黒いなにかが割りこんできた。

わたしは、それに面《おもて》を向けた。黒革の手袋である。内側に毛皮の付いたドイツ軍の支給品だ。

「これはミュラーのものだな」

しゃがれ声で独りごちながら、わたしは手袋に、手を伸ばした。

持ち上げてみた。

ずっしりと重い。

中身が入っていたのだ。

だが、ミュラーの手首の切断面は、眼下の大孔の掘削面と等しく、つるりとしていて、血の一滴も滲んではいなかった。

「くそっ」

わたしは顔をしかめて、中身の入った革手袋を、大孔のなかに投げ捨てた。

手袋は瞬くうちに小さくなっていく。

大孔の底へ――それがどれほどの淵《ふか》みなのか想像もできないが――底のほうへ――かすかな落下音を曳いて――落ちていった。

「今後は自分が指揮をとろう」

居並ぶなかで、最も階級の高いわたしは、戦友たちにそう宣言した。

反対する者は、誰ひとりとしていない。

みんな、蒼ざめて、生気の失せた顔を力なく縦に振った。

「それでは、すぐに出発の準備だ。こんな得体の知れない場所に、いつまでもいるわけにはいかん」

クレンツは小さくうなずくと、わたしに敬礼した。

兵士たちも次々に敬礼していく。

ヒトラー好みのナチス式挙手をする者は、ひとりもいなかった。


出発準備に入ったあたりから異変は始まった。

すなわち、重い地鳴りが響きだし、雪と氷に覆われた大地が、体感するほどの微動を繰り返しだしたのである。

南極大陸にも火山活動が存在することは、理論的には理解できる。

しかし、それと、自らの身で感じるのとは、まったく別物であった。

「騒ぐな。早く、天幕を橇に積め」

こういう場合にクレンツは古つわものらしさを見せてくれた。

「いいか。余計なことは考えるな。恐怖や不安など忘れ、軍務に没頭しろ」

クレンツは大声で兵士たちに命じてまわり、かつ、自分も、てきぱきと作業を続けるのだった。

お蔭で午前四時には、わたしたちは、犬橇で前進することができた。

「戦車で行った連中は、もう着いたかな」

犬橇の手綱を操りながら、ハインリッヒが、わたしに訊いた。

「きっと、いま頃は、ブラスキとブランデーで体を温めているだろうさ」

わたしに代わってクレンツが応えた。

「早いとこ、俺も、一杯やりたいぜ」

「まったくだ」

そんな会話をハインリッヒとクレンツが交わすあいだ、わたしは、ずっと地鳴りと震動に神経を傾けていた。

なんとなく、地鳴りや震動が、ミュラーとハイニッケを呑みこんだ、あの大孔と関係あるような気がしてならなかったのだ。

そうしているうちに、わたしの神経に、奇妙なものが絡みついてきた。

それは、何物かの気配。あるいは視線と呼んでもいいだろう。

進んでいる。

わたしたちの犬橇と並行して、なにかが進んでいる。

こちらの様子を冷徹に観察しながら、一緒に進んでいる。

最初、その感覚は、漠然とした思いにすぎなかった。

しかし一時間、二時間と経つうちに、わたしの不安は膨れあがり、遂には確実にまでなっていた。

(間違いない。我々は見張られ、尾行されている。しかも、それをしているのは、ミュラーとハイニッケを殺したものと同じ……なにかだ)

心のなかでそんなことを呟き、わたしは先《ゆ》く手を見やった。

前方には、それらしきものの影はない。あるのは、峨々たる白い山の連なりばかりだ。

左右に顔を巡らせる。

眼に入ってくるのは犬どもと橇、それに乗った兵士たち。みな一様に疲れ果てた様子である。

天を仰げば暗灰色の雲に覆われた極地の夜空と、舞い狂う雪、また、雪のみ――。

だが、こうして、なにもないことを確かめてみても、わたしの胸にへばりついた不安は一向に消えようとしない。

かえって、見えないものの気配を強く感じ、痛みさえ伴った視線を覚え、なにかが這い進んでいると体感していた。

（来るぞ。もうすぐ、来る……）

そんな予感が赤い警告灯《ズイグナール》を頭のなかで明滅させた。

気がつけば、わたしは、ベルクマンをかたく握り、安全装置を外し、いつでも速射できる体勢をとっていた。

（来い！　来るなら、早く来い）

口のなかで、見えない敵に、そう呼びかけた時であった。

左のほうから、恐怖に怯えた犬どもの咆哮が、甲高く湧き起こったのは！

わたしは慌てて、身を左に向けた。

雪煙が一〇メートル近くも立ち昇っていた。

「どうした。なにが現われたんだ」

クレンツが、雪煙に包まれた犬橇に向かって、大声で問いかけた。

返事はない。

ただ、予期せぬ襲撃に、恐怖に陥った犬と兵士の叫びのみが虚しく返された。

悲鳴と咆哮に、ベルクマンの銃声が重なった。

雪煙の柱のなかで銃火が閃いた。まるで雲塊のなかで雷光が閃くような有様だ。

「ハインリッヒ、橇を止めろ！」

わたしは銃口を左に据えたまま叫んだ。

「いやだ」

ハインリッヒは大きくかぶりを振る。

「橇を止めたら、俺たちもやられる――」

そして、手綱を激しく振り、全速力で犬たちを走りださせた。

「ハインリッヒの言う通りだ。……見ろ」

クレンツが、ゆっくりと遠ざかる雪煙の柱を、顎で差し示した。

そのさらに左のほうでは、二本目の白い柱が立ちはじめていた。戦友の異変に驚き、犬橇を止めた一隊が、何物かの餌食《えじき》となったのだ。

二本目の柱が高くなるにつれ、最初の柱が消えていく。

雪煙が風で吹き散らされた、そのあとに残っているのは、ミュラーの天幕を呑みこんだのと同じ、まるい大孔だった。

「……悪夢に呑まれた……」

わたしの隣で、クレンツは苦しげに洩らし、右手で十字を切った。

「ミュラーに思念を伝えた怪物は、このことを言っていたのか」

そう呟いたわたしの背に、寒気が走った。

極地の冷気による寒気ではない。

得体の知れぬものへの恐怖。未知なる存在への恐怖。その信じ難い力に対する恐怖。

それら、恐怖より生じた、寒気だった。


寒気は背中から、わたしの全身に広がり、その後二時間あまりも、肉体と心を呪縛し続けたのである。

V　新天地の惨劇

おそらく人間以上に、犬たちは、この大陸に潜むもののことをよく知っているのに違いない。

それから二日間、犬たちは「潜むもの」から逃げるようにして休みなく橇を引き続けた。

一方、わたしたちといえば、イヌイットの伝説にある、死んだのちも犬橇を駆る死者《ゾンビー》のように、ぴくりとも動かなかった。

三日目に至り、ようやく犬たちは疲れ果てたか、橇を引く勢いが落ちてきた。

だが、ハインリッヒは、そんな犬たちをけしかけてそれ以上走らせようとはしなかった。

いつしか、わたしたちを取り巻く環境が、一変しているのに気づいたためである。

「春だ」

防寒服のフードを外して、クレンツが言った。その顔が急速に緩んでいく。

いかにも、それは、春の到来を思わせる変化であった。

雪は減り、大地はところどころ褐色の地肌を晒《さら》している。風はとげとげしい冷気を失い、柔らかなぬくもりを帯びている。周囲の山々の麓は黒々と輝き、一部には緑の森林が広がっていた。

「ここがノイシュヴァーベンラントか」

ハインリッヒの声には驚きと喜びが漲っていた。久し振りに笑みを広げ、わたしに振り返る。と、すぐに眉をひそめた。

「どうしたんだ、少佐。南極に温暖な場所のあるのが、気に入らんようだが」

「大いに気に入らんな」

とわたしは応えた。

リッチャー大尉の発見が二流のペテンと見破ったわたしである。それゆえに、南極くんだりまで、島流しとなった身である。

このような非論理的環境など、断乎として認めたくはなかった。

「そりゃ、少佐殿は認めたがらんさ」

と、わたしの過去の経緯を知るクレンツが苦笑した。

「おそらく、この異常現象は、火山活動による一時的なものだ。そう長く続くとは考えられん。こんな場所に軍事基地を築くなど、わたしは反対だ」とわたし。

「反対したって、現に、基地はありますぜ。——あそこに」

ハインリッヒは、そう言うと、前方を指差した。

つられて、そちらを向けば、進行方向およそ四キロの地点に、鉄色の、円筒を縦に切った形の施設が見える。

その前には三台の戦車が横づけされ、さらに少し離れた場所は平坦に整地され、メッサーシュミットが五機も着陸していた。

「簡易滑走路に、飛行機に、戦車に、兵舎か。きっと総統は、最終的にここにベルリンを持ってくる気なんだぜ」

ハインリッヒがクレンツに軽口を叩くのを耳にしても、わたしは、まったく笑えなかった。

あの狂気の支配者なら、本当にやりかねないと、真剣に思ったからである。

雪は泥濘《ぬかるみ》に変わり、わたしたちは、犬を橇から解放した。

そして、荷をてんでに手で運び、残る二キロ余を行進していった。

残された兵は、わたしを含めて、二十名である。全員、疲弊してはいたが、雪のない土地に踏み込んだためか、足取りは軽かった。

ハインリッヒにいたっては、歌を口ずさむ余裕さえ見せている。

立て、兄弟、同士よ
太鼓が鳴っている
我々は、いまや進もう
朝露のなかを進もう
死が我々を召すまで

ハインリッヒの歌声に、他の兵士たちが唱和する。

故国万歳！　汝は崇高な国家！
我々は、汝に忠誠に善良に
汝の大地から滴り、輝く
古きドイツの血
そは、誘い、笑い、歌い、躍る
すべての胸に同じく

――と、そこで、一瞬、歌声は途絶えてしまった。

続く歌詞が「アドルフ・ヒトラーのため、我々は闘う／アドルフ・ヒトラーのため、我々は死ぬ」であることを思い出したせいだ。

すぐに、ハインリッヒが、大声で歌を続ける。

リヒャルト・ハオゼンのため
我々は闘う
リヒャルト・ハオゼンとともに
我々は生きる

兵のあいだから笑い声が起こった。

そして、一同は、こう歌い締めくくる。

神聖な、神聖なドイツ帝国のために

歌い終えるのを待っていたかのように、一発の銃声が兵舎から轟いた。

わたしたちは、荷をその場に捨て、一斉に銃を構えた。

「敵が我が軍の基地にいるらしい。戦闘態勢に入れ！」

わたしの命令を待つことなく、一同は四散し、銃口を兵舎に向けた。

中腰に上体を屈めた姿勢で、駆けはじめる。

兵舎からは、もう銃声は響かない。

それでもわたしたちは油断せず、三〇〇メートルほど走り続けた。

真っ先に兵舎に着いたクレンツが、気合をかけて、入口のドアに突進した。

肩から体当たりされて、ドアは、あっけなく開かれた。

戸口の中に銃を向けたクレンツは、こちらに振り返った。

「畜生、なにがあったんだ⁉　少佐、SSは全滅だ。互いに殺し合ったらしい」

「なんだと……」

わたしは愕然として呟き、クレンツの後ろで足を止めた。

クレンツが横にずれた。

わたしは小さくうなずくと、戸口に向かった。

兵舎のなかから、甘酸っぱい悪臭が漂ってくる。それと糞便臭。

わたしは戸口の向こうを覗き、喉になにかが絡むのを覚えた。

入ってすぐの所に血溜りが広がっている。

その上に山盛りになっているのは、内臓と皮を剥がされた人間の器官だ。そばには、見覚えのあるSS隊員の首が転がっている。

嘔吐をこらえて、わたしは、兵舎のなかに進んだ。

血の臭いと、内臓より放たれる糞便臭は、密閉された空間にあって、息をつまらせるほどだった。

「ブラスキの気がふれたんじゃないか」

そう言うクレンツの背後から、ハインリッヒの吐く音が聞こえてきた。

「いや……これはブラスキの仕業じゃない……やつは切り裂きジャックだったが……解剖学には無知だ……」

そう応えながら、わたしは、SS隊員の死体の山を、踏まぬよう注意して進んでいった。

死体はどれも殺人鬼にめった斬りにされたものではない。

外科的興味と、解剖学的技術によって、慎重に解体されていた。

その証拠に、ある死体は、体の右半分だけが、きれいに皮を剥がれ、肉をそぎ落とされて、解剖模型そっくりの有様であった。

室内は温かく、ストーブも燃え盛っている。

さらに奥に進むと、そこは食堂で、テーブル上のコーヒーは未だ湯気をたてていた。

「ブラスキは、この奥か……」わたしは独りごちて、さらに歩を進めた。

ドアを押し開けば、三段ベッドが左右に連なっている。

それは一〇メートルほどで、一枚のドアによって遮られていた。

ゆっくりと左手をベルクマンから離し、ドアのノブに近づける。ノブを握り、廻した。

カチリという掛け金の外れる音。

と、それを合図にしていたかのごとく、ドアの向こうから、なにかを床に叩きつける音が響きあがった。

次いで、床を蹴る音。ガラスを砕く音。

「誰だッ!?」

叫ぶや否や、わたしは、ドアを蹴った。

部屋に飛びこんでいく。

割れたガラス窓から、風が吹きこんできた。

そこに駆け寄り、外を見やる。

黒いなにかが、ちょうど、飛びたったところだった。

だが……それは、一体、なんだったのであろう。

影のように漆黒の二メートル以上ある樽。その上に五芒星形をしたものが不安定に揺れている。

さらに樽の背（？）から広がった昆虫の翅翼《しよく》は？

……それは、まったく羽搏《はばた》いていない。だが、樽は空中を舞っているのだ。

見る間に黒い樽は点となって――。

牙にも似た連なりを見せる山脈の彼方に消えてしまった。

「………」

わたしは身を翻し、改めて、部屋の中を見渡した。

ドアの右のほうにブラスキは、仰向けに横たわっている。片眼鏡《モノクル》は外れていたが、その肉体は解剖をまぬがれていた。

ただし、その顔は、凄まじい恐怖を体験したためか、眼を見張り、ひきつっている。

死体のそばに一挺のライフルが転がっているのに気づき、わたしは屈みこんだ。

「……ショック死か」

ようやく部屋に着いたクレンツが、わたしに尋ねた。

わたしはライフルを持ち上げ、ゆっくりと立ち上がる。

「ああ。どうやら、見たこともない化け物を目の当たりにして、心臓マヒを起こしたらしい」

そう応えてから、ライフルをクレンツに見せた。

ライフルの表面には、細かい引っ掻き傷が、木製の銃床といわず、鉄製の銃身といわず刻まれていた。

「どう思う？　さっきの銃声は、このライフルのものだったようだが」

クレンツはライフルの銃口に鼻を寄せ、音をたて、匂いを嗅いだ。

「間違いないな。硝煙の匂いが、まだぷんぷんしている」

それから、部屋を眺め渡すと、ベルクマンの紐を肩にかけた。

「おおかた――」とクレンツは、広い肩をすくめる。

「――ブラスキが昔殺した娼婦が化けて出たんだ

ろう。そして、ライフルを悪戯して、暴発させた。

そこに我々が来たんで、逃げて行ったのさ」

「ガラスを破って、空中に飛んで、狂気山脈の向こうへか？」

わたしは皮肉まじりに訊き返した。

「え？　なんの話だ」

「逃げていく奴を見たんだ。なんだか黒くてでかい樽みたいな怪物だった。……そう……いつか、ミュラーが幻視した……例の化け物そっくりな奴だ……」

「そいつは飛んで……どこへ……」

わたしはクレンツに黙って窓の外を差し示した。

窓は兵舎の西南を向いている。

その向こうに連なる、天に牙を剥いた峨々たる山の連なり――。

それこそ、狂気山脈に他ならなかった。

VI　ミスカトニック隊の報告

ブラスキの個室には、実に様々な品物が、所狭しと置かれていた。

どっしりとした机の上には、大きな木箱。箱のラベルには「ヨス＝トラゴンの仮面」と記されている。当然のことながら、わたしは、その木箱に手を触れようとはしなかった。

逆に、積極的に、手にとったのは、壁の一面を覆った書架の中身である。すなわち、膨大な量の書物群だ。

そこに、一連の事件の謎を解く鍵が、必ず残されている、と考えたためであった。

ブラスキに対する指令書、命令書の類の調査は、クレンツにまかせた。なんといっても、かれは、元情報部の所属だ。わたしより早く、書類を調べてくれるはずである。

——さて、ブラスキの書籍は、大別すると、ふたつの分野に分かれていた。

一方はシャックルトン、アムンゼン、スコット、バードらによる南極探検報告。及び、南極の地理や地質に関するものだ。

もう一方は……。

信じられないことに、隠秘学や神秘学、あるいは魔術、悪魔学、妖怪学などに関するものだった。

クリンゲン・メルゲルスハイムの『アッツォウスの虚言』、フリードリッヒ・フォン・ユンツトの『無名祭祀書』、ルートヴィッヒ・プリンの『妖蛆の秘密』、フィリップ・フランツ・フォン・シーボルトの『日本妖怪誌』、ル・ギャローの『心霊謄写論』、マダム・ブラバトスカヤの『秘密教義』……。

おそらく、わたしなど、一生読むことのない書、いや読んだとて理解できぬ書ばかりだ。


隠秘学の書群より眼を転じ、わたしは、再び南極関係のほうに向かった。

試みに、アムンゼンの書物に手を伸ばした。

と、それを引き抜いたはずみに、一冊のパンフレット様のものが、床に落ちてしまった。なんだか、学会のレジュメか、大学の紀要のようである。

腰を屈めて、取り上げれば、表紙には英語でこう印刷されていた。

〈一九三〇年度ミスカトニック大学南極探検報告〉

「………」

眉をひそめて、わたしは、ページを繰ってみた。

目次には、同大学工学部教授フランク・H・パーボディの試錐《ボーリング》装置の論文や、生物学教授レイクの南極の古生物に関する考察などが並んでいる。

活字を追ううちに、わたしは、報告書のタイトルのひとつに、こんなものを発見して、小さな悲鳴をあげた。

それは――

At the Mountains of Madness〈狂気山脈にて〉

報告書は次のような腰の引けた文章で書き起こされている。

『何も好き好《す》《この》んで、わたしはここに筆を執るのではない。科学の使徒をもって任ずる人々が、確たる理由の呈示なくしては、わたしの忠告に従うわけにはいかぬと主張するがゆえに、わたしは、やむなく全ての秘密を明かすことを決意したのである。……』

報告書によれば、一九三〇年九月二日、アメリカ、マサチューセッツ州にあるミスカトニック大学の南極探検隊は、ボストン港を出航した。

出発した船は二隻で、アーカム号とミスカトニック号といった。

船団は北米大陸沿いに南下し、パナマ運河を通って太平洋に出、サモアに寄港ののち、タスマニアのホバートで最後の補給を行なった。

十月二十日、船団は、南極圏に突入。

十月二十六日にはアドミラルティー山脈を望む海域に至った。

十一月七日、船団は、フランクリン島を通過。

十一月八日にはエレバス、テラーの両火山が見える位置まで進んだ。

そして、十一月九日未明に、一隊はボートによってロス島に上陸した。

十一月二十一日、探検隊は、四基の飛行機で、ロス棚氷上を南に下り、ナンセン山の麓に着陸し、南緯八六度七分、東経一七四度二三分の地点に基地を設営したという。

翌一九三一年一月六日には分遣隊が二基の飛行機に分乗して、空より南極点に到達した。

このあたりまで、報告者は、誇らしげな筆致でペンを進めている。

その論調が、不安な書き方に変わるのは、一九三三年一月二十二日生物学教授レイクが未踏地域深部の探索に出発したあたりからである。

レイク隊を乗せた飛行機は、やがて、天を貫くばかりの大山脈と遭遇した、と報告してきた。

しかも、それは――。

……レイク教授の無線報告記録から書き出してみよう。

『山々は左右目路の届く限り連なって果てしがない。標高二万一〇〇〇フィートを境としてそれより上では雪は吹き払われて裸岩が露出している。その中でも他を圧する高峰の山腹には、奇妙な地形構造が見られる。ずんぐりした巨大な正方形の突起が、斜面にへばりついているんだ。しかも、その側面は実に正確に垂直面を成している。……ちょうど、リョーロフの絵の中に出てくる、峨々たる山脈にへばりつくアジアの古城のようだ』

それが、狂気山脈であった。

すなわち、わたしたちが望む、あの山脈の裏側には、このような人工的な突起が、宇宙的とも呼ぶべき巨大さで、へばりついているというのだ。

（なにがいるんだ、狂気山脈の裏には。……ナチス首脳部は、狂気山脈の、なにを恐れている……）

わたしがそう考え、報告書を思わず取り落とした時であった。

「分かったぞ」

と、クレンツが、デスクの板面を叩いたのは。

「え、なに。なんだって」

わたしはクレンツに振り返った。

かれは、こちらの鼻尖に、一冊の作戦指令書を突き出して、

「これを見ろ。ノイシュヴァーベンラントの探検を命じたのは、総統だが、軍事基地化を推進したのは、ヒムラーだと書いてある。リッチャー大尉は、

ここを発見し、基地を設営した。が、調子に乗って、狂気山脈を越えてしまった。そして……眠っていたものを目覚めさせちまったんだ」

「なんだと……」

わたしはクレンツの手から指令書をひったくった。

指令書には、上空より撮影した、狂気山脈の裏側の写真が何枚も添えられている。

それはレイク教授の報告そのまま、巨大な物見櫓を無数にへばりつかせた、悪鬼の岩城のようだ。

だが、自然の山脈とは異なり、その中腹部には人工的に造られた回廊があった。いくつもの、いびつな入口が穿たれていた。

そして……入口のひとつから……なんとも言いようのない……アメーバのようなものが顔を覗かせていたのである。

「ヒムラーは、今回の作戦を、こう命名しているよ」

クレンツは、いまにも、ヒステリーの発作に襲われそうに、全身をぶるぶると震わせていた。

「――ショゴス[*5]掃討作戦と」

わたしはクレンツにうなずくしかなかった。

指令書に掲げられた奇怪な写真には、おそらくヒムラー本人のものと思われる文字で、こう走り書きされていたのである。

“Shoggoth!”

ショゴス。

一体、それは、いかばかりの巨大さなのであろうか。

わたしがそんな不安に胸を灼いたのは、他でもない。

空撮にも関わらず、ショゴスは、細部にいたるまで、くっきりと写しとられていたからだ。

泡だつ表面、どろりとした粘液質、そして眼も鼻も口もないアメーバ状の形状……。

わたしは、これさえも、ウーファースタジオで作製された、安手のハリボテと信じたかった。

Ⅶ　ショゴス戦線

ＳＳ隊員とゲシュタポの死体を残らず片付け、兵舎内を洗い清め、ブラスキの部屋の窓を板貼りして、その日の作業は終わった。

わたしと、ハインリッヒと、クレンツは夕食後、中佐の部屋に集まり、今後の行動を検討することにした。

「ミスカトニック隊の報告書を全部読んだよ。狂気山脈の裏手にいる化け物は、ショゴスだけじゃない。ショゴスを創造し、使役していた海百合みたいな奴も、わんさと眠っている。こいつらは、知的好奇心の塊だ。八年前にもミスカトニック隊の人間を、何人か、解剖しているんだ」

とわたしは言った。

「どうやら、リッチャー大尉は、ショゴスに追われて、命からがら逃げたらしいな。くそったれめ。その時、化け物に食われていれば良かったんだ」

終わりのほうに力をこめて、クレンツは、カップにブランデーを注いだ。

「しかし、俺たちは、一年間ここを護らねばならん。さっき、無線で、ヘルダーリン号を呼び出したら、なんと言ってきたと思う？『また一年後に会おう。諸君の健闘を祈る』だってよ」

顔をしかめ、ハインリッヒは、クレンツからブランデーの壜を受け取った。

「ミュラーやその他の戦友を深淵に引きずりこんだのも、おそらくショゴスだろう。報告書には、ショゴスは、地中を這い進むと書いてある」

わたしは二人の戦友を交互に見つめ、溜息まじりに言った。

「あれがショゴスの仕業なら、我々には、なすすべとてない。なにしろ、ベルクマンも効力がないのだからな」

とクレンツがうなずいた。

「だがよ、俺たちには、戦車が三台と、ユンカースが五機あるぜ。たった一年で、よくまあ、五機も運びこんだものだ」

ハインリッヒは鼻を鳴らし、ブランデーを呑みこんだ。

「ブラスキはどうするつもりだったのだろう」

わたしは言いながら煙草をくわえた。軍用ライターで火を点け、その炎を二人に示した。

「火薬を使う気だったのではないかな」

ハインリッヒとクレンツは身を乗り出した。

「大量の爆薬は、そのためか」

カップを置いて、ハインリッヒは声をひそめた。その舌が、しきりに上唇を舐めはじめる。

「爆薬だけじゃない。重油も兵舎の裏にあったぞ。ドラム缶で二百本だ。もちろん、ガソリンや石油は、別に一年分貯えられている」

わたしは、そう言うクレンツにうなずき、軍用ライターの火を消した。

「狂気山脈を越えるのは、飛行機以外では、不可能だ。ならば、メッサーシュミットで山脈を越え、上空を旋回し、ショゴスをおびき寄せるという作戦はどうだろう」

わたしが提案すると、クレンツは笑みを広げた。

「山脈のこちら側にやって来たところを、戦車で砲撃する。さらに近づいてきたショゴスを今度は爆薬と重油でやっつけるか」

クレンツはそう言って、ブランデーを傾けた。

「一週間もあれば、準備は整うな」

と、ハインリッヒも、賛成した。

「それでは、明日七月——おい、明日は七月何日だったっけ」

わたしが尋ねると、クレンツは肩をすくめて言った。

「とりあえず、七月十六日にしておこう。……ハインリッヒの誕生日だ」

くじ引きに負けて、わたしは、ブラスキの部屋で眠ることとなった。

ヨス＝トラゴンの仮面が入った木箱があるだけでも、充分、気味が悪いのに、書架には得体の知れない魔術書が並んでいる。

これで安らかに眠れ、というほうが、無理だろう。

そんなわけで、わたしは、一流ホテル並みのベッドにもぐっても、容易に眠られなかった。

枕の下に拳銃を隠し、ベッドの頭のほうにベルクマンを立てかけた。例の樽とも海百合ともつかぬ怪物の、再度の襲来に備えたものだが、それでも落ち着かない。

なにしろミスカトニック大学の探検隊は、平和時の学術隊であった。

だが、現在のわたしたちは、戦時、しかも一年間この地にいなければならないのだ。ショゴスが襲ってきても、海百合が解剖しに来ても、なにがなんでも基地を死守しなければならない。

そんなことを次から次へ考えているうちに、いつしか、わたしは浅い眠りに落ちていったらしい。

とおくからミュラーの声が聞こえてきた。

わたしの名を呼んでいるようだ。

ハイニッケの声が、ミュラーのそれに重なってくる。

さらに、犬橇ごと引きずりこまれた、戦友たちの声も——。

(死者たちが呼んでいるのか……)

眠りのなかで、わたしは、ぼんやりと考えた。

(それにしては……ブラスキやSSの連中の声が聞こえないが……)

死者たちの声は、次第に呻きに変わり、さらに言葉にならぬ喚《おら》びと化して、横たわったわたしの四囲を回転していく。

遠く、近く、また遠ざかって、いきなり耳許まで近づいた。

わたしは悲鳴を洩らして跳び起きた。

だが、死者たちの喚び声は、依然として続いている。

「なんだ……わたしは……まだ夢を見ているのか……」

夢酔いのような状態で頭がふらふらしていた。

それでも、十秒ほど、ぼんやりするうちに、聞こえてくる声が、風の音らしいと思い到った。

ベッドから降りて、窓のほうに眼を転じた。

板は外れていない。

安堵して、溜息をおとした時、デスクのあたりで何者かが笑っているのに気づいた。

(デスクの上に生首?)

一瞬、心臓が喉元まで、迫り上がった。

胸を押さえ、デスクのほうに向き直る。

そこにあったのは、生首ではない。

しかし、人間の生首よりも、遥かにおぞましいものだった。

細長い逆三角形をした白金《プラチナ》の仮面である。

木箱に納められていたはずのヨス=トラゴンの仮面であった。

仮面は唇の両端をV字型に吊り上げて、わたしに笑みを投げている。

その後ろから、ごうごうという、死者の喚び声にも似た低い音が響いていた。

まるでヨス＝トラゴンの仮面がそんな笑い声をあげているように感じ、わたしは戦慄する。

と、ドアが荒々しく叩かれて、

「少佐、起きて下さい。少佐！」

ハインリッヒの声がわたしを呼んだ。

「いま行く」

軍服を着たまま寝ていたのが幸いした。わたしは一声応えると、枕の下の拳銃をホルスターに納め、シュマイザーを取り上げた。

ドアを引けば、ハインリッヒが冷や汗を浮かべていた。

かれの背後ではクレンツが、ベッドの兵士たちに「敵襲」を連呼している。

「あの音だな」とわたしは言った。

「そうです。どうやら、我々が基地に入ったのを、敵に知られたようで」

「それで。敵はショゴスか。それとも海百合のほうか」

「未だ確認しておりません」

「よし。とにかく、外へ出よう」

そう応えてからわたしはクレンツに声をかける。

「戦車をいつでも発進できるようにしておくんだ」

「了解！」

きびきびしたクレンツの返事をあとに、わたしはハインリッヒを従えて、兵舎の外へ出た。

そこに展《ひろ》がっていたのは我が眼を疑うような、幻想的な眺望《アンジヒト》であった。

天空は見渡す限り、ゆらめくオーロラに彩られている。まるで天が裂け、原色の光のカーテンがはためいているようだ。

さらに狂気山脈に眼を移せば、山脈の向こう側より、青く眩《まばゆ》い光柱が数えきれぬほど立ち昇っている。

「狂気山脈の裏側で、なにが起こっているんだ」

わたしは愕然として独りごちた。

「少佐、あれは!?」

ハインリッヒが、光を背景に、くっきりと浮かびあがった狂気山脈の一角を指差した。

かれの示すほうを眼で追えば……。

ミュラーならずとも、この場で失神してしまいそうな光景が、繰りひろげられている。

「……ショゴス……」

わたしは震える声を絞りだした。

そうだ。ショゴスだったのだ！

狂気山脈の牙にも似た峰と峰の谷間から、ピンクの蛍光を帯びた、巨大な不定形のものが、あとからあとから湧き出ている。

何十匹とも知れぬショゴスの群れが、狂気山脈を越えて、ノイシュヴァーベンラントめがけ迫っていた。

巨大さゆえに、接近してくる速度は、飛行機もさながらである。

さらに、ショゴスは、前進しながら行く手にあるものを、溶かし吸収していた。先頭の三匹は麓に達し、草や木を次々と押し潰し、貪《むさぼ》り尽くしている。

あとには滑らかにされた地面が残るのみ……。

その有り様はまるで高速道路か、スケート場《アイスバーン》と化したかのようだ。

「あいつら、どうして今まで、現われなかったんだ。畜生、よりにもよって、俺たちが到着したその夜にやって来るなんて――」

ハインリッヒがそう吐き捨てた時、わたしの脳裡で閃くものがあった。

わたしは無言で身を翻し、兵舎のほうへ走りだす。

（ことによると、あれと関係があるのかもしれない。

海百合は、あれを奪おうとして、ライフルに興味を持ち、あれを持ち去るのをあとまわしにしたのかもしれない。そこでライフルを暴発させ、わたしたちの注意を惹いたのかもしれないじゃないか。狂気山脈に目下起こっている、この異常も、あれのせいとは考えられないか)

走りながら、わたしは、そんなことを考え続けていた。

Ⅷ　狂気山脈への突撃

入口あたりでクレンツの率いる兵士たちと擦れ違った。

「戦車ですぐに奴等を攻撃しろ。残りの兵は重油と爆薬で食い止めるんだ。緊急の際は、メッサーシュミットで脱出する」

口早にクレンツに告げ、兵舎のなかに跳びこんでいった。

ミスカトニック隊の報告者の文章が、駆け続けるわたしの頭のなかに響いてくる。

『……彼らが創り出したのは食用生物だけではなかった。ある種の多細胞不定形生物をも、彼らは創り出したのである。これらの細胞塊は精神力の投射のもとであらゆる種類の形態を取り得、それゆえに、彼らの社会が必要とする各種の重労働を課するに適当な理想の奴隷になり得るものだった。……』

食堂を駆け抜けるあいだも、それは響き続ける。

『ショゴスは、本来、〈大いなる古きもの〉の催眠指令を受け、強靭かつ塑性に富んだ肉体を変容……知能を有さぬ原形質塊に過ぎなかったのであるが、今やそれが、時に己れ自身の意志で、その体を変容させるに至ったのである。……』

左右に三段ベッドが連なる狭い通路を走るあいだも――。

『かつてのショゴスが……催眠術的意志投射に感応して行動したのに対し、新生ショゴスはむしろ、言葉による命令に反応する生物となっていたが……また照明用に創り出された合成生物も、極めて効率的に蛍光を発し、地表で見なされた極光の替わりを十二分に果たすことができた……』

中佐の部屋に跳びこんだ。

わたしの求めるあれは、未だ机の上で冷笑を湛えていた。

「お前だな」と、わたしは、ヨス＝トラゴンの仮面に決めつける。

「お前が海百合の化け物を呼び、ショゴスを呼び、光を放つ怪物さえも呼び起こしたのだ。ならば、お前さえ、ここからいなくなれば」

みなまで言わずに、わたしはデスクに駆け寄り、白金の仮面を摑み取った。

金属性にもかかわらず、仮面の手触りは、まるでゴムのようだった。その感触に鳥肌が立ったが、恐れている暇はなかった。そのまま小脇に抱えた。

さらに西南の窓を塞いでいる板に片手でベルクマンを向けた。

引鉄《ひきがね》を絞り、掃射した。

板が粉々に砕け散った。

わたしはボロボロになった板を蹴破り、窓をくぐって、外へ出た。

外界にでるなり、わたしの眼に、戦車の勇姿が突き刺さった。

遂にクレンツ率いる一隊が、三台の戦車に乗りこみ、ショゴスめがけて発進したのだ。

クレンツは先陣を切る戦車の砲塔から、半身を出していた。

わたしに気づくや、身ごとこちらに向き、微笑みながら敬礼する。

それは当然、ナチス式などではなく、栄光と歴史ある我がドイツ陸軍本来の敬礼であった。

わたしも、かれに敬礼を返した。

すぐにクレンツは砲塔に身を沈め、ハッチを閉じてしまう。

そして、戦車は、猛然と唸りをあげて、いまや三〇〇メートル前方に迫った一匹のショゴスに砲口を合わせていった。

「少佐！」

ハインリッヒの声が聞こえてきた。

わたしはそちらに振り返ると、

「メッサーシュミットを発進させろ」

大声で命じた。

「逃げるのですか？　クレンツたちを置いて」

「違う。ショゴスを狂気山脈の向こうに押し戻すんだ。こいつを——」

と、わたしは、ヨス＝トラゴンの仮面をハインリッヒに見せてやった。

「——この仮面を使って」

「了解！」

ハインリッヒは応えるなり、滑走路めがけて走りだした。

戦車の砲音が轟いた。機関銃の音も響いてきた。向き直れば、三台の戦車は、砲弾を次々とショゴスに発射していた。

砲弾は空中に赤い残光を刻んでショゴスの原形質状の本体に飛翔する。

びしゃり、という音をたてて、本体にめりこんだ次の瞬間、砲弾は爆発した。

黄色に縁取られたオレンジの爆炎が噴きあがり、原形質は千々に粉砕される。

「やったぞ」

と叫んで、わたしは破顔した。

が、三秒後には、この顔の笑みは萎んでしまう。

なんということであろう。

地上に四散したショゴスは、それでもまだぴくぴくと蠢き、互いに求め合い、這いまわって、瞬く間に融合していくではないか。

ああ、復元なったショゴスは、白い湯気をあげ、己が蛍光性ピンクの色彩を見せつけるかのように、クレンツの戦車の前に進みだす。

キノコのごとく盛り上がったかと思うと、その辺縁がぱっと広がった。

まるで巨大な投げ網を戦車に向けたような動きだ。

そのまま、戦車を包みこんだ。

「クレンツ!」

わたしは戦友の名を叫びかれの身を案じた。

だが、その一方で我がドイツ陸軍の誇る戦車の装甲が、原形質の怪物ごときに食い破られるはずはない、と信じていた。

しかし、それならば――。

どうしてショゴスは、見る見るうちに平板になっていくというのだろう。原形質と装甲の奥から、くぐもったクレンツたちの絶叫が聞こえるのだろう。

〔テケリ・リ! テケリ・リ!〕

笛を吹くような音が、あるいは高く、あるいは低く、ショゴスより発せられた。

気がつけば、ショゴスは、立ちつくすわたしに向かって移動を開始している。

それが進んだ跡――クレンツの戦車があった位置には、滑走路そっくりにならされて、天上のオーロラに反射する地面のほかは、なにもなかった。

「少佐、早く。すぐに飛びたてます」

ハインリッヒの声が、プロペラの回転音の谷間に聞こえてきた。

わたしは哀れなクレンツたちのために祈ってや

る余裕すらない。

下唇を噛み、他の二台を見やれば、第二・第三のショゴスめがけて進んでいた。

ベルクマンを捨て、この胸にヨス＝トラゴンの仮面を両手でしっかり抱《いだ》くと、わたしは走りだした。

メッサーシュミットのほうへ——ハインリッヒの待機する戦闘機のほうへ——唯一残された希望のほうへ。

全力で走った。

だが、恐怖に戦《おのの》く足はもつれ、地面の泥濘《ぬかるみ》が軍靴を捕えようとする。

それでも、わたしは、必死で走り続けた。

ようやくメッサーシュミットの操縦席に坐ったハインリッヒの顔が見分けられる位置に達した、まさに、その時——。

「リヒャルト」

「少佐」

「少佐殿」

ショゴスに食われ、溶かされた筈のハイニッケの、ミュラーの、そしてクレンツの声が、ほとんど同時に、この背に浴びせられたのだ。

反射的に、わたしは肩越しに振り返った。そして、あれを見た。

次いで、わたしは、悲鳴をあげた。かたく眼をつぶり、声帯もはり裂けんばかりに絶叫し、泣きながら、さらに走る速度を上げた。

ショゴスが背後に迫るのは、死者たちの虚ろな声からも、明らかだった。

ようやく、メッサーシュミットの機体に辿り着く。翼に飛び乗り、死にもの狂いで、ハインリッヒの後ろの席に潜っていった。

すぐに飛行機は滑走しはじめる。

わたしを追っていたショゴスを見る間に引き離し、三十秒後には、ふわりと離陸していた。

涙まみれの頬をひきつらせ、激しく喘ぎながら、わたしは後方彼方《かなた》のショゴスに振り返った。ショゴスは未だ、その表面に、死者たちの顔を浮かべている。

そう……。

わたしの名を呼んだ死者たちの顔は、今もそこにあった。すなわち、ショゴスの表面に。ビルの壁ほどにも拡大されて！　ハイニッケ、ミュラー、クレンツ……。三人の顔は歪み、その奥から、さらに戦車に乗っていた兵たちの顔が、拡大されて、浮き上がる。

死んだ戦友たちの声は、まるで飛翔するメッサーシュミットに追いすがるように、いつまでもノイシュヴァーベンラントに谺していた。

――以上、この手帳に記すべきことは、記し終えた。

現在、機は、狂気山脈上空を旋回中である。

この手帳を金属筒に入れ、基地上空に戻って、投下したならば、わたしとハインリッヒは再びこの上空に帰ってくるつもりだ。

そして、ショゴスと海百合の化け物と、未だ形状を知らぬ発光生物が群れなす、狂気山脈の裏側に向かい、ヨス・トラゴンの仮面もろともに、奴等めがけ戦闘機ごと突っこむ作戦である。

仮面がそこにある限り、すべては山脈を越える畏れはないからだ。

もし万が一、この記録を読む人間がいたならば、忠告しておきたい。

ここは新しきシュヴァーベンでもなければ、第三帝国の楽土でもない。

超古代に地球を支配していた、おぞましきものどもの眠る土地なのだ。

絶対に人間が近づくべき領域ではない。

そして、もし、この記録を手にしたあなたが、栄光あるドイツ軍人であるならば――。

我が軍の全力を傾注して、狂気山脈の裏側を完膚なきまでに、爆撃し、焼きつくすべきだと、わたしの意見を具申しておく次第である。

1889年4月20日

生命のための祝宴
そして、より大がかりな死のための祝宴！

——アレイスター・クロウリー

血は四大元素《エレメンツ》や悪魔の力を具現化するための物理的な基礎である。

——ケネス・グラント[*1]

ユダヤ人が何もしてなきゃ、非難されるはずないだろう。

——切り裂きジャック

―1888年8月31日前後

"J"の『魔術日記《マジカル・ダイアリー》』《暗号文字による》[2]

わわわ私私私わたしわたしわたし俺俺俺…

俺! 俺様!! うん。そうとも。俺様がいい。新しい、このパーソナリティーには、"俺様"という一人称がふさわしい。"わたし"でも"私"でもなく、ずばり"俺様"といこう。

で、もって。書き方も、ぐっと野生的にアメリカ式だ。

colour じゃなくって、color だぜ。へっへ!

だけど黒いインバネスの下には二挺拳銃用のホルスターなんか腰に巻いちゃいやしない。背広の懐にしまい隠した外科用ナイフが、俺様の得物だ。

『無駄口を叩いている暇などないぞ、J』

平面角のほうから、ゆらめく影が呼びかけた。

振り返れば、七フィート近い長身の男の影が、平面角を擦り抜けて、俺様の傍に立っている。

『Jとは、俺様のことか?』

『然《しか》り。ここがバックス・ロウの路上なりしことと変わりなきほどに、汝が名がJなるは、明らか――』

そう応えた影は、少しずつ膨らんできて、とても背の高い、肌の浅黒い男[3]になっていた。肌が黒いといったって、黒人じゃない。その黒さは闇のようだ。瞳は熾火《おきび》みたいに赤く輝いている。身にまとったのは古い銅版画にある死神みてえな被衣《かつぎ》だった。

あたりを見まわしゃ、確かにバックス・ロウ。

――ホワイトチャペル・ロードに面した地下鉄ホワイトチャペル駅の裏小路だ。

あちら側はエセックス倉庫が建ち並び、こっち側はテラス・ハウス。ガス灯は通りの角に一本あるきりで、あとは明かりひとつない。

『午前三時十五分だ。血の祝祭をはじめるにはふさわしい時刻だと思わぬかな？』

と、被衣をまとった長身の男は暗い含み笑いをおとした。

『あ、あんた……誰だ？　血の祝祭って、なんの話だ。どうやって、俺様は、あの地下室からバックス・ロウまで、ひと飛びでやってきた？　……夢を見ているのか……』

『夢だと、Ｊよ。ならば、余のみならず汝もまた、夢であろう。……否。暇はなかった。余のことは〈N〉とでも呼ぶがいい。かつてナイル川のほとり、ヘイドスなる開《あ》かずの谷の、ネフレン＝カーなる王の御代には〝顔のない神〟として崇められたこともあるが。それとても、大英帝国の首都ロンドンでは木乃伊《ミイラ》の屍衣以上に無意味でしかないだろうて』

『……〈N〉？……　〝顔のない神〟？……』

『しっ……余の昔語りなど、どうでもいい。生贄の仔羊が参ったぞ。ナイフを用意せよ』

俺様は黙ってうなずいた。俺様が振り返ると、男は消え、代わりに、俺様の影が街路に長く貼り付いていた。

次いで乾いた足音の響くほうに面《おもて》を向けた。足音は廃馬処理場のあるウィンスロップ・ストリート方面から、こちらに向かって近づいてくる。

ガス灯の薄ぼんやりした青い明かりを背にした姿は、黒い麦わら帽を被った女だった。

褐色のドレスの上に、安っぽい赤褐色のアルスター・コートをまとい、黒いウールの靴下をはいた中年女……酒臭い。それも、ジンの匂いが、ぷんぷんする。

（こいつはイーストエンドの住人か、さもなきゃ、宿なしだな。アイルランド人か、ユダヤ人だ。そのうえ、淫売で呑んだくれの、盗っ人女だ）

そうピンときた瞬間、先に口が動いていた。

『よう、別嬪さん』

女はびくっと、身をすくませて足を止める。ひきつった顔を上げた。

こっちを見た面《ツラ》は、四十から四十五ってところか。どこが〝生贄の仔羊〟だ。〈N〉の野郎もいい加減なことを言いやがる。とんだ姥桜《うばざくら》だぜ。

『な、なあに……』

ところが、姥桜、なかなか可愛いらしい声を出しやがった。

(こんなひでえ面のどこから、こんな可愛い声が出るというんだ? ひとつ、こいつの咽喉《のど》をとことん、検《しら》べなくっちゃ、気が済まんぞ)

俺様は、そんなこと考えてるなどと、曖気《おくび》にも出さず、

『寒い晩だなあ、別嬪さん。ええと、名は』

『メアリよ。でも、みんなにはポーリーって呼ばれてるわ』

『よっしゃ、ポーリー。それでは、だな』

と、俺様は、これ見よがしに右手をインバネスコートの懐に突っこんだ。

『三十分で一ポンド稼いでみないか?』

……ただし、俺様の右手が摑んだのは、財布じゃない。ナイフの柄だった。

＊

○偽装工作として、左手を使用。
○咽喉を二カ所。左耳下から、咽喉中央まで。それから、右耳下まで。
○〈N〉の命令で、第三撃。右鼠蹊部より左臀部へ。斜めに突出。第二撃は下腹部から鳩尾まで切り上げ、胸骨に達す。
○解剖道具の必要性を痛感。
○ドホウ＝フナの祭文。ドール詠唱歌。
○〈N〉の〈退去〉

○〝J〟のヴェールを脱ぎ捨て、〈門〉を閉じる。

S・L・メイザース[*4]の手紙

W・W・ウェストコット[*5]邸気付
ロンドン　カムデン・ロード　396
一八八八年八月三十一日

愛するミナ[*6]へ

なによりも、まず、以下のぼくの文面を読む前に「大袈裟ね」とか「会って話せば済むことなのに」などと呟いて、ぼくを笑ったりしないと誓ってもらいたい。

これから記すのは冗談でもなければ、怪談でもない。

正真正銘、我が崇拝する魔術神イシスにかけ、同居人より聞いた本当の話なのだ。

いかにぼくが儀式魔術師を自称する者であろうと、下らない怪談話で、最愛の人を怖がらせる趣味など持ち合わせてはいない。

以前、ぼくの同居人、というか、大家のウィリアム・ウィン・ウェストコットと、会ったことを覚えているかい？

長身で恰幅のいい、黒髪の紳士で、英国薔薇十字協会大管長にして、英国フリーメーソンリーの重鎮。

独仏のオカルティスト、文学者とも広く文通する国際的な知識人で——ぼくの良き理解者と、まあ、そんなふうに紹介したのではないか、と記憶している。

だが、彼の職業までは、君に教えていなかったね。

ウェストコットの正式な職業は、実は、スコットランド・ヤードの検視官なのだ。

つまり、ぞっとするような犯罪の犠牲者たちを法医学的に検死し、司法解剖するのが、仕事という訳で……ああ……どうか、これ以上、詳しくぼくに説明させないでくれたまえ。

そんな恐ろしい職業に従事するビル（ぼくだけ彼をこう呼ばせてもらっている）だが、いつもは町医者よりも冷静に見える。

本人曰《いわ》く、「霊性を失った死体など、単なる骨に絡んだ肉と皮」にすぎないのだそうだ。

ところが今日の夕方——家《うち》に帰ってきて、ぼくが読んでいる〈イラストレイテッド・タイムズ〉の号外を目にした時のビルの反応たるや、猫の死骸を突きつけられた十五、六のメイドもかくや、の有様だった。

「な、なにを読んでいるのだ、サム？」

とビルは顔面を蒼白にさせて言った。

「ホワイトチャペル殺人事件の顛末だよ。今朝早く、地下鉄駅近くでジン中毒の売春婦が滅多刺しにされたそうなんだ」

「……滅多刺し……」

ビルは、ぼくの言葉を繰り返しながら、テーブルに着いた。

「しかし、そんな殺人、いまに始まったものではなかろう。イーストエンドのような貧民窟では、お馴染みだ。今年の四月三日には、四十五歳の売春婦が街頭で襲われたし、八月七日には三十五歳の同業の女が、やはり殺されて、わたしの解剖台に載せられたよ。それなのに、どうして、また……。あえてホワイトチャペルの事件に興味を持ったのかね？」

「夢のお告げさ」

と、ぼくは号外を読みながら応えた。

「夢のお告げ？　ほう。これは、また……儀式魔術の学徒とも思えぬ心霊学的な解答を」

「そうとも断言できないさ。なんたって、夢のお告げを得たのは、ぼくじゃない。ぼくの恋人のほうなんだ」

「恋人？　ああ、あの小柄でキュートな黒髪の……フランス娘か。なんといったかな？」

「ミナだよ」

「そう。ミナといったな。確か、高名な哲学者の妹だった」

「フランスの誇る偉大な観念哲学者アンリ・ベルクソンの妹ミナ・ベルクソンだ。ふふ、ただね。ぼくたち二人だけの間ではモイナと呼んでいるが」

「モイナね。……ご馳走様」

「そんなことはどうでもいい。とにかく、ぼくのミナは、この頃、毎晩のようにリアルな夢を見るといっていた。その内容は、どれも同じ。五つの場所で、五人の貧しい女が、同一の男に殺されるというものなんだ」

「なんだって!?」

ビルは眉をひそめ、次いで声をひそめて、身を乗り出してくる。

「……それで……ミナは夢で犯人を見たのか」

ぼくはうなずいた。

「見た。はっきりと」

「どんな奴だって？」

「背の低い、前髪を額に垂らした、チョビ髭のオーストリア人だそうだ。イニシャルはA・H」

「間違いないか？」

「ああ。ミナは霊媒体質だ。以前から、何度となく儀式魔術の実験でそれは確かめている」

「ふむう……」

ビルは下唇を片手でひねって呻いた
「……成程。そこまで夢のお告げで知っているからには、教えない訳にはいかないようだな。実は、ホワイトチャペル殺人事件の被害者の検視を担当したのは、このわたしだ」

「ああ……やっぱり……」とぼくは呟いた。

「で、首都警察当局が、まだマスコミに発表していない、奇妙な情報がある。……秘密を守ると約束できるか？」

「内容次第だ。ミナの安全保全に拘わることでなければ約束しよう」

「……被害者メアリ・アン・ニコルズの口腔《こうくう》内に、ナイフの先端によるものと思われる傷が、ふたつあった。それが、ふたつとも……魔術的なものらしいのだ」

「魔術的？　たとえば、薔薇十字とか占星術のマークとか錬金術の記号とか……」

ぼくの言葉にビルはかぶりを振り、黙って立ち上がった。部屋の隅のライティングビューローまで行くと、メモに何事か走り書きする。

それから、メモをぼくに手渡して、

「見たまえ。サム。ひとつは、卍《まんじ》。しかも、左廻りの逆鉤十字《サンバスティカ》だよ。[*7]この印章《シジル》の意味は分かるかね？」

「いや。全然――」

「ならば、明日、大英博物館で、もうひとつの謎の名とともに調べてきてくれたまえ。もうひとつの名は、これだ――」

ぼくは、ビルから受け取ったメモに走り書きされた妙な単語を読んでみる。

「……NYARLATHOTEP……なんだ、これは。こんな変な綴りを、どうやって口腔の内側に刻みつけたというんだ？」

「分からん。すべては謎だ。わたしに分かっているのは、ただ、ひとつ……」

「……ただひとつ？　なにかな？」

「これから、さらに四人の被害者が生まれ、犯人を知っている君のミナも、ただではすみそうにはないだろう……ということさ」

ああ！　そうなのだ!!　ビルの言う通りじゃないか。ミナ。どうか、身辺に気をつけてほしい。ぼくは君の無事を祈って、今日から「薔薇十字の祓い」を毎日行なおうと思う。そして、明日、九月一日、大英博物館で逆鉤十字《サンバスティカ》の意味と〈ナイ〉なんとかいう単語のことを調べる予定だ。
　そのあと、まっすぐ、君をこの腕で護りに行くつもりでいる。どうか、心して待っていてくれ。

忠実な君の下僕
S・L・メイザース拝

ミナ・ベルクソン様
追伸・心の底より君を愛している。
追々伸・ぼくはボクシングの腕には自信がある。安心してくれ。

＝　一八八八年九月八日前後

大英博物館エジプト・アッシリア室副室長ヘンリカス・バニング博士の覚え書

○九月三日に当室を訪れ、「これは古代エジプトの神性の名ならずや」と質問せしS・L・メイザース氏の言が奇妙に心に残るため、以下に、余自身のため覚え書を記さん。
○質問の名――NYARLATHOTEP（ナイアルラトホテップ）。ナイア＝西アフリカのネグロイド部族の神話において神々の接頭語として使用される。ル・ラート＝呪文の瞬間？（いや、そうではあるまい！）ホテップ（＝〝満足する〟という意味の接尾語!?）
○ネフレン＝カー王のモノリスに刻まれたヒエログリフより「ナイアルラトホテップはカーネター

（クトゥルー？）の暗き使者にして、砂漠よりいでて、熱砂を横切り、獲物を求めてその領土たる全世界を思うがままにのし歩く者」
○顔のない神／禿げ鷹の翼とハイエナの胴を持つスフィンクス／頭上に戴くのは三重冠。冠に意匠は左向きの逆鉤十字。／影のように早く、雲のように広く、闇のように遍《あまね》く、民衆の心に巣を張り、恐怖を以《もっ》て深く冒《おか》す者。
○悪魔の使者。あとから来る悪魔を用意する者。
○どうしてこのような忘れられた古代の神の名が、かくも余の心を乱すのだろうか？

ジョゼフ・チャンドラー警部の捜査日誌

○被害者名／アニー・チャプマン
○性別／女性
○年齢／四十七歳
○職業／売春婦
○家族／未亡人・子供二人
○犯行現場／ハンバリー・ストリート二九番地裏庭
○犯行推定時間／一八八八年九月八日午前五時四十五分頃
○遺体の第一発見者／ジョン・デイヴィス
○発見者の職業／スピッタルフィールズ野菜市場の運搬人
○遺体発見の状況／九月八日午前六時五分頃。デイヴィスがハンバリー・ストリート二九の長屋裏口のドアを開け、石段を下りて裏庭に出ようとしたところで、仕切り塀の下に女が倒れているのを発見。近寄ってみると、女は血まみれで、すでに息絶えていた。
○九月八日午前六時十五分頃、ホワイトチャペル・ストリート署に駆けこんだデイヴィスに、小官が対応。小官は部下を近所の医師に遣ると同時に、デイヴィスと共に現場へ急行した。
○アニー・チャプマンの死体は掌を上にして、両手が伸ばされ、首には白いハンカチが固く巻きつけられていた。ただし、絞殺ではない。ねじ切られた首を、つなぎとめておくため、犯人がハンカチを使用した模様。足は開いて膝を立てて、かなりの抵抗の痕跡が見受けられた。手・顔・足いずれも血まみれ。特に顎と口の周囲には打撲の跡があり、顔全体が腫れ上がっていた。さらに、舌が口からはみ出していたが、これは犯人によって引き出されたものと思われる。

黒いコートとスカートがたくし上げられてはいたが、暴行の跡はなし。だが、下腹部が、ぽっかり傷口を開いていた。内臓が切断され肩あたりに散らかされている。ただし、直接の死因は——午前六時三十分、現場に到着したジョージ・バクスター・フィリップス医師の診断では——咽頭の切り傷によるものであった。

ジョージ・バクスター・フィリップス医師の検視報告書

……被害者は背後から口を塞がれ、右耳下から左耳下にかけ、外科刀のような鋭利な刃物で一気に咽頭を掻き切られ、絶命している。その後、犯人は、被害者の首を切断するか、被害者の顔の皮を剥こうとしたが、気が変わったか、ハンカチを首に巻きつけた。

次いで腹部を裂き、腸を引きずり出して、死体の右肩に置いた。子宮と膣の上部と膀胱《ぼうこう》の三分の二が完全に切除剔出されている。

このような作業は明らかに犯人が解剖学的技術、病理学的知識を有している、と断言できよう。

唯一不可解なのは、被害者の口腔内に、外科刀の先端で刻まれたと思われる逆卍のサインと、NYARLATHOTEPなる意味不明のアルファベットで……。

ミナ・ベルクソンの投函されなかった手紙

九月九日

愛する　お兄様へ

ロンドンはあまりに刺激的で、時として悪夢さえわたくしに見せてしまうようです。

いつか、わたくしは、お兄様にお話ししたことがありますね。覚えていらっしゃいますか？　わたくしの霊的な特異能力のことを。

一八五〇年頃のパリの貧民街――モントルウジュの恐ろしい有様が幻視できるということを。

ゴミと汚物とネズミが、川や下水沿いに山のように積み重なって、動物の死体と臓物のぞっとする臭気とともに、貧民や醜業婦たちが暮らす街――モントルウジュ。ああ、四十年も昔のパリの悪夢が、現代のロンドンでは、確かな現実として、煤煙のもとで息づいているのです。その街の名は――イーストエンド……。

そして、そんな悪夢の街で、あいつは殺人を繰り返しているのです。

そして……そして……あいつの正体を知っているのは……このわたくしだけなのです。

お兄様、どうぞ、聞いて下さい。あいつは黒髪のオーストリア人です。前髪を額に垂らし、年齢は五十五、六歳くらい。チョビ髭を鼻の下にたくわえた小柄な男なのです。取り憑かれたような眼差しと、熱狂的な口調が特徴で、見たこともない軍服をまとい、左腕に赤く染めた逆鉤十字の腕章を巻いています。

わたくしを愛するメイザースさえ、九月一日から六日ほど、このオーストリア人が、わたくしの身辺に出現しないか見張ってくれていたのですが、遂にしびれを切らして、ボディガードをおりてしまいました。

　そうしましたら、九月八日に、またしても、ハンバリー・ストリートという貧民街で、第二の殺人が発生したのです。

　お兄様……わたくしは、あと三人の哀れな醜業婦が、A・Hなるオーストリア生まれの殺人鬼の被害に遭うのを知っています。はっきりと、夢で見ましたし、この頃は、目覚めていても、幻視するのです。だけれども……わたくしには……どうしようもありません……。

　せめて、冷静で、客観的で、優しいお兄様がここにいて下さったなら……。

　それとも、お兄様は、やはり――、

「いますぐパリに帰ってこい、ミナ！」

と、おっしゃるでしょうか？

かしこ
ミナ

III　一八八八年九月三十日前後

S・L・メイザースの『魔術日記』

一八八八年九月二十九日土曜日（満月から三日目）魔法《マジカル・モットー》名S・リオゲイル・モ・ドリーム*9
○四拍呼吸／リラックス法の実践／瞑想
○魔術的記憶の喚起法で得られた幻視《ヴイジョン》
　黒い被衣《かつぎ》を頭からすっぽりとまとった長身の男――七フィートほどか――と、恰幅のいい、六フィート二インチ前後の中年男の二人組。中年男は黒いシルクハットに黒のインバネスコート。被衣の男は年齢不明。現われたり、消えたりしている。中年男の懐に金属製の鋭いもの。刃物？　ナイフ？　外科刀か。

　血の臭《にお》い……子宮《ウーム》のイメージ……蛆虫《ワーム》か……のたくる蛆が逆鉤十字のかたちになっていく……恐怖……迫る靴音……爆発？……。

　どうにも幻視《ヴィジョン》が定まらない。

　星幽体《アストラル》投射を試み、殺人鬼との接触を試みてみようと思う。（以下は、意識体は外界に投射させ、肉体のみ――正確にはこの指の鉛筆のみ自動筆記《オートマチック・ライティング》の技法で――目撃したことがらを記録せんとしたものである）

　カムデン・ロード三九六番地のウェストコットが借りている家の書斎。二人共同で、儀式魔術の祭儀場《テンプル》として利用する部屋……。

　ぼくは東に面《おもて》を向け、〈風〉のエノキアンタブレットを見つめながら、ゆっくりと瞑想を開始する。

　壁掛け時計の時を刻む音がぼくの瞑想を助けてくれる。横目で見れば、午前零時四十分……もう三十日の日曜日だ。……今夜あいつが三度目の凶行に及ぶというのは、推理ではなく……直感に近い……。「神秘的直観」と、ミナの兄上なら呼ぶかもしれないが……。

　逆卍《まんじ》が今日という日を導き出すヒントだった。……卍を表わす語は「スワスティカ」。これは、サンスクリット語で「それが運命」という意味だという。

　……また大英博物館で調べたところによれば……卍は北欧神話では雷神トールのハンマーの象徴であるそうだ。……しかし逆卍となると……それは崩壊、暗黒、死、不幸、太陽の死、そして黒魔術の象徴へと変わる……。

　……ふたつの殺人が行なわれたホワイトチャペ

ルをイメージした……バックス・ロウにハンバリー・ストリート……どちらも鐘の音が聞こえる……どこの鐘だ？……あれは……聖メアリ教会の鐘の音……聖ミカエル祭のミサは終わったのか……九月二十九日のミサ……もう九月三十日だったな……では……あの鐘は……？

午前一時の鐘が鳴った。

その音と同時に、ぼくは星幽体を地上に降り立たせていた。

ぐるりと高い石壁に囲まれた、どこかのクラブ・ハウスの中庭みたいな場所であった。

壁際に、ぐったりして、尻を地面につけた女と、女の胸倉を摑んだインバネスコートの男、それから二人から少し離れた所に、頭から被衣をかぶった信じられないほど背の高い男がいた。

(殺人鬼二人組と……第三の被害者だ!?)

ぼくはそう察した。すると、どうだ!? こちらが肉体を伴わない、意識のみの存在なのにもかかわらず、殺人鬼どもは一斉に、ぼくのほうに振り返ったではないか。

インバネスコートを着た男は、シルクハットで、顔が半ば隠れてはいたが、ミナが幻視したような小男でもなかったし、チョビ髭もたくわえてはいなかった。

「何者だ、貴様は」

そう怒鳴った野太い声も、当然、ドイツ語ではなかった。アメリカ訛りの強い英語である。それも中西部のカウボーイのそれらしい。

だが、ぼくにとっては、殺人鬼の片われがアメリカ人のカウボーイであったことよりも、星幽体を見分けられることのほうが驚きだった。――反射的に身構えてしまったほどだ。

ボクシングの構えをとったぼくの星幽体を見て、殺人鬼のカウボーイは、第三の犠牲者から手を放した。

くたびれ果てた黒い服の中年女がゆっくりと横倒しになった。ジャケットの毛皮襟が強風にあおられ、ばたばたとはためいた。

女の喉は、ぱっくりと口を開いている。その身の下の敷石には血溜りができていた。おそらく流れ出た血液は二クォートは下るまい。

酒毒で痩せ細った手が、しっかりと握りしめているカッコー印のティッシュが、彼女の味わった苦痛のもの凄さを無言で語っていた。

「へっへっ、何者でもいい。肉体があろうが、なかろうが、男でも、女でも。星幽体だけだって……俺様の邪魔する奴には、ちっとばっか、痛い目を味わってもらうぜえ」

野卑な口調で言いながら、殺人鬼は、まだ血に濡れている外科刀をぼくに見せつけた。

(こちらは星幽体だ。切られても大丈夫さ)

そう考えた時、背後に立った被衣の怪人物が忍び笑いを洩らした。

「……道士S・リオゲイル・モ・ドリームよ。悲しいものだなあ、自称、小達人《アデプタス・マイナー》とは……。この世に、汝の理《ことわり》を超えた現象が存在することさえ、思いも及ばぬ……」

(——えっ!?)

振り返るや、否や、被衣の男の黒い手が一閃された。この左肩に焼けるような衝撃が走った。そして、右手めがけ外科刀が——。

「くらえ、ユダ公!!」

呪いをこめた一言とともに、星幽体の右手の甲が切りつけられた。ぼくは声なき悲鳴をあげた。

すると、それに呼ばれたかのように、石壁の向こうから、小馬《ポニー》のいななきが響いた。

「こら、どうした。静かにしないか」

困惑げな中年男の声がして、小馬にくれる鞭の音が聞こえてきた。

インバネスコートの殺人鬼は稔りながらも外科刀を引っこめた。

奇妙なことに、例の被衣の怪人は、煙のように姿を消してしまった。ただ、インバネスコートの殺人鬼の影が、異様に長く、クラブ・ハウスの敷石の上に伸びていた。

「どうした。誰か、いるのかね?」

マッチが擦られた。

あたりが、ぱっと明るくなる。

それで、ぼくは、ここがイーストエンドはバーナー・ストリートにある国際労働者教育クラブ・ハウスの中庭だと知らされた。

「おおい、ゾゼブロスキー。来てくれ。女が倒れているんだ」

小馬の引く荷車から降りた中年男は、クラブ・ハウスに飛びこむと、大声でロシア系ユダヤ人の名を呼んだ。

(戻れ……カムデン・ロード三九六番地へ……)

ぼくは痛みをこらえながら、精神を集中させる。

……星幽体を風に乗せて……バーナー・ストリートを離れ……忌まわしい殺人現場を離れろ……売春婦殺しを止めることはできなかったが……星幽体で殺人現場に接近する実験には成功したのだ……もう今夜は、これ以上の殺人はない。

……〈風〉のエノキアンタブレットを見つめている自分自身に気がつく……左肩と右手の甲が痛い……。

左肩に触れてみれば、ジャケットからシャツまで、ざっくり裂けていた。右手の甲にも鋭利な刃物で切られたような傷跡が、ぱっくりと口を開けている。

今夜がビルの宿直の晩でよかった。

そうでなかったら、「こんなひどい傷……町でゴロツキとナイフで渡り合ったのか?」などと、いらない心配をさせてしまうところだ。……そっと一人で手当しておこう。

ミナ・ベルクソンの夢日記

一八八八年九月三十日早朝

……悲鳴……血……刃物……拳……。

下向きの三角形は描かれた。でも、それだけでは終わらない。四番目の星。外科刀。

血だらけの手が女の腹のなかに突っこまれる。腹のなかから内臓を取り出して……。

あいつだ! チョビ髭のオーストリア人。

わたくしのほうに振り返った!?

眼が合ってしまった……。

どうしよう?

夢のなかで、わたくし、殺人鬼と眼が合ってしまった。あいつに、わたくしのことを知られてしまった。どうしよう。どうしよう。

シティ警察エドワード・ワトキンズ巡査の報告書

▽シティ管区マイター・スクエア

▽日時/一八八八年九月三十日午前一時半頃

▽小官が一時四十五分にスクエア付近に引き返してきたところ、路上に女が倒れているのを発見。あたりを角灯で照射したが、怪しい人影は認められなかった。

▽向かいにあるカーレー&トンジ倉庫の夜警に応援を頼んだ。夜警の呼子に、巡回中の巡査二名が駆けつけてくれたので、小官は医師を呼びに行ってもらった。

▽その間、女の死体を検分。

▽女は下層貧民に属し、四十歳過ぎと見受けられ

る。顔面にかなりの殴打の痕跡。鼻から右頬にかけ深い切り傷。右眼球は潰れている。右耳の一部は切り取られていた。咽頭は切り裂かれ、血が流出し続けていた。これは殺害後、まだ間がなかったものと思われる。

　ポケットには白いハンカチ、綿棒入りのマッチボックス、テーブルナイフ、赤い煙草入れ、パイプ、石鹸、櫛、ミトンの手袋。死体の側には裁縫道具と質札の入ったブリキの小箱が落ちていた。

▽小官は、もうずいぶんシティ警察に勤務しているが、こんな破損の凄まじい死体は見たことなし。解体された家畜のほうが、まだマシではないか、とさえ思われてしまった。

▽最後に本件は、本件の一時間足らず前にマイター・スクエアより徒歩で十分ほどの距離にあるバーナー・ストリートで発生した殺人事件の犯人と同一人物の仕業ではないか……という推理を、ロンドン行政区ならびにスコットランド・ヤードに進言するよう、我がシティ警察上層部に対し、意見として述べておくものである。

〈イラストレイテッド・イヴニング・ニューズ〉の記事より

九月三十日の早朝だけで、二人の売春婦が殺された。まず殺されたのは、エリザベス・ストライド（44）。場所はバーナー・ストリート国際労働者教育クラブ・ハウス中庭。発見したのは、同所の社会主義者グループの会員ルイス・デイームシュッツだった。

　すぐに警察に通報され、H管区ホワイトチャペル署から警官が駆けつけた。クラブ・ハウスに残っていたユダヤ人は徹底的に調べられたが、犯人らしい者は見つからなかった。

エリザベスは咽頭を掻き切られていたが、殺人鬼はお楽しみの途中、何者かに邪魔されたかのように、死体を石壁に放り出していた。……と、以上は、三十日午前一時頃のお話である。

それから、一時間を経ずして、今度は大英帝国の金融と経済の中心地シティで、二番目の猟奇殺人は行なわれた。

次なる被害者は、キャサリン・エドウズ（43）。泥酔罪でビショップゲイト拘置所に放りこまれていたキャサリンは、零時三十分、酔いが覚めたので、釈放された。

そして、仕事を中断させられて、苛立っていた殺人鬼と、街角で出食わしてしまったのだ。

「拳を下っ腹に突っこんで、はらわたを引きずり出したなら、こんな状態だろうか」

シティ警察当局の人間は語っている。

「右肩のところに、内臓が広げてあったんだ。子宮と左の腎臓は奪われていた。きっと犯人が持ち去ったのだろう。なんのためかって？　くそったれめ。悪魔にでも訊いてみろ」

パブの客たちは噂している。

「犯人は決まっているさ。社会主義者か、ユダヤ人か、アイルランド人か、ロシア人だ。さもなきゃポーランド人だろう。こないだ、ジョゼフ・パイツァーってポーランド系ユダヤ人が殺人の容疑で逮捕されたけど、アリバイがあるってんで、無罪釈放されたよな。けっ、アリバイなんて糞食らえってんだ。俺は、まあ犯人は、カトリックの司祭か、ユダ公の医者か、アイルランド人の社会主義者だと思うね」

Jからの手紙

……せんだっての仕事っぷりを教えてやろうか

と、いい感じの色した赤い血をジンジャーエールの壜に溜めといたんだけどよう。にかわみてえに粘っちまって使いもンにならねえでやんの。で、赤インクさ。けっこ、オツリキだべ？　へっへっへっ！

　お次はよう、女の耳を切り取ってよう、サツの旦那方に送らしてもらうわ。この手紙、大事にしまっといて、俺様が次の仕事をしたら、発表してくれや。俺様のナイフはよく切れるぜえ。機会があったら、すぐ、次をおっぱじめるからな。あばよ。

　　　　あんたらの親友《マブダチ》切り裂きジャック
追伸。アダ名を使わしてもらった。赤インクで汚れた手紙をポストに投げこんで悪かったな。俺様が医者とはヘソが茶を沸かすぜ。へっへっへっへ！

〈第四の殺人の被害者のものと思われる血液の付着したぼろ布が、ゴールストン・ストリート一一八番地と一一九番地にまたがるモデルフラットの外階段そばに落ちているのが発見された。のち、それはキャサリン・エドウズのエプロンの切れ端であることが確認された。これはエプロンの落ちていた場所の真上の壁に、白いチョークで記された落書きである〉


「ユダヤ人が何もしてなきゃ、非難されるはずないだろう」

〈イラストレイテッド・ロンドン〉の記事より
九月二十五日付イースト・ロンドン郵便局の消印のある切り裂きジャックからの手紙がセントラル・ニューズ・エージェンシー社宛に送られて、全文が公表されてからというもの、ロンドンはまさに「恐怖の秋」のどん底にある。
　小紙独自の調査によれば、この手紙の文章は非常に米国的であり、いたるところに米国訛りが見られる。さらに殺人の手口も一八八五年テキサス州オースティンで発生した連続殺人事件そっくりであるところから考え、切り裂きジャックが米国人カウボーイなのは疑いない。

ヴィクトリア朝裏町詩人《ガター・ポエット》の詠《よ》める

ブッチャーではありません
ユダ公とも違います
異人さんの船乗りなんかでもありません
わたしはあなたのお友達
切り裂きジャックと申します

Ⅳ　一八八八年十一月九日前後

S・L・メイザースの手紙

愛するミナへ

町の浮浪児に小銭を握らせ、とり急ぎ、この手紙を君の許に運ばせることにする。

今夜だ！　十一月八日の夜から九日の朝にかけて……。あいつらが一カ月ぶりに現われる。

しかも、今回の犠牲者は、これまでのような四十代の女じゃない。二十代前半。小柄で黒髪、ユダヤ系、ないしフランス系の美しい女性――。

つまり……二十三歳で身長五フィート四インチ。アイルランド系ユダヤ人の両親をもつ美しい君。すなわち、ミナ・ベルクソンもまた切り裂きジャックとナイアルラトホテップの最後の犠牲者として、奴等の殺害リストに入っている可能性があるのだ！

どうして、ぼくがこのような結論を得るにいたったのか。

順追って、ただし手早く（なにしろ時間がない！）説明しよう。

ことの起こりは左肩と右手の甲に負った切り傷だった。……九月三十日の早朝、自宅の祭儀室で、星幽体を肉体に戻すと、星幽体に負ったのと同様な傷が、肉体に生じていた。

この傷については、自分なりに応急処置をしておいたつもりだったのだが、検視官のビルならぬ、素人の悲しさ。

消毒が足らず、バイ菌が入ってしまったらしい。……あるいは被衣をまとった怪人に星幽体の左肩をやられた時、霊的なバイ菌が侵入したのかもしれない。

とにかく、左肩と右手の甲の傷は、ひと月以上も放っておくうちに腫れ上がり、化膿して、熱をもってしまった。とはいえ多忙なビルの厄介になる訳にはいかない。

なんといっても、彼が宿直の晩、切り裂きジャックに、星幽体で接近したのは秘密なのだ。（彼が職務柄、そんなこと知ったなら、どんなに心配し、かつ怒ると思う？）

それで、ぼくは自宅から少しばかり離れた場所にある病院へ行き、外科医に診てもらうことにした。ところはマックリン・ストリート。大英博物館から東へ二ブロックほど下ったあたりだ。

傷の手当てや膿抜きや縫合の話は、女性にするものではないので、省くことにしよう。

問題は病院で肩と右手を絹帯だらけにされた、その帰りに、ぼくを呼びとめた人物のことなのだ。

「もし。あなたはサミュエル・リデル・メイザースさんでは？」

低いがよく通る声に驚いて足を止めた。

「はい。……どなたでしたっけ？」

振り返れば、褐色の髪を後ろに撫でつけ、秀でた額と理知的な容貌が特徴的な、四十前後の男性がぼくを見つめている。

「私は大英博物館エジプト・アッシリア室で副室長を務める、ヘンリカス・バニングと申します。……九月一日にお目にかかりましたが、覚えていらっしゃいますかな？」

「あっ、……ああ。あのバニング博士でしたか。いや、あの時は妙な質問などして失礼を」

「いやいや。とんでもない。あれから、あなたのご来室をずっとお待ちしていたのですよ」

「それは、重ね重ねご無礼しました。実は……のっぴきならない事情が――」

「いや。人それぞれ、複雑なご事情もおありでしょう。それは伺いますまい。……まずはお会いできて良かった。実は、明日、私はセベク神の墳墓の調査でエジプトへ旅立つところだったものでしてな……」

「それは……なにか……ぼくにご用でも……」

と尋ねると、博士は、あたりをはばかるように、きょろきょろ見廻してから、急にぼくの耳に口を寄せ、こう囁いたのだ。

「あなたがご質問のナイアルラトホテップとは、四千年以上前にエジプトで崇拝された邪神ですぞ。その教義の忌まわしさと、人身供犠、カニバリズムを旨とするがゆえに……後世、ナイアルラトホテップ崇拝は禁じられ、その信徒は生きながら皮剥ぎの刑に処されました。また、この邪神を崇めたネフレン＝カー王は永久に歴史から葬り去られたのです……」

「よく分かりました。ご親切に――」

「最後までお聞きなさい。ナイアルラトホテップの象徴は左向きの卍……逆鉤十字《サンバスティカ》でした。そして、その秘儀とは、五人の女を残忍な方法で殺害し、彼女たちの腎臓はナイアルラトホテップに捧げ、子宮は〝あとから来る悪魔の子〟のために取っておく。秘儀が行なわれるべき日時は、まずトートの月の終わり。これは現代の八月二十九日から三十一日に該当する。……以下、ネフレン＝カー王朝時代の暦に従えば、ハルマキスの月のはじめ、つまり、九月七日から九日。ケペラ＝ラーの祭日、すなわち、九月三十日から十月二日。……そして、ヌト＝シェネの月のベスの日——十一月八日の夜から九日の朝にあたる。……メイザースさん……私が、どうして、あなたを血眼《ちまなこ》で捜していたのか分かりますよね？そうです。目下、ロンドンを恐怖のどん底に叩きこんでいる……あの切り裂きジャックの正体に、私は思いいたったからです。ジャックは、ナイアルラトホテップを崇拝するエジプト人に間違いありません。いますぐ警察《ヤード》に行って、怪しいエジプト人を片っ端から検挙するよう、一緒に進言しましょう」

せかすバニング博士をごまかして、ぼくはなんとか、その場から走り去った。

駆けながら、肩と右手の傷が、脈拍を打つたびにひどく痛むように感じはじめたのは、教えられた邪神の知識で、気も動転していたせいなのか。

（イシスよ……ラ＝ホール＝クィトよ……エジプトの善神たちよ、我を護りたまえ……）

儀式魔術師としてぼくは、いつしか、そんな祈りを呟きつつ、ロンドン・メソニック会館の前に立っていた。

時刻は午後六時に近かった。

きっと、ぼくは、無意識でビルに相談しようと思ったのだろう。

それも、スコットランド・ヤードの検視官W・W・ウェストコットに相談したかったのではない。英国薔薇十字協会大管長にして、英国フリーメーソンリーの重鎮。

そして、一八八八年三月一日、ドイツ本部にまします〈秘密の首領《シークレット・チーフ》〉より設立許可証を受け取った魔術結社〈黄金の夜明け《ゴールデン・ドーン》〉団[*10]の5＝6（大幹部）として——。

ぼくは、ビルに今日のことを相談せずには、いられなかった。

メソニック会館に飛びこみ、夢中で廊下を歩きまわって、英国薔薇十字協会がオフィスに使用している小さな会議室にたどり着いた。

なかは暗く、がらんとしており、ビルはおろか、他のいかなる協会員も見当たらない。ぼくは急速に気持ちが萎えていくのを覚えた。

帰ろうか、と身を翻した時、ドアの隙間から一枚の葉書が廊下に落ちていくのが見えた。その葉書は、なんとも奇妙なことに、金色の粉をあたりに振り撒いているように——あるいは虹色の光を帯びているかのごとく——つまり、ぼくのような魔術師の目を惹くような魔術的な磁気を放っていた。

1889年4月20日

ぼくは催眠術をかけられた人間の動きで葉書を拾うと、ぎごちなく裏返した。

クォド・シス・ネシスの賢兄へ
ゲルマンの昏き友愛の血を喚起させ、雷神トールの御力を借りて貴下が如何なる外術《げじゅつ》の実験に励もうと、余に拘りなき所なり。しかし、二十代前半・小柄で黒髪・ユダヤ系ないしフランス系の美しい女性の血と内臓と魂をヌト＝シェネの月ベスの日に、貴下がナイアルラトホテップに捧げんとしている、と本日（十月十日）〈秘密の首領〉[*11]アンナ・シュプレンゲルより星幽的連絡あり。上の条まことなりや。至急、返答を乞う。こちらは薔薇十字協会的国際裁判の用意あり。

ピターマハ・ゴータマ・ラフーガナ
ことグスタフ・マイリンク[*12]
ベルリンにて

ああ！　その葉書こそは、ドイツが誇る、偉大な幻想文学者にしてオカルティスト、グスタフ・マイリンクが、切り裂きジャックに宛てた、警告の葉書だったのだ。

そして、葉書によれば――同時にバニング博士も言っていたではないか――今日、十一月八日の深夜から九日の早朝にかけ、二十代前半の小柄で黒髪、ユダヤ系ないしフランス系の美しい女性が、切り裂きジャックの最後の被害者になるのだという！

愛するミナ。どうか、ぼくの手紙を読んだなら、すぐにナイフかピストルを手にしてくれたまえ。そして、アパルトマンのドアには固く鍵を掛け、誰がドアをノックしても、絶対に開けないように気をつけるのだ。

十一月九日の午前七時すぎ……街が活気づき……ぼくがすべてにカタをつけるまでは……。ぼく以外の人間の誰にも――たとえビルそっくりの人間が現われても心を許してはいけないよ。

君のサミュエル

ミナ・ベルクソンのメモ

こわい……こわい……こわい……。

こわくて眠られない。

サミュエルからの手紙を読んでから、すぐに窓という窓、ドアというドアを閉めて、錠を下ろし、鍵をかけたのに。

この手にはレミントン社製の小型拳銃を握りしめているというのに。

今夜、この時、たったいま――。

同じロンドンの空の下を、あのけだものが歩いているのかと思うと……。

そして、ひょっとしたら、わたくしの住むこのアパルトマンの……この部屋に……近づいているのかもしれない、と考えたなら……。

こわくて……眠ることなんて……できやしない……。

ああ、時計が鳴っている。

もう十一月九日の午前三時になってしまった……。

“J”の『魔術日記』《暗号文字による》

ドーセット・ストリートは、パブの並んだコマーシャル・ストリートから西に少し入った小路だ。あたりは事務所やアパルトマンが多い。

パブが並んだ通りだというのに、ひっそりしてるのは、今夜《いま》が十一月八日の深夜というか、九日の早朝――午前三時。つまり、日曜の晩で、おまけにロンドンのシティ行政区の市長就任式を明日に控えているからだ。

みんな、明日の就任式には、飾り馬車をサカナに一杯、祝砲をサカナにもう一杯と、朝からやらかすため、今夜は早目におねんねさ。

へっへっへっ！　俺様は生憎《あいにく》と勤勉でな。こうして夜遅くというか朝早くというか。とにかく、休む暇なく、フランス語で悲鳴をあげてくれるユダヤ娘の可愛い子ちゃんを捜し求め、外科刀を懐に――。

『そこだ。J。その路地を曲がれ。さすれば、ミラーズ・コートなるアパルトマンがある。そこの十三号室が、汝の求める娘であろうぞ』

いつの間に現われたのか、ナイアルラトホテップが、厳かな調子で教えてくれた。

十三号室とはおあつらえ向きだぜ。へっへ！

俺様は白手袋をはめながら、そっと足音を忍ばせて、言われた路地を曲がって行った。

成程、こぎれいなアパルトマンがある。

一階の左端にまわった。角が十三号室だった。

畜生めえ。窓という窓には鎧戸が下ろされていやがるぞ。おまけに、ドアにゃ錠ときた。こいつは一計を案じるほかはあるまい。

俺様は、あえて、正々堂々と正面玄関にまわっていった。

＊

〝J〟のヴェールを脱ぎ捨て、一度、かりそめに〈門〉を閉じる。そして、若い男の声色を真似ると、フランス語で、部屋のなかの娘にこう呼びかけた。

「ぼくも仲間だよ《ジュスイヌ・オシイ・フオーリー》」

「なんですって……」

不審げな声を出しながらも、娘が錠を外す音。

……俺様は懐の外科刀に手を伸ばす……。

コマーシャル・ストリート署ベック警部の話

まず窓の鎧戸を外し、ガラスを割って、なかを覗きこんでみた。通報者二名はあまりの死体の惨状に全身の震えが止まらぬ有様だったが、いや、それも無理はない。

表通りのシティ市長就任式パレードの大騒ぎや、祝砲なんかが、十三号室のなかを見た途端、このわしには、とおい星の世界のことのように思われたほどだった。

ちょっと、ウィスキーを一杯、呑ませてくれ。……失礼。なにが見えたかって？

ベッドに横たえられた素っ裸の娘だよ。年齢は二十代前半というところかな。仰向けになってて、髪も陰毛も黒、手を腹において、両足を開いた姿勢で息絶えておった。

咽頭が左耳から右耳まで……こうスッパリ切り裂かれ……かろうじて皮一枚で首と胴がくっついとる状態でな……。

耳と鼻は切り取られておったよ。あとで聞けば、大層、きれいな娘だったらしいな。可哀そうになあ。そういや、顔は、特に念入りに切り刻まれていたな。腹は切り開かれ、なかの肝臓と子宮が持ち去られておった。他は近くの卓上に山盛りだ。あと……乳房が切り取られてな。版画を掛ける釘に吊るしてあったよ。

通報者の一人は「……悪魔だ……悪魔の仕業だ……」とか何とか口のなかで呟いていた。

部屋の暖炉の灰を調べてみたところ、娘の帽子や下着を燃やした形跡があった。

そうそう、それから、こんな紙きれの燃えかすが暖炉から出てきたんだ。紙きれに書かれとったのは、左向きの卍マークと……。"VANISH!!"の一語と、"NYAL—" あとは読めん。しかし、ま、「消えよ!!《バニッシュ》」にせよ「ナイアル———」にせよ、これらは本件とはまったく関係ないだろうな。

S・L・メイザースの日記

1889年4月20日

八日一晩中、ビルを捜し求めて、ロンドンの裏街という裏街を駆け廻った。だが、遂に彼は見つからなかった。

ビルが切り裂きジャックであることは間違いない。なんといっても、彼宛に送られてきた、グスタフ・マイリンクからの手紙が如実にそれを物語っていたではないか。マイリンクの宛名には『クォド・シス・ネシス』とあった。

それこそはビルの魔法名《マジカル・モットー》だったのだ。

葉書以外にも、証拠はある。

スコットランド・ヤードは、切り裂きジャックには病理学の知識と解剖学の技術がある、と見なしていたではないか。ヤードの検視官以上に、その知識と技術を有した人物が考えられようか!? ヤードの発表に対し、ジャックは「俺様が医者とはヘソが茶を沸かす」と書いていた。いかにも、検視官は、厳密には医者ではない。

それに……ジャックには医学の知識や技術以上に、魔術の知識と技術があった！

第一の殺人が行なわれたバックス・ロウ。第二の殺人が行なわれたハンバリー・ストリート。第三の殺人が行なわれたバーナー・ストリート。

この三点を結ぶと、見事な下向きの三角形――水の象徴を描く。つまり、ジャックは三つの儀式殺人によって〈水〉の召喚を行ない、暗黒世界より「混沌の水」「第一物質」を抽出したのだ。

続いて、ジャックは、三角形をすぐに第四の殺人によって、菱形へと変えた。菱形は鉱物や金銭、秩序を表わす。

これにより、どうやら、ジャックは「混沌より未知の生命を魔術によって抽出しようとしており、その生命体とは、もし生まれたならば、この世に〝鉄の秩序〟を強制するようになるであろう」……ことが推理できるのだ。

そして、その生命体の胎《はら》に、第五の被害者が使用され……魔術的に……子宮を抉り出され……もっとも残忍な方法でジャックに殺される……。

ぼくは一晩、半狂乱で走り続けた。

だが、求めるビルとナイアルラトホテップの姿は、とうとう見つけ出すことができず、気がつけば……九日の午前十時をまわっていた。

「人殺し……恐ろしい……またしても人殺しだ……号外……号外……切り裂きジャックの……五番目の犠牲者が……アパルトマンでバラバラだよ……さあ……号外……号外……」

フリート・ストリートにさしかかった時、そんな新聞売りの少年の声が、ぼくの心臓を縮みあがらせた。

呼吸が一瞬停止するような恐怖を味わいながらも、ぼくは足を止め、身を翻していた。

小銭を少年に渡すと、号外をひったくった。

〈ロンドン・ニューズ〉号外

ウエールズのライムリック生まれのメアリ・ケリー(25)は、十六歳の時に石炭船の乗組員と結婚。のち、夫が爆発事故で死亡したため、単身、ロンドンに出てきた。一時はパリに滞在したこともあったそうで、彼女が酔うとフランス語を話したのは、そのためであったらしい。

辻君《つじぎみ》とは思えぬ若さと美貌の持ち主で、同業者の御婦人方や、コマーシャル・ストリートあたりの粋人諸氏には人気者だったそうだ。

そんな彼女の部屋を、切り裂きジャックはこともあろうに、正面玄関から訪問した。

そして、午前三時から一時間、たっぷりと生体解剖を楽しんだのである。

メアリは、部屋の入口付近にあるベッドの上で、シュミーズの切れ端を身につけたのみの、ほとんど全裸の状態で発見された。

……メアリの死体の欠片を人間のかたちに復元するには、専門家の手で六時間を要した。

なお、メアリは妊娠三カ月だったことが判明した。

W・W・ウェストコットの置き手紙

1889年4月20日

この手紙を君のミナ——モイナだったかな——とともに読まれんことを。
君たちが、わたしからのこの手紙を読む頃には、わたしは仕事でウールウィッチに出かけている。二、三日、戻れないから、お二人でわたしのことを話し合う余裕があることだろう。

さて、時間がないので、結論より申し上げよう。切り裂きジャックの正体は、いかにも、かく申すわたし、W・W・ウェストコットだ。

ただし、誤解を招かぬよう申し添えさせていただくが、この行為は、けっしてわたしの淫楽殺人症によるものでもないし、世の売春婦を一掃するという偉大なる社会事業を目的としたものでもない。

我が命令者にして、「佇む者」――「顔のない神」ナイアルラトホテップの存在を見れば、ご理解いただけるように、きわめてデリケートな魔術的作業であったのだ。

……思えば、それは、昨一八八七年八月、故R・ウッドマンより、わたしが〈秘密の首領〉アンナ・シュプレンゲルの暗号文書を受け取った時より、定められていたのに違いない。

そうとも。実を申せば、〈黄金の夜明け〉団ドイツ本部のシュプレンゲルと文通し、受けた数多くの秘密文書のなかには、未だ君に教えなかった儀式や教理を記したものも存在していたのだ。

いや……それは独占欲ではない。

それら一部の文書が、真に〈首領〉シュプレンゲルからのものなのか、少々、疑わしかったためだ。

――ほら、故ウッドマンが書き残しているだろう。

「魔術師たちの白い手のなかに、時折、何者かの黒い手が混じって、この世のものならぬ邪悪な知識や技術がもたらされることがある」

まさにその実例かと思われたのだ！

未公開の文書は二通ある。ひとつはA儀式。いまひとつは、H儀式という。

A儀式とは――アドニス（英雄）のA。神の盾《アエギス》のA。深淵《アビス》のA……である。

これは四人の汚れた血の女を生贄にすることで、大暗黒界《クリフォト》より「生命の意志」を汲み上げ、「混沌の水」を抽出し、生命に「もし誕生したなら鉄の秩序を完成するよう目的づけた」。

H儀式とは――ヘカテのH。ヘルメットのH。地獄《ヘル》のH……である。

これは五人目の小柄で美しい黒髪のユダヤ娘を生贄にすることによって、生まれてくる者の容姿を決定したのだ。二十代前半という生贄の年齢は、やがて来る英雄《アドニス》が己れの運命を悟る歳――今回は二十五歳となった。

さらにフランス語ができることを選んだのは、憎むべきフランスを未来の英雄が必ずや占領するという運命を盛りこんだのだ。

こうしたわたしの趣向が、君にいらぬ心配をさせなかったならばいいのだけれど……。

マイリンクの仏教かぶれが、妙な葉書で君を怖がらせたかもしれないけど、薔薇十字裁判にわたしがかけられる筈はない！

なにしろ、このわたしは、弛緩しきったキリスト教世界――堕落し、拝金主義が横行し、肉体がすべてと化した現代――一八八八年という時代に、新秩序の種を蒔いた恩人として、歴史に残るであろうからだ。

わたしは、創造した。しかも下のほうから。もし上から図式的に創造しようとしたら、机上の空論になり、けっして来るべき英雄に生命を吹きこむことはできなかったであろう。

芸術家が芸術作品を創造するように――。

魔術師は自己の着想をゲルマン民族の血そのもののなかに眠る、昏い、しかし強大な力を成熟させていかなければならない。

そのために、ユダヤ人の汚れた血がどれほど流されようが、それが一体、どうしたというのだ!?

ハイル、ナイアルラトホテップ――。

……失礼。まだ、完全にヴェールを脱ぎ切れていないようだな。

William Wynn Westcott (1848 - 1925)
（ウィリアム・ウィン・ウェストコット）

ともあれ……なにも君たちが心配することはない。哀れなメアリ・ケリーの部屋で、ナイアルラトホテップは〈退去《バニッシュ》〉させた。もう二度と、あの顔のない神も、切り裂きジャックも、ロンドンには現われないのだ。

わたしはヴェールを脱ぎ、〈門〉を閉じた。

そして……英雄の種は……彼の生まれるべきゲルマンの荒野へと帰っていった。

必ず来年、彼はこの世に誕生するが、しかし、その場所はイギリスではない。海の向こう――ドイツか、スイスか、オーストリア――いずこかだ。

わたしはゲルマン民族のために英雄創造の手助けをしたにすぎない。

さあ、記すべきことは記し終えたつもりだ。

君たちがこの手紙を読み終わったなら、即座に便箋は焼失し、二人は手紙の内容はおろか、読んだことさえ――今回の件さえも――すべて忘れてしまうよう魔術を仕掛けておいた。

だから、安心して……今夜は二人ゆっくり静かに休まれんことを。

敬具

お二人の親友

W・W・ウェストコット

ある出生届

父／アロイス

母／クララ

生年月日／一八八九年四月二十日

姓名／アドルフ・ヒトラー

夜の子の宴

聞きたまえ。夜の子らが歌っている。
なんの歌をうたっているのやら。

——ベラ・ルゴシ
ユニバーサル映画『魔人ドラキュラ』

或晩トランシルバニアの村で、夜通し起きて居たことがあつた。すると其の家の人達が、血を吸ふ鬼がはひらないやうにと、入口の戸に大きな横木、即ち閂《かんぬき》をはめたのだ。そこで私が此の世に、吸血鬼《バンパイヤ》なんか居るものでないと、口をすくして、幾ら云つて聞かしても皆は信じなかつた。実の所、此の古い迷信を信じない者は、村中探して牧師と筆者だけであつた。

——バーナード・ニューマン『欧洲の發火點』

Ⅰ　死の匂う霧

霧。

深海の色のように青く、湯を注がれたアブサンそっくりに濁《にご》り、しかも緞帳《どんちょう》にも似て重い。絶えず揺らめき渦巻きたゆたう霧。

フロントガラスの向こうにも、サイドウィンドウいっぱいにも、霧は充ち溢れていた。三メートル先を徐行する、36型七・五センチ山砲を引いた軽牽引車など、その影さえ見ることはできない。

(信じられん。……第三帝国の誇るオペル・ブリッツのヘッドライトに、かくも煌々と照らされているというのに。……)

ヒャルマー・ヴァイル少尉は、眉をひそめて、軍用トラックの周囲をすっぽりと覆い隠してしまった濃霧を見つめていた。

「ルーマニア名物の濃霧は晩秋から初冬だろうが。いまは、まだ六月の末だぞ。くそったれ」

幌付き荷台に乗った兵士たちのなかから、そんな罵声が沸き起こった。

が、それも、無理はない。一刻も早く、この霧を脱し、なんとか迷った山道をもとに戻って、本来かれらが属すべき部隊——ウクライナ進攻作戦を支援するドイツ陸軍とルーマニア陸軍の混成部隊＝南方軍集団——に合流したい心情は、誰よりも、ヴァイル少尉が強いので、痛いほど理解できた。

(兵たちが苛立っているのは、はぐれたせいだけじゃない)

そう考え、荷台のほうを振り返った少尉の鼻を、不意に悪臭がかすめた。むせ返るようなその臭いは墓場の土のもの。あるいは……何年も掃除していないドブのような臭いだった。

標識なり、ラーピスなり。……なにかある筈ですが」

ネイアー伍長は震え声で言った。

「ラーピス？　なんだ、それは？」

「ローマ人がこのあたりを支配していた時代の名残りの石積みです。石を積んで境界や里程標にしたもので。いまでいうケルンでしょうか」

「貴様は、このあたりの地理に詳しいのか、伍長」

ヴァイル少尉はうさんくさげな眼差しになると、まだ二十四、五歳と思《おぼ》しい伍長の横顔を見据えた。

「……自分は大学を中退するまで……ローマ史学を少々学んでおりまして……」

伍長は伏目がちに応えた。

「ふ……ん。ならば、途中で村が見つかったら、貴様に通訳を頼むとしよう。いまでも、ルーマニア人にはラテン語が通じるそうだからな」

鼻を鳴らして、少尉は、また前方に眼を転じた。

青い霧は依然として立ち籠めている。

「いえ……通じると申しましても、カタコトでしか――」

とネイアー伍長が弁解しかけた時であった。

不意にトラックの前方、右から左へ、大きな灰色の野獣の影が、駆け抜けていった。

「むうっ」

少尉は反射的に身を起こした。

ひと呼吸おいて、トラックの前となく、後ろとなく、右となく、左となく――。

あらゆる方向から犬の遠吠えめいた咆哮が響いてきた。

そのあまりの反響の凄まじさに、ぴったり閉じたトラックのガラスがぴりぴり震える。

「山犬だ！」

「狼だぞ!!」

荷台からライフルを構える音と共に兵士たちの緊張した声が響いてきた。

青い霧のなかに、緑がかった黄色い光点が二個一組で、そこここに、浮かびはじめる。その有様は蛍の乱舞もさながらだった。

（蛍ではない。いまは六月末。しかも……ここは……カルパチア山脈だ……もし……いるとしたら……それは……）

少尉は思った。

荷台から金切声が叫ぶ。

「人狼《ヴェールヴォルフ》だ。人狼だぞ！」

それが合図であった。

幌が巻き上げられ、濃霧めがけ、短機関銃やライフルが荷台から乱射された。

オレンジ色の火箭が青く渦巻く霧のヴェールのなかに、次々と吸い込まれていく。それを嘲笑うかのように、黄色い光点は、上下に揺れ、左右に流れていった。

同時に野獣の咆哮が、より鮮明に、ヴァイル少尉の耳許に届けられる。ただし……それは、山犬の声でも狼の叫びでも、まして人狼のそれなどでもなかった。

人間をせせら笑うようなジャッカルの声だ。

(馬鹿な。どうして、ジャッカルが、ルーマニアにいるんだ。これは山犬の声だ。おれの聞き間違えだ)

少尉は已れにそう言いきかせると、かたく眼をつぶった。

(冷静になれ。正気に戻れ)

やがて、ジャッカルの声は、ゆっくりと、しゃがれ声に、老婆の歌声らしきものへと変わっていく。ただし、その歌詞の内容までは分からなかった。

「……なんだって?」

乾いた咳をおとしながら少尉は呟いた。

いつしか、ぴったりとガラスを閉ざした車内に、青い霧が洩れ入っていた。それが少尉と伍長をむせこませているのだ。さらに、猛烈な眠気さえ、青い霧は、惹き起こしていた。

焦点の合わなくなってきた視界に、狼ともジャッカルともつかぬ野獣の光る眼が、割りこんでくる。

——それらはフロントガラスの向こうに——サイドウィンドウの彼方にも——それから女の歌声——老婆のものではない——若い女のものだった——それに誘われるように兵士たちは射撃をやめる——おそらく荷台で折り重なってしまったのだろう——ヴァイル少尉とネイアー伍長のように——あるいは——前方を進んでいた山砲を引く軽牽引車に搭乗する三人のように——。

薄れゆく少尉の意識のなかに、女の歌が、なぜか歌詞の内容と共に流れこんでくる。

それは——。

葦狼《あし》よ　葦狼よ
なぜに今宵も吠えるのか

ツェペシュ様のお帰りを待ちわびているのか
血が恋しいか

(なんだと……ツェペシュとは誰のことだ)

少尉は必死で頭を持ち上げた。フロントガラスの向こうから、逆さまになって——まるで蝙蝠のように——軍用トラックの車内を覗きこんでいる蒼ざめた女の顔があった。

灰色の髪。皺だらけの木乃伊《ミイラ》のごとき容貌。そして瞳のない、全部真紅に輝く眼。怪魔は唇をめくった。紫色の歯茎からは二本の鋭い牙が突き出ている。

「……貴様は何者だ……蛇女《ラミア》か……メデューサか……ハイドラか……誰《ヴエル・ダー》だ!?」

最後の一言を、力をこめて吐き出すと、少尉は、腰のホルスターからワルサーP38を抜く体勢のまま、改めて、がっくりと気を失っていった。

II　断崖の麓の村

鐘。

慌《あわただ》しく鳴らされる教会の鐘の音。その音に驚いて、一斉に、空に飛びたつ鳩の羽搏き。さらに雀のさえずりのような人々の話し声……。そして面《おもて》を照らしてくる夕陽。

ヴァイル少尉は、ひどい夢酔いを味わいながら、頭を持ち上げた。同時に割れそうな頭痛と猛烈な喉の渇きに襲われる。

(なんだ。どうした。ひどく長く気を失っていたのか)

自問しつつ、助手席側のサイドドアを開いた。夕陽と共に清々しい空気が車内に流れこんできて、澱《よど》んだ生臭いそれと入れ替わっていく。車外によろめき出ると、男女の驚きの声が沸きあがった。雀の囀《さえず》りのような言語。なにを言っているのか、皆目、分からない。

「おい、ここはどこだ!? なんという村だ」

ワルサーP38を抜き、少尉は、周囲に叫んだ。

ビロード地に縫いとりがされたベストの男や、スモック刺繍のブラウスに白い木綿地のスカートの女。あるいはトルコ帽を被った老人やショールで頭を覆った老婆などが口々に、少尉のことを指差して、何事か喚き散らした。彼等の瞳には一様に怯えの色が滲んでいる。

「ドイツ語の分かる者はいないのか。ルーマニア領なんだろう、ここは!? それとも、ハンガリー領なのか?……まさか、ソビエト領ということはないだろうな。なんとか言わんか」

大声で叫ぶうちに、少尉は眩暈《めまい》に襲われた。トラックのハナ面《づら》のほうに左手をついてしまう。……と、そこで、前方約十メートルの位置に停められた軽牽引車が目にとまった。

ベンツのトラックを改造して、後輪にキャタピラを取り付けた車輌である。その後ろに36型七・五センチ山砲がつながれ、車内には三人の兵士が、伍長やトラック荷台の兵士たち同様に眠っている筈だった。

「どけ……。どけ、どかんか……」

細い田舎道いっぱいに溢れた人々を押しのけて、少尉は、軽牽引車のほうへ、ふらつく足で歩み寄った。

車窓は半分ほど開かれている。それを見て、少尉は眉間に皺を刻んだ。

(青い霧の凄まじい悪臭が気にならなかったのか、こいつらは……)

そう訝しく思いつつ、窓越しに、なかを覗きこんだ。――運転席に一人、ハンドルに突っ伏したまま。

あとは、後部座席に二人。いずれも、気を失っているようである。

「おい。貴様ら、目を覚まさんか」

怒鳴りつけながら、少尉は、運転席のほうにまわり、荒々しくドアを開いた。とりあえず、運転席の兵士を往復ビンタで叩き起こし、あとの二人にも、一発くらわして、『活を入れ』てやり、他への規範にしようと思ったのだ。

が、しかし——。

少尉の思惑は、次の瞬間、見事に外れた。

ハンドルに突っ伏していた兵士の体が、ドアが開かれた反動で、ぐらりとバランスを失い、こちらに倒れかかってきたのだ。半身が車外に投げ出された。

「——!?」

少尉は、反射的に眼球を脹らませた。

兵士の恐怖に歪んだ顔・ほとんど透明な皮膚の色・口から突き出された紫色に腫れあがった棒状の舌・そして、右の首筋に穿《うが》たれたふたつの穴……。

それらを同時に見てしまったためであった。

顔をそむけ、車内後部座席の二人に、眼を転じた。

二人の右の首筋にも、同じ穴があけられている……。

ヴァイル少尉は、手にしたワルサーP38の銃口を青空に向けた。引鉄《ひきがね》を絞る。

轟然たる銃声。

道に溢れていた老若男女が悲鳴をあげ、一斉に、まるで蜘蛛の子のように散りはじめた。

「村長か、司祭を呼べ！　いますぐに、だ。この村に反独主義者が潜伏していることが判明した。我々に対する協力を拒む者、サボタージュする者は即刻、敵対する者と見なし、その場で射殺する」

怒りに駆られて、ヴァイル少尉は、そう叫んでいた。

だが……。

その一方で、彼の心の奥で小さな声が、

（なにをそんなに激怒しているのだ、ヒャルマー。まだ、三人の兵士を殺したのは村人とも誰とも決まった訳ではないだろう。昨夜の山犬だか狼だかの仕業かもしれないし、蝙蝠の化け物の仕業かもしれないではないか）

と、自問していたことも、事実だった。

しかし、胸底より沸き起こる、この一種性的ですらある憎悪の高ぶりは、そんな微かな理性の声などでは、容易に抑えきれるものではなかった。

「くそいまいましい。自分たちの弱さばかりを強調し、他に哀れみを乞うことしかできぬ蛆虫どもが。この……ユダ公が！」

そう吐き捨てて、少尉は、とりあえず見せしめに二十メートル先に立っている三歳くらいの女の子を撃ち殺してやろう、と狙いを定めた。

と、すかさず、ワルサーP38を持った手が、押し下げられる。

「おやめください！　ルーマニアは同盟国です。歴史的に見てもローマ人の末裔であり、ユダヤ人ではありません」

毅然とそう言い放って押し止めたのは、ネイアー伍長であった。銃声で目覚めたのだ。

「ふん。そうか。そうだったな。……おれは疲れているのかもしれん。どうかしていたのかな。なぜなんだろう」

と独りごち、少尉は、何気なしに、天を振り仰いだ。視界は切り立った断崖で遮られる。断崖の頂きのほうへ視点を上げていけば、およそ七十メートルほどの所に、城館が建っていた。断崖から麓へは、村外れに向け、険しい石段が設けられている。

少尉は、その遥か上方の城館の、豆粒ほどにしか見えぬ窓に、小さな白い顔を見たような気がして、ぶるっと意味もなく身震いした。

（なんだか……急速に怒りが萎えていく……）

鼻白んだ表情で少尉は拳銃を腰に戻した。

少尉が狙った女の子は、母親の震える手で抱かれ、近くの漆喰塗りの家のなかに引っぱりこまれていった。

気がつけば、通りからは村人の姿が消えて、代わりに、武装したドイツ兵ばかり溢れている。

「伍長。協力すれば危害は加えない、と言え」

ヴァイルの命令に従って、伍長は、大声で何事か話しはじめた。ただし、それはルーマニア語ではない。ラテン語である。

少しの沈黙ののち、家々のドアや窓の木戸が僅かに開かれ、怯えた眼が覗かれた。

「村長を出せ。我々は最寄りのドイツ陸軍司令部か、ルーマニア陸軍司令部と連絡をつけたい。それから、殺された三人の兵士を埋葬したい。あとは、十四人分の食糧と宿泊場所。それにトラックや軽牽引車を停められる場所を確保したい。……可能ならば、ガソリンの補給と、ドイツ語が理解できる人間も」

畳みかけるように言いながら、少尉は、手を腰にまわした。軽牽引車より離れ、歩きはじめる。伍長はずっと通訳し続けた。

兵士たちは、少尉が近づくのを見ると、慌てて横一列に並んでいった。全部で十二名。誰もが皆、どんよりと赤く濁った眼をしている。その動作はどこか起きたばかりの人間のように、のろのろとしており、なんとなく機嫌が悪そうだった。

「どうした、その動きは。人形じゃあるまいに。もっとしゃきっとせんか」

怒鳴りつけながら、少尉は兵士らの顔を眺め、眉をひそめた。

（どうしたんだ、こいつらの蒼ざめかたは。眼の下

の真っ黒い隈《くま》は。唇が長時間泳いだように、紫色になっているではないか）

彼等の首の右筋に、もしや……と思って、声をかけようとした時である。

「少尉。村長が出頭いたしました。この村の名はルスカティンシェといい、位置はカルパチア山脈の東北東、まさに山脈を越えたちょうど裏側にある農村だそうです」

ネイアー伍長のきびきびした声が、背に浴びせられた。

「おお、ご苦労。それで、ドイツ語は？」

と、身を翻せば、でっぷり太った三つ揃の初老の男と並んで、司祭服の老人が立っていた。こちらの老人は、東洋の聖者のように痩せた白髪でギリシア正教の十字架を首から下げている。

「ドイツ語は村長がカタコトくらいは。司祭は、かなり話せるそうです」

「村長の、ドミトリ、です。ご協力いたし、ます」

太った男が右手を差し出した。

「よろしく頼む」

少尉はその手を握り返す。次いで、司祭に差し出して、

「司祭のお名前は？」

「アラーマと申します。少尉、はじめに、お許し願いたいことがふたつほどあるのですが」

「ほほう。それは？」

少尉はアラーマ司祭の手を握りつつ尋ねた。

「第一に村外れにあるローマ時代の遺跡……ラーピスにけっして、あなたの部下を近づけたり、遺跡を傷つけさせたりせぬこと。第二に……亡くなられた三名の死者に対し……ルスカティンシェ村独自の方法で……わたしの手による弔いの儀式を行なうことを……お許し願いたいのです」

「なんだと。……部下に、あんたの手による弔いの儀

式？　どんな儀式だ？　我が栄光ある第三帝国の陸軍兵士を、同盟国たるルーマニア王国の司祭殿は、果たして、どのような方法で弔ってくださるというのかね？」

　完全に嘲弄する口調で少尉は訊いた。少尉のそんな調子に怒る素振りも見せず、アラーマ司祭は、冷徹な表情で応える。

「聖水で三人の額を清め、聖なる祈りを捧げて、悪魔祓《エキソルキスタ》いを行なったのち、遺体の胸に杭を打つことをお許し願いたいのです。しかるのち、三人はサンザシの枝とスイカズラの枝と共に棺に入れ、墓地に埋葬いたしますので」

「なんだと!?」

　少尉は司祭の申し出の内容に、思わず、前へ進み出た。相手の司祭服の胸倉を摑むと、ひねりあげ、痩せて理知的な顔めがけ、力まかせに拳をぶちかましていた。

「このっ——ユダ公めがっ——貴様らの迷信なぞに——誰がたぶらかされるものかっ——この劣等人種めが——とっとと地獄とやらに堕ちるがいい——死びとは足が早いものだそうだぞ——どうだ——この——ユダ公の司祭殿がっ!!」

　何発も。何発も。何発も。

　少尉は自分の拳の骨が折れないのが、不思議であった。

　そのあまりの剣幕に、ネイアーもドミトリ村長も、制止するすべとてなく、ただ呆然と見守るばかりであった。

　気がつけば、ヴァイル少尉は司祭を地面に投げだしていた。司祭の顔はいつしか倍以上に腫れあがり、鼻血で真紅に染められている。前歯が二、三本。奥歯も一本、折れてしまったようであった。

（本当に……これをおれがやったのか……）

　少尉は己が能力に愕然とした。その右手を見ようとする。しかし、手は意思とは関わりなく、腰のホルスターに流れていった。

ワルサーP38を抜き、司祭のほうに向ける。

「頭に血が昇っているようだな、司祭殿。顔がえらく大きくなってしまったぞ。少し血抜きしたほうが、健康には、いいだろう」

口が勝手に、そんな憎まれ口を叩いていた。

銃声！　司祭の全身が、一瞬伸びきった。

「ドミトリ村長。おれは弾丸《タマ》の無駄使いはしたくない。だから、今後は、非協力的な輩は射殺などせん。串刺しだ！　生きながら、肛門から口まで生木《なまき》の杭で串刺しにするから、そう思え！」

冷たく言い放つと、少尉は銃をしまった。

そんな少尉の背や肩めがけ、子どもと老人の罵声が投げつけられる。

「ツェペシュ！」

あるいは、

「ドラクール！」と――。

「……なんだと。いま、なんと言ったんだ」

ヴァイル少尉は身を翻し、抑揚のない調子で呟いた。

（昨夜の幻も、なんだか同じような名の入った歌をうたっていたみたいに記憶しているが）

「ツェペシュ、とは、昔のワラキアの大公の名前です。少尉殿、は、まるで、その、大公のように、お強い方、だと、村の衆は申して、まして……」

ドミトリ村長は蒼ざめた顔に冷や汗を浮かべて応えた。

「ふん、お世辞など言われても、少しも嬉しくもない。そんなことより、村に無線設備は？　ないか。では、最寄りの電報設備のある町までは、どのくらいだ？」

「約三十マイル、東南に、下った、町です。乗合馬車が五日後に、来ますので――」

「乗合馬車だと？　馬鹿め。ならば、部下を二名、トラックで遣らせる。道案内に村人を出してもらおう」

「はい。では、アレクサンダーを」

村長は、大声で、名を呼んだ。怖々《こわごわ》と一人の若者がやってくる。村長は彼に手短かに説明をはじめた。

「伍長。誰か、二名をトラックで派遣しろ」

「はっ」

ヴァイル少尉は、ネイアー伍長が兵士二名を呼んで、命令を伝達するあいだ、

（どうして、おれは、司祭を殺してしまったのだ？）

と自問した。ひどい自己嫌悪が胸を灼いていた。口のなかが粘ついて、かつ生ぐさかった。……ふと上を仰ぎ見る。

断崖の頂き。そこに建つ城館。館には小さな窓が開いていた。窓から、さらに小さな白い顔が、じっとヴァイル少尉を見つめていた。

「手配が済みました」伍長の声がした。

「ご苦労」

断崖の城館から眼をそらし、少尉は、村長に、こちらに来い、と顎でしゃくった。

大慌てで、村長は、とんでくる。

「それでは次なる要求だ。トラックが町から戻るまで、十四人の将兵が寝泊まりできる場所を確保したい。当然、全員の食糧も確保したいし、軽牽引車や36型七・五センチ山砲が置ける場所もほしい。それから、次の補給地までのガソリンも。ドイツ語の理解できる人間も」

「……連絡のために行った二名の兵士は今日中には戻ってこらえませんから、正確には、十二名分の食糧です」

村長の後から、ネイアー伍長が、歩きながら言い足した。その顔に貼り付いているのは諦め切った表

情だ。

村長はちょっと考えこんだ。丸い瞳が、上眼遣いに、司祭の死体を見やった。死体はまだ片付けられてはいない。その死体は、頭部が完全に砕かれていた。さらに首から下げたギリシア正教の十字架は血で汚れている。

ドミトリ村長は、右手で、小さく十字を切った。そして意を決したように少尉の顔を見上げると、

「村は貧しいので、そんな、多くの、兵隊さんの、お世話は、できません。が、ポプラ館の、大奥様……D＊＊伯爵夫人様なら、きっと……」

最後の一言を吐くなり、また十字を切るのだった。

「ポプラ館？　D＊＊伯爵夫人だと？」

ヴァイル少尉は片眼を細めて繰り返した。

「はい。そして、自動車は、ラーピス……つまり、古代ローマ時代の、遺跡そばに停めれば、どうでしょうか。あそこは、村外れで。場所も、空いております し」

「うむ。……あとの問題はガソリンだな」

「それも、きっと伯爵夫人様が、なんとか、してくださいますよ。なにしろ、あのお方の、思い通りにならぬものは、なにひとつ、ございませんので――」

Ⅲ　ラーピスの碑銘

ドミトリ村長の案内で、ヴァイル少尉とネイアー伍長は、他の兵士をあとに残し、とりあえず村外れのローマ時代の遺跡が残る場所へと向かった。すでに陽は没しつつある。

D＊＊伯爵夫人（その名はあまりに高貴なため、

村長ごとき身分の低い者など口にすることは許されない。これがルーマニアの一部の古い血筋の家柄の伝統なのだそうである）の住むポプラ館は断崖の頂きにあり、そこへ通じる一千百十一段の石段は、ただ一カ所、ラーピスのある村外れからのみ上ることができるというのだ。

「さて、それで……。ラーピスは？……偉大なる皇帝《カエサル》の遺跡とやらは何処かな」

ヴァイル少尉はトネリコの並木を面白くもなさそうに見やった。数にすれば古木が十二本。防風林の役には、まったく立ちそうにない。

（第一、並木は村ではなくて、ラーピスとその空地。さらに石段の上り口を取り囲むように植えられている。……しかしトネリコとは）

と眉をひそめた少尉の傍で伍長が、

「……トネリコは……ローマにおいて邪悪から人を守る魔除けとされたのでは……」

そんなことを呟いたように聞こえたのだが、気のせいだったのだろうか。

「なにか言わなかったか？」

ヴァイル少尉がネイアー伍長のほうを向けば、伍長よりも早く、ドミトリ村長が応える。

「え、はい。ラーピスは、そこです。並木の、すぐ向こうに、あります。石段も、すぐ上れます。ポプラ館も――」

まるで伍長に話させまいとするかのように言うのだった。

並木を抜けた。

と同時に、峻厳たる断崖の全容が、ヴァイル少尉とネイアー伍長の前方に、圧倒的な迫力でせまってきた。

まるで巨岩で築かれた城壁であった。

その壁面に、信じ難い険しさで、石段が頂上まで刻まれている。段数は、なんと一千百十一段……。

さらに、断崖の麓には、白い大理石で築かれた立方石の遺跡らしきものがあり、二十ヤード四方もの荒れ地が広がっていた。

荒れ地は、まるで強力な酸で焼かれたかのように、一木一草すらなく、土も灰色で死んだ状態だ。

（爆弾の実験場だな……）

感じ入りつつ、少尉は、遺跡らしい立方石まで歩を進めた。それは何かの像の台座の上に、強引に白大理石で神像を建立した跡らしかった。だが、その神像が、二千年近い歳月で倒れ風化して消え去ってしまい、結局、台座だけが残ったのだ。

おまけに、強引に建立した白大理石の台座の、その下から、ひどく腐蝕した性質不明な金属製の、より古代の台座が隆起していた。

「なんだ？　このラーピスは？　なんと書いてある？　伍長、読めるか？」

少尉は、大理石製の台座を指差して言った。

「読んでみましょう。……」と伍長は屈みこんでいった。マッチを点して近づける。

「〝NOS. SERVA. VPPITER.〟『ユピテルよ、我らを護りたまえ』というような言葉がまず彫られています。〝OPPIDUM. SERVA. EX. PERICULO. MAVORS.〟『町ヲ災イカラ救イタマエ、軍神マルスヨ』〝NOBISCUM. ESTO. CONTRA. MIROS. NIGROS PUGNA. FAVNE. MONTES. TENE. SIVANE. NECA. AC. SERVA. MALITIAM. VETEREM. NECA. APOLLO. NOS. SERVA.〟……」

次第に伍長は何かに取り懸かれたような調子で、熱狂的にラテン語の碑銘を読みあげていった。

「それで!?　意味は。意味は、なんだ、伍長」

「……こうであります」

伍長は立ち上がると、少尉をもの凄い眼で見返した。

「……『我らと共に闇の民と戦いたまえ、山の神々よ、護りたまえ、森の神々よ、名状し難き大いなる《マグヌム・イノミナン》もの《ダム》を殺せ、殺せ、そして、我らを救いたまえ、邪悪なる古《いにし》えびとを殺せ、アポロよ、我らを救いたまえ』」

　伍長の眼つきのぬめるような不気味さに、いささかたじろぎながらも、少尉は訊いた。

「で、では……。その下の金属の碑銘は?」

すると、思いもかけなかった方向から――。

「こうですわ。

〝Tibi, magnum innominandam, signa stellaram nigrarum et bufoniformis Sadoquae sigillum〟『汝が許に名状し難き大いなるものの星辰の印章《しるし》と、蝦蟇《がま》の似姿せる邪神ツァトゥグアの封印[*1]を』……」

　まるで水晶でこしらえた鈴が鳴ったか、と思うような女の声が響いてきた。

「誰《ヴエル・ダー》だ――」

　一声誰何《すいか》してヴァイル少尉は女の声のほうに身を向けた。と、そちらから、黒く冷たい風が、息も止まらんばかりの勢いで吹いてくる。

　続く瞬間、少尉の意識は遠くなっていた。

Ⅳ　ポプラ館のD＊＊伯爵夫人

　あたかも曇りガラスを通して外界を見たかのように……。

　謎の女のあとに従って、ヴァイル少尉は、一千百十一段もの石段を上り続ける。すでに村長を、女は村へ戻らせていた。少尉と共に進むのは同じく夢遊状態のネイアー伍長のみだ。

　女は頭巾付きの外套――被衣《かつぎ》というその名を少尉はぼんやりと思い出す――をまとっていた。

（おれは夢を見ているのではないか。そうだ……実のところ、まだトラックで揺られていて……。霧のなかの行軍に疲れたひと時、見た夢ではないのだろうか……）

靄のかかったような思考でそんなことを考えると、被衣の頭巾が、こちらに振り返った。

頭巾のなかにあるのは、胸まである長い黒髪と、その黒さと見事なコントラストをなした白い美貌。そして、燃えるような官能的な赤い唇である。

唇が静かに微笑んだ。

《夢ではありません。これは現実ですわ、ヴァイル少尉。ようこそ、伯爵の別邸へ》

美しい声が少尉の頭のなかに流れてきた。

否——。

これが声であろう筈はない。目下、少尉の周囲では、石段から引き剥がされんばかりに、凄まじい烈風が吹き荒れ、その風音で耳もちぎれそうなのだから。

（伯爵の別邸？……では……この女が村長の話していた伯爵夫人か？……）

《左様でございます。D＊＊伯爵夫人……カテリーナとお呼びください》

女は、大の男でさえ、息せき切るほど険しい石段を難なく上りながら、行く手を向いたまま、返事を少尉の頭のなかに打ち込んできた。

（おれの考えが分かるのか？）

《ほほほ……わたくしにとって、殿方の考えなど、掌《たなごころ》のなかを読むようなもの……》

（一種の読心術か。ならば話は早い。おれの要求も）

少尉は抜け目なく心のなかで尋ねると、そっと、石段から断崖の下を見やった。すでに軍用トラックは町を出発したようだ。豆粒のような軽牽引車も山砲を引いて、ラーピスのある場所へ移動しつつある。兵士たちもそれと共に移っているようだった。

《存じております。あなたたちがルスカティンシェ

にいらした頃から、ずっと、わたくしの下僕が知らせてくれましたもので》

麓のほうから、野獣の遠吠えが沸き上がった。そろそろ夜のとばりが垂れつつあった。

気がつけば、煌々たる明かりが、前方で瞬いている。いつしか一千百十一段を上り終えてしまったらしかった。

三人は断崖の頂きに立ち、十五世紀に東欧の貴族に流行した、山城造りの城館の入口に立っていた。

その入口には、緑青にまみれた銅製の板が掲げられ、左右の松明に照らされている。

板の表面に記された文字は、なんとひげ文字。しかも中世ドイツ語ではないか。かろうじて少尉は、それを次のように読みとることができた。

「……Bebe*** Haus……?」

「ベーベレッシェ・ハオズ。つまり、ポプラ館《やかた》ですわ。なにしろ銅板が古いものでございまして……」

「ポプラ館……。素敵な名だ。美しい」

ネイアー伍長が寝言めいた調子で呟いた。

「さあ、どうぞ」

カテリーナと名のった伯爵夫人は、自ら、ぶ厚い木戸を押し開いた。重々しい軋みを曳きながら、木戸が開かれる。その向こうは、十八世紀そのままの内装の大広間であった。

「……これは……素晴らしい……」

少尉は夢遊病者の足どりで城のなかに踏み入った。それから伍長が続く。床にはペルシャ絨毯の上に白貂の毛皮が敷かれ、壁にはゴブラン織のタピストリー。また十字軍時代のものらしき武器などが飾られている。

天井からぶら下げられたシャンデリアは、外側が二十六本、内側が十三本と、太い蠟燭が並べられたものだった。

東のほうに設けられた暖炉では薪がパチパチと音をたてて燃え上がり、その反対側に据えられたテーブルの上にはワインと金属製のグラスが置かれている。さらに、上座には、一冊のぶ厚い古書と、やはり金属のグラスが置かれていた。

「あの肖像画の方は……ご先祖で……？」

伍長は興味深そうに、上座の背後高くに掲げられた大きな肖像画の人物を見上げた。

「いいえ。これは、わたくしの夫です。D＊＊伯爵でございます。……」

応えつつ、被衣を脱いだカテリーナは、上座に向かった。真紅の古風なドレスの裾をつまみ、猫のようなしなやかさで坐っていった。

少尉の頭がゆっくりと冴えてくる。

（……なんだと。……しかし……あの肖像画は……どう見ても……十五世紀頃のルーマニア貴族のものじゃないか……）

八芒星をかたどった王冠を被り、長い黒髪を垂らし、太い眉の下の眼を血走らせ、鉤鼻の下には髭をたくわえた東欧貴族の肖像である。——それを見て、現代のものではないと感じられる程度に、少尉の思考は、もとに戻っていた。

「はい。ですから夫が画家に命じて、先祖たるツェペシュ公に似せて描かせたのでございます」

カテリーナは得意の読心術を使って応えた。

（ツェペシュ!?——またしても、その名だ）

少尉が、昨夜より数えて、これで三度目になる、異様な名の響きに苛立ちを覚え、

「そもそも、そのツェペシュなる人物は——」

坐って、そう問いかけると、

「ワインでも召し上がりませんか？　そうしながら、少尉の部隊に必要な物資が何か、伺いましょう」

カテリーナは巧みにはぐらかして、ネイアー伍長のほうを向いた。

「少尉とご自分に、ワインを注いでいただけませんか？」

「はっ――」

ネイアー伍長は立ち上がり、ワインを取った。少尉と自分のグラスに注ぐ。それから伯爵夫人の背後にまわり、そこから手を伸ばして、ワインを注こうとする。

「いいえ、結構。わたくしは、夫と同様に、ワインをたしなみませんので」

そう断わって、カテリーナは、伍長を席に戻した。

「ご主人――伯爵はどちらへ？」と少尉。

「目下、ルーマニア軍に応召し、イギリスと戦っております」

「ほう。それでは、我々と戦友という訳ですな。心強い味方にお会いできて嬉しいです」

少尉はそこで、「D＊＊伯爵に」とグラスを持ち上げた。伍長もそれにならう。二人は次いで、グラスに唇をつけ、傾けていった。

「うまい！」

少尉はグラスを口から離すなり、小さく叫んだ。伍長も大きくうなずいた。

「同じワインを麓の兵士たちにも届けさせましょう。それで士気があがるなら結構なことでございましょう」

そう言って、カテリーナは、にっこりと微笑んだ。

「あつかましいようだが。ワインだけでなく、食糧とガソリンの補給も……お願いしたい」

少尉は酔いにまかせて、そう持ちかけた。

「あつかましいなどと!?　大恩あるドイツの軍人に、それくらいは当然でございます」

「大恩ある？……我々がなにかいたしましたでしょうか」

ワインのグラスを握りしめ、伍長が尋ねた。

すると、伯爵夫人の笑みが、さらに、赤く燃えたった。

「わたくしにとっても、ドイツ軍にとっても、いまいましい……あのアラーマ司祭を殺してくださったではございませんか。あの男は貴族殲滅《せんめつ》を目論む社会主義者の一味だったのです。……ですから、あやしげなことを申したのではございませんか？　死体に杭を打つとか、悪魔祓いとか……」

「よくご存知で」少尉はうなずいた。

「領地のことは領主たる者、なんでも知っておかなくては。……それはそうと。食糧と燃料の提供は、喜んで協力させていただきますので。ひとつ、わたくしの願いも、お聞きくださいませんか？」

「はっは、あなたのような美人の頼みとあれば。これは、余程、無理難題でもない限り、聞くしかありませんね」

軽く笑いつつ、少尉は、グラスを傾けた。

カテリーナは身を乗り出した。

「……まず。断崖の麓にあるラーピスを破壊していただけませんでしょうか。あれは、ローマ時代の遺跡ですが。その一方で、社会主義者の地下アジトの入口のカモフラージュに利用されているのです」

「なんですって!?」

ネイアー伍長が、反射的に腰を浮かした。その表情は半分酔ったようになっている。ただし、酔っているのはワインの酒精のせいではなかった。――伯爵夫人の放つ妙なオーラのせいである。

「……しかし……それは本当ですか……」

少尉は、頭痛を感じながら、言い返した。

（なんだか変だ。この女の言うことも……ワインも……この城の雰囲気も……）

「はい。それに、ルスカティンシェのドミトリ村長も、裏で彼らと通じているのです。村人は男も女も、老人も子どもも、全員。だから、この際、ドイツ軍の手で皆殺しにしてしまったほうがよろしいのです」

「……いや……我々は……殺人者や……食屍鬼や……吸血鬼の群れではない……誇りある第三帝国の軍人だ……我々の目的はウクライナ征圧の支援に向かうことで……ルーマニアで無益な……民間人との摩擦や……憎悪や流血を……」

弱々しく少尉は言い返し続けた。

しかし、遥かに強く、カテリーナは、その言葉を押し戻していった。

「殺人鬼です。食屍鬼です。人狼です。野獣です。吸血鬼です。あなたたちの心や体に潜む闇を認めなさい。誰が誰を憎悪し、誰が誰を呪い、誰が誰を殺し、誰が誰の血を流したのか。それを思い出すのです。

あなたたちの憎しみは、わたしの子どもたちを孕ませるために。あなたたちの呪いは、わたしの子どもをより大きくするために。あなたたちが殺し合う所で、わたしの子どもは生まれる。あなたたちの流す血で、わたしの子どもは育つのです。……」

シャンデリアの明かりが不意に消えた。

蝙蝠のキイキイという喚き声と羽搏《はばた》く音とが、大広間いっぱいに充ちてくる。

とおくから山犬の遠吠えが響いてきた。

「解放せよ。我が夜の子らを」

闇をつんざいて、カテリーナの声が聞こえてくる。

「汝ら、ゲルマンの兵たちに命ず。

ドラキュラ伯爵夫人たる妾《わらわ》が命ず。

カテリーナが命ずるぞ。

ツアトゥグアを縛《いまし》めるラーピスを
破壊せよ！

ルスカティンシェの村人に
復讐せよ！

殺せ！　殺せ！　殺せ！　殺せ！」

城の木戸が開かれたのであろうか。

凄まじい風が吹きこんできた。風は墓場の土の悪臭を孕んでいた。しかし、その風の強さにも拘わらず、けっして闇を払おうとはしなかった。

「人狼《ヴェールヴォルフ》だ。人狼だぞ！」

ネイアー伍長が金切声をあげた。

闇のなかに、緑がかった黄色い光点が、二つ一組で、奇怪な蛍のように乱舞していた。

思うにまかせぬ手で、拳銃を抜きながら、少尉は、闇のなか——真正面で双眸を熾《おき》のように光らせるカテリーナに向かって、

「貴様は……何者だ……蛇女《ラミア》か……メデューサか……ハイドラか……誰《ヴェル・ダー》だ!?」

ひきつった声で叫んでいた。

だが、返事の代わりにかえってくるのは、彼をせせら笑う妖女《シュヴァイツ》の声ばかりだった。

ワルサーP38を撃つ暇もなく、少尉の思考は、急速に、回転する渦に巻きこまれていった——。

V 夜の子に捧ぐ炎

朝陽がヴァイルの顔を撫で、冷気がその意識を覚まさせた。目を開けば大樹の枝を見上げている。

——断崖の麓に横たわっていた。

(なんだ。どうした？)

起き上がり、ぼんやりと、あたりを見廻した。

(いまのは……トラックのなかで見た夢か)

自問しながら、傍を見やれば、ネイアー伍長が倒れている。

肝腎のトラックが見当たらないから、どうやら、ドミトリ村長の案内でここまで来たあたりまでは、現実であったらしい。

「おい、伍長。しっかりしろ」

少尉はネイアーに手を伸ばしかけ、拳銃を握ったままなのに気づいて、慌ててそれをホルスターに戻した。改めて伍長の肩に手を置く。その身は硬くて冷たかった。

（……死んでいる……）

顎を押さえて、首をひねってみた。牙の痕はないか、確かめる。そのようなものは見当たらない。代わりに見つけたのは、胸に深々と打ちこまれた一本の短い杭であった。

「くそっ！」

少尉は叫んだ。

「畜生、社会主義者め。ネイアーを殺《や》りやがったな!!」

その声の大きさに驚いたか、あちこちからテントのはためく音が沸き起こった。

砂を撥ねながら、兵士たちが、伍長の死体を抱いた少尉のまわりに集まってくる。

——かれらは村外れのラーピスのある場所に野営していたのだった。

「少尉。いつ、こちらに戻られたのです？」

「食糧とガソリンは断崖の頂きにあるポプラ館の使いとかいう婆さんが何回かに分けて持ってきてくれましたが——」

「町に行ったトラックはまだ帰らないのですが、どうしましょうか」

「伍長は誰に殺されたのです!?」

兵士たちの口から一斉に説明や質問が迸《ほとばし》ったが、ヴァイル少尉の耳には、まったく入らなかった。

手近の兵士に「伍長の死体を」と命じた。

次いで、少尉は、立ち上がった。

その血走った眼と、全身より放たれる熱狂的なオーラに気圧《けお》されて、兵士たちは、黙りこんでいった。

「36型を用意しろ。七・五センチ山砲の砲口をその……立方石……ラーピスに向けるんだ」

少尉は狂気と怒りに震える声で命じた。

「しかし——どうしてでありますか？」

「そのラーピスの地下に社会主義者のアジトがある」

有無をいわせず、山砲が引き出された。

兵士たちは山砲を三十メートル程離すと、砲口をローマ時代の遺跡、白大理石の台座に据えた。

『我らと共に闇の民と戦いたまえ』

と刻まれているあたりである。

「用意よし」

「用意よし！」

「てッ!!」

少尉の命令一下、山砲の紐が引かれた。

轟然たる砲音と共に、36型七・五センチ山砲は前後に揺れ動いた。それと、ほぼ同時に、およそ二千年間この地に立って『闇の民』と戦い続け、『蝦蟇の姿をした邪神』ツァトゥグアを封じてきた白大理石製の立方石は、粉々にけしとんでいた。

あとに残されたのは、三本の爪痕にも似たかたちの亀裂と、底も見えないほどの深淵だった。

「ざまあみろ……」

少尉は唇を歪め、吐き捨てた。兵士たちはそんな彼を見つめた。ラーピスのあとに生じた亀裂がアジトの入口などと、誰も信じてはいない様子であった。

「なにをしているんだ!? 山砲をまわせ。今度は、村に砲口を向けろ。あの村も、社会主義者の巣だぞ！」

ヴァイル少尉は拳を振って命じた。

——と、そんな少尉の背後より、馬の蹄の音が迫ってくる。

「いけません。そのような、真似、を、しては、大変な、ことに、なってしまいます」

馬に跨がって、大声で訴えながら、ドミトリ村長が、こちらへやってくるではないか。

「あなたと伍長、伯爵夫人の許へ、やったのは、わたしの、復讐。司祭様を殺したから。でも、それが……こんな……恐ろしい……事態を招くとは……わたしは愚かでした……」

少尉は微笑み、しっかりとうなずいた。

「いかにも。お前は、愚か者だ。死ね!」

そして、馬上の村長めがけ、ワルサーP38を発射した。

銃声! その音に驚いて、馬が、二本の前脚を宙に浮かせた。村長の体も、宙に舞った。

それが地面に叩きつけられた時には、ドミトリ村長の眉間には赤黒い孔が穿《うが》たれていた。

(おれは……カテリーナに報告……しなければならない……)

ヴァイル少尉は見えない糸に引かれるようにして、一千百十一段の石段を、マリオネットよろしくぎごちなく上り続ける。

時々、麓のほうから、兵士たちの略奪と虐殺の喚《さけ》びが、36型七・五センチ山砲の砲声の合間に沸きあがってきた。すでに夜である。

女は犯し、男は殺せ。その掟を老若を問わず徹底させよ。――そうヴァイルは、命じたのだ。カテリーナに血を吸われた兵士たちに。

(金髪の野獣はワラキアの山脈に、いま解き放たれたのだ……彼等は……狂戦士だ……)

心臓が破裂しそうなまでに高鳴っていた。

ようやく頂きに到着し、少尉は、改めて城館の入口に立った。緑青に覆われた銅板を見上げる。松明に照らされた館の名は『ポプラ』ではなかった。

〝Beberesche Haus〟(ポプラ館)ではない。

〝Beben Haus〟(戦標館)である。

ヴァイル少尉は泣き笑いの表情を浮かべた。

木戸の前に立つと、ひとりでに開かれる。

そのなかから、何十羽もの蝙蝠が、舞いたってきた。ヴァイルの頬に、爪による傷痕が走った。

眼に見えぬ糸に操られ、ヴァイルは、城館のなかへと踏み入った。彼の背後で、木戸が閉じられた。

「すみました、カテリーナ様……」

ヴァイルは恭しく、闇の上座に向かって、頭《こうべ》を垂れた。

と、大広間に明かりが点される。明かりは人間の脂《あぶら》でつくられた蠟燭だった。

そこに現われたのは少尉の夢とも現実ともつかぬ体験で味わった大広間とは、似ても似つかないものだ。

床を覆った人骨の堆積。壁に掛けられた瀆神的な絵画と逆十字架。そして、血の染みだらけの巨大な生贄台。

その前に立っているのは、齢《よわい》何百歳とも知れない、蜘蛛の巣めいた灰色の髪を伸ばした、木乃伊のごとき老婆であった。

老婆はワインのグラスと、ぶ厚い古書を前に置いていた。

その古書の表紙が松明の光に反射した。

意外なことに、書名は、ドイツ語であった。

それは――。

『無　名　祭　祀　書《ウンアウスシュプレツヒリツヘン・クルテン》』……。

著者名はフリードリッヒ・フォン・ユンツトとある。

老婆は、その大巻を開くと、しゃがれ声で言った。

「お礼を言いますわ、ヴァイル少尉。あなたのご尽力で邪魔な立方石は取り除かれ、ついでに長らく〈闇の民〉を見張っていた村の者どもに一気に復讐することができました」

「……」少尉は軍服の襟ボタンを外した。

「いいえ、それは駄目。わたくしの子どもたちは、とてもお腹をすかせておりますの。ですから、わたくし一人が、あなたの血をいただく訳には参りませんわ。……」

老婆は、そう言うと、宙に面を向け、くわっと二本の牙を剥いた。瞬く間にその姿が蝙蝠の化け物と重なっていく。そうなりながらも、D＊＊伯爵夫人は『無名祭祀書』に記された術式に従って、彼等を招こうとするのだ。

「流血と殺戮のなかに。悲嘆と憎悪の谷間に。〈闇の民〉よ。……来たれ、来たれ、来たれ、来たれ……」

やがて、遥か彼方より、男たちの絶叫が沸き起こってきた。

それはルスカティンシェの村の男のものではなかった。

ヒャルマー・ヴァイル少尉の部下たる兵士たちの絶叫である。山砲の砲音は途絶えた。手榴弾の爆発音や機関銃の銃声も消えた。

時々、苦しげな咳の音にも似たライフルと、ピストルの銃声が少し。……そして、絶叫。あとは、ずるずると数知れぬ柔らかい不定形の足が這い進む音。ぴちゃぴちゃと肉をせせり、血を舐める音。骨を吸い尽くす音。また、進む音。……次第に大きくなってくる。

「少尉。あなただけは特別よ。この幸福を、正気で味わわせてあげるわ」

カテリーナは笑いながら言った。

そして、少尉の背後で、木戸の跳ね開けられる音が！

続いて、その背めがけて、血に餓えた小さなものどもの足音が、洪水のように迫ってくるのを、少尉は気を失うことなく聞き続けなければならなかった。

＊バルバロッサ作戦

第二次世界大戦中の1941年6月22日に開始されたナチス・ドイツによるソビエト連邦奇襲攻撃作戦の秘匿名称である。また、今日では独ソ戦序盤の戦闘の総称とされる場合もある。

＊南方軍集団

バルバロッサ作戦のために編成されたドイツ軍の3つの軍集団のうちの一つである。ソ連最大の穀倉地帯であり、一大工業地帯でもある人口密度の高いウクライナ地域を攻撃、キエフを攻略し、南ロシアの草原を抜け東方のヴォルガ川まで進軍するように計画を整えた。

＊ヴラド・ツェペシュ（ツェペシュは名字ではなく「串刺しにする者」という意味）

十五世紀ルーマニアの小国ワラキアの領主。諸侯の権力が強かったワラキアの中央集権化を推し進め、オスマン帝国と対立した。オスマン帝国軍のみならず自国の貴族や民も数多く串刺しにして処刑したと伝えられ、それを見たオスマン帝国の兵士が「串刺し公」呼んだのが最初と言われている。

（編集部註）

ギガントマキア1945

ゼウスがティタン神の一族を冥府タルタロスに幽閉すると、これに怒ったガイアは息子たる巨人族ギガスをたきつけた。ギガスたちはゼウスをはじめとするオリュムポスの神々の一族に戦いを挑んでいった。これをギリシア神話では〈ギガントマキア〉、すなわち、「巨人との戦い」という。

我かつて果て知れず海を漂いし
激烈の稲妻引き裂く
阿鼻叫喚に轟き満てる
薄黒き妖雲覆える空の下
姿の見えぬ妖鬼の呻き　暗緑の海の
底より聞こえたり

――H・P・ラヴクラフト『ネメシス』小林勇次訳

Ⅰ　作戦名＝「流謫《るたく》」（エクソリア）

沈黙が鉄の巨魚の内面《うち》に充ちていた。

その中にいる者の息さえ止めてしまいそうなまでの、まったき沈黙である。沈黙は天井に走ったパイプや隔壁のハンドル、壁から突き出た円型の計器群、そして、それらを見つめる人間のあいだにも溢れていた。

澱んだ空気に秒刻みで不安が高まる。

Uボートに乗り合わせた四十二人の乗員と一人の情報将校と、一人の女。そして謎の男はじっと沈黙し合うばかりだった。

（急に叫び声も大波もやんだ。どうしたんだ）

エーリヒ・ベルガー中尉は宙を見上げると、頤《おとがい》から首のあたりに浮かんだ冷や汗をそっと拭った。

これまで五時間ものあいだ、ずっと追跡し続けてきたあの――海底の巨大なものの咆哮とそれが起こすと思われる凄まじい大波が、たった今……唐突に中断したのであった。

（やり過ごしたか）

と思って、そっと中尉が溜息をおとした時である。

突然、金属質の蓋を開く音が、きんと響き渡った。

ベルガー中尉のみならず、副長のレッファー大尉、そしてジグムント・ローゲンハーゲン艦長までもが潜望鏡《ペリスコープ》から眼を離し、音のしたほうに振り返る。

（ライターの蓋を開く音だなんて――）

ベルガー中尉は心臓が喉元まで迫り上がるのを体感した。

（まさか、彼女が⁉）

いかにも、インゲが、ブルネットの髪をうるさそうに掻き上げながら、煙草に火を点けたところだった。

「Uボート内は禁煙だ。フロイライン・インゲ・ヴェルサー」

レッファー副長が言っても、インゲは煙草をふかすのをやめようとはしなかった。これ見よがしにライターの蓋を、音をたてて閉めた。

「だって、急にあの雄叫びが響いてこなくなったじゃない。大波も襲ってこなくなってしまったし。そう思ったら、なんだか、急にこうやって海底で、巨大な化け物に怯えて身を潜めているのが馬鹿らしくなってきたのよ」

インゲは紫煙まじりにローゲンハーゲン艦長に訴えた。そんな彼女の声は平常時ならセクシーなハスキーボイスと、ベルガー中尉の耳には聞こえるところなのだろう。

だが、いつまたあの巨大なものの影や咆哮が、立ち現われないとも限らぬ目下の状況では、せっかくのハスキーボイスも、地獄へ誘《いざな》う妖女の歌声でしかなかった。

発令所に険悪な雰囲気が広がっていった。それをいち早く察したか、弱冠三十歳の艦長ローゲンハーゲン少佐は囁いた。

「お言葉ですが、フロイライン・インゲ。あれが幻影などではなく、確かに実在することは、五月一日以来の度重なる……あれからの攻撃により、あなたも、ヘル〝伝説《サーガ》〟も、ご理解いただけている筈ですが――」

艦長がそこまで言いかけたところで、Uボート全体が、凄まじい縦揺れに襲われた。

「うわっ」

レッファー副長は小さく叫んでたたらを踏んだ。ベルガー中尉は、それより早く、前につんのめって危うく転倒するところであった。もとよりUボートの乗員でも、海軍軍人でもないベルガーにとって、潜水艦はまさしく鬼門だったのだ。

「早く煙草を消したまえ」

ベルガー中尉は鋭く命じた。インゲの頭が小さく縦に振られる。その手から煙草が捨てられた。ローヒールの靴が、火の点いた煙草を大急ぎで踏み消した。

「ソナーだ。〝イェーナ＝I〟、敵を捕捉しろ」

艦長はマイクを取って水測手に命じた。

続いて、潜望鏡を人差し指で示し、ベルガー中尉に命じる。

「見たまえ。この位置だ。探照燈も点いている。この位置なら……あいつの全貌が見えるだろう」

「自分が？」

ベルガー中尉は問い返した。

「そうだ。これまで、さんざん、集団幻覚かもしれん、気のせいだろうか、連合軍の新兵器なのかも、とあいつの正体を云々してきた君だ。今こそ確かめてみるべきだろう。それが……〝伝説《サーガ》〟氏をウィーンから警護してきた陸軍の情報部員としての責任ではないのかね？」

ローゲンハーゲン艦長の言葉には悪意を通り越して、憎悪が、いや、それさえも越え、殺意すらこめられていた。

「……了解。慎んで……拝見いたしましょう……」

ベルガー中尉はぎごちない動きで進んだ。潜望鏡の両ハンドルを摑む。それから力をこめて、筒を引き下ろした。覗き窓に両眼を近づける。

円形の視界は、ぼんやりした暗緑に塗りこめられていた。そこに一本の光条がまっすぐ走っている。本来は青味を帯びた白の筈の探照燈の光条は、海底二五〇メートルということもあって、橙色に沈んでいた。

——と、その光に、不意に真紅の円盤が一個、反射した。直径一・五メートルはある。

エイやタコの見間違いではない。

なにしろ、本来、南米近海の海底に見当たる筈の、赤や緑や黄や青といった色とりどりの魚たちは完全に姿を消しているのだ。

いや。ことは魚だけではなかった。カニもエビも貝類さえも……。

周囲の海底からはおよそ生きとし生けるものの影が消えてしまっていた。

その代わりに、Uボートの向こうにいるものは――。

たった今まで咆哮をあげ、巨大な二本の腕で水を掻き、なんとかUボートを捕まえようと躍起になっていたあれだった。

(なんなのだ、あいつは……)

ベルガー中尉は潜望鏡を覗きながら、喉元まで迫り上がった固い塊をそっと呑みこんだ。

探照燈の光に映し出されたそれは、推定四〇メートル――もっともこれは海中で潜望鏡を使用して、というハンデがあるから、実際は、もっと小さいのかもしれない。まるで小山のような怪物であった。

銀色に輝く鱗は、まるで一枚一枚が、軍艦の装甲板を思わせる。そんな鱗に覆われた巨大な両腕は、まっすぐのびて、ベルガーに、ベルリン郊外を走るアウトバーンを連想させた。

次に中尉の眼が捕えたのは、それの手ではなかろうか。水かきのある五本の指がさっと視界をかすめていった。指は鉤爪のようだ。ただし、その指たるや、表現主義映画のセットのように、無意味に大きくて、しかも歪んでいる。

それから探照燈が映し出したのは、ぐにゃぐにゃとした、海底の亀裂にも似た口と、その上にある丸い鼻孔。そして、真紅に輝くガラス状の眼球だ。ただし、その眼球は左側しか輝いてはいない。ガラスのドームのごとく顔面から迫り出た左の眼球の、中央で動く瞳が潜望鏡と視線を合わせた。

「うわあああ――っ」

ベルガー中尉は無意識で悲鳴をあげていた。

と、その悲鳴を押し殺すブザーの音。ブザーは艦尾に設けられた特別室の客、Uボートの乗員やインゲから〝伝説《サーガ》〟氏と呼ばれる謎の人物より発せられたものだった。

「ヤー。ローゲンハーゲン艦長です」

艦長がマイクを口に近づけた。〝伝説《サーガ》〟氏に対しては、艦長といえども、ヒトラー総統かデーニッツ海軍提督に対するような態度と言葉遣いになるのであった。

『下らない物に見とれている場合ではない。海魔は海上を商船が差しかかったのに気づいたので、雄叫びをあげるのをやめ、我々に攻撃しなくなっただけだ。奴は我々以外に己れが存在するのを気づかれたくない……』

「ではどうすれば？」と副長が言い澱んだ。

『試作品にすぎないレーダーが捕捉する前にわたしの〈火〉魔術はとうに商船の位置を捕捉した。目下、南緯三六度一〇分。西経三〇度五分の海上だ。商船はアルゼンチン船籍の〈エストラリータ〉号。ケープタウンからブエノスアイレスに向かうところだ。……撃沈しろ』

〝伝説《サーガ》〟氏は非情に命じた。

「なんですって⁉　しかし、アルゼンチンは我が第三帝国の同盟国であり、我が艦、U１３１３は、そのアルゼンチンのマルデルプラタ港に向かっているので――」

『海魔の気を惹きつけるためだ、撃沈しろ。そうすれば、海魔は、〈エストラリータ〉号の船員を食らうために足止めされる。その間にU１３１３を全速前進させるのだ』

そこで、ひと呼吸おいてから、〝伝説《サーガ》〟氏は猫撫で声で問いかけた。

『どんなことがあっても「脱出《エクソダス》」作戦は完遂させねばならない。命令書の第一信には、そう書いてあったと思うが。ヒトラー総統の署名入りで！』

そこで特別室からの命令は一方的に切られてしまった。

「……『脱出《エクソダス》』作戦だと？」

皮肉な調子でベルガー中尉は独りごちた。

「なに、寝言をほざいてやがる。そいつはエジプトから脱出した大昔のユダ公どもの使った言葉じゃないか。今の俺たちにはもっとふさわしい作戦名があるだろう」

「なんですって？」

インゲ・ヴェルサーが、こちらに振り返って、訊き返した。

ベルガー中尉は、インゲの顔をじっと見返した。魅惑的な顔だった。彫りの深い面立ち。長く伸ばしたブルネットの髪。濃い灰色の瞳。そして均整のとれた肉体。SS長官ハインリッヒ・ヒムラーなら、こんな彼女を「ドイツ美の権化のごとき女性」とでも言うところであろう。それとも「金髪でさえあれば」と言い足すだろうか。

「それじゃ、どんな作戦名がふさわしいの」

そう尋ねたインゲに、中尉は答える。

「あの怪物に追われるようになってからは『エクソリア』こそが最も我々の作戦にはふさわしいと思わないか？」

「……？」

「エクソリアってのはギリシア語だ。その意味は『流謫《るたく》』。もっとやさしく言えば『流刑《るけい》』だ」

「なんてことを……」

「つまり、U1313の乗員四十二名と、あんたと俺は、みんな揃って、あんたのご主人〝伝説《サーガ》〟氏と一緒に流刑に処されたという訳だ。その行き先がアルゼンチンか、それとも地獄の釜の底か。そいつは運命の女神のみがご存知ってな！」

蒼白になると、インゲは身を翻した。そのまま素早く、艦尾の特別室へと走って戻っていく。そんな彼女の去ったのち、司令塔に、艦長の命令が響き渡った。

「魚雷発射準備。標的を捕捉せよ。魚雷、一番、二番。標的――海上を移動中のアルゼンチン船籍の商船……」

（まるで虚ろで……。〝伝説《サーガ》〟氏に操られるロボットのようだ）

とベルガー中尉は感じ、寒気すら覚えた。

『標的、捕捉しました』

『魚雷発射準備完了しました』

そんな水兵の声が次々とスピーカーから響いた。

「発射《てっ》！」

艦長の声を、中尉は、潜望鏡を覗きながら背で聞いた。ふと奇妙な単語が心の底から泡のように浮かんでくる。それは――、

〈ナーハ・ツェーラア〉

すなわち、『生ける屍者』。

（子どもの頃に近所の老婆から聞かされた昔話に出てきた単語だ。身近にいる者を死者の国に引きずりこむという幽鬼。そいつは一見すると、生者と見分けがつかないというが）

そこで、そっとかぶりを振った。

（もし『生ける屍者《ナーハ・ツェーラア》』が声を出せたなら、きっと……〝伝説《サーガ》〟氏や艦長と、そっくりの声に相違ない）

潜望鏡の視界に、不意に、閃光が走った。眩《まばゆ》い橙色をした閃光である。中尉の両眼を一瞬で射抜く。

束の間の沈黙……。

ベルガー中尉が息を吸いこむと同時に、艦内に凄まじい衝撃が、水を伝った震動として届けられた。それは上下左右に、激しくUボート全体を揺るがせる。くぐもった雷鳴のごとき〝音〟――水を介した

爆発音だ。その音を合図に、鉄の床が三〇度くらいの傾斜に傾いた。パイプやパルプが縦横に走った壁がぶるぶる震え、カクテルのシェーカーさながらに揺さぶられる。

それでも、司令塔の艦長と副長、それにベルガー中尉は、表情ひとつ変えることなく、手近のパイプや手摺に摑まって身を安定させていった。

Uボートは静かに平衡を取り戻す……。

『見ろ。海魔は去ったぞ。アルゼンチン人を食らいに海上へ移ったのだ。艦長、この隙に全速前進せよ。副長、中尉、わたしと共に……Drudenfuß を空中に描くがいい……』

スピーカーよりそんな〝伝説《サーガ》〟氏の声が伝えられた。

「なんですって?」とレッファー副長が問い返した。

「Drudenfuß(ドリューデンフュース)……つまり魔術の五芒星だ。黙って、俺のやる通り、五芒星を空中に一筆描きしろ」

と言うと、ベルガー中尉は、左手の人差し指を突き出した。空中に五芒星を一筆描きしはじめる。上から下へ。〈火〉の召喚五芒星を描き終えた。

それから小さな声で、彼は、

「ウィーンから、かれこれ一月《ひとつき》半、俺はずっと……こうやって……この流儀に付き合ってきたんだ」

苦々しい口調で言い足した。

……いかにも、今回の『脱出《エクソダス》』作戦――彼の言うところの『流謫《エクソリア》』作戦の始まりから、ベルガー中尉は、隠秘学的《オカルト》な流儀に従い、かつこの世のものならぬものの影に追われ続けてきたのだった。

Ⅱ　〈芸術品保管室《クンストカンマー》〉の焼印

潜望鏡から覗いた光景が中尉の浅い眠りを掻き乱し続ける……。

真っ二つに裂けた商船――夕暮れの海に投げだされた船員――彼等めがけて突き進む、見上げるばかりの白浪《はくろう》――聖書に言及された紅海さながらに割れる海原――そして――出現する真紅の巨眼――表現主義映画のセットのごとく歪んだ指――水かきのある巨大な手――手はまとめて五、六人もの船員を握りしめて――海底に生じた亀裂を思わせる、ぐにゃぐにゃした巨大な口へ――生きながら口に放りこまれていく船員たちの絶叫が、中尉には聞こえるようであった。

……やがて、ベルガー中尉は、低い呻き声を耳にして目を覚ました。

（呻き声は自分自身の口から発せられたものだ）

と、知っても、苦笑いひとつ、浮かんではこなかった。

寝棚の中で身じろぎして、軍服の胸ポケットから皺くちゃの封筒を取り出した。ライトのスイッチを入れると、封筒の表書きが、眼に飛びこんできた。

『〝つぐみの巣《ドロツセルスシヤンツエ》〟において開封すべし』

「命令書第一信」と短かく記された下にはタイプでこう打たれている。

〈第三帝国陸軍情報部オーストリア方面総監部司令代理ブラマウアー少将〉

中尉の思考は素早く、その封筒を渡された夜の記憶を喚起する。

〝つぐみの巣《ドロツセルスシヤンツエ》〟――それこそは第三帝国国防軍情報局がウィーン郊外に有する秘密飛行場RL15の暗号名であった。

一九四五年四月二日の午後十一時、第三帝国陸軍オーストリア駐留軍の情報部付中尉エーリヒ・ベルガーは、就寝中、二名の兵士に叩き起こされた。

そのまま、ベルガー中尉は自動車に放りこまれ、〝つぐみの巣《ドロッセルスシャンツェ》〟まで運ばれたのである。

そこで彼を待ち受けていたのは、ものものしい警備と、いかめしい将軍たち。一通の命令書。

一九四〇年型のオンボロなユンカース（おまけにスペイン機仕様ではないか!?）Ｊｕ52と二名の老パイロット。

さらに、いわくありげな黒サテンの覆面を被った謎の人物と、その人物をかばうべく付き添ったブルネットの美人看護婦であった。

「ベルガー中尉。これが、命令書だ。慎んであらためるように」

将軍の一人が、ベルガーに二通の封筒を手渡した。二通は共に封蠟が施されている。その一通には『〝つぐみの巣《ドロッセルスシャンツェ》〟において開封すべし」とあったが、もう一通の「第二信」には、なんと『ラコルーニャにおいて、Ｕ１３１３の艦長立ち合いのもと、開封すべし』と記してあるではないか。

（ラコルーニャだと？　スペインの田舎にある港だ……）

訝《いぶか》しく思いつつもベルガー中尉は、とりあえず、第一信を開封した。

「ウィーン滞在の特A級民間人を隠密裡にオーストリア国外に脱出させる命令が、そこには記してあると……そのように我々は聞かされておる」

将軍たちの三人が重々しい調子で呟いた。

だが、ベルガー中尉に与えられた電信命令書第一信には、それ以上の驚くべき内容がしたためられていたのであった。

『陸軍情報部エーリヒ・ベルガー中尉に命ずるものである。

その場に居並んでいる役立たずのごろつき共《シュトリーツィ》は未だ知らぬ情報であるが、去る三月七日、唾棄すべきアメリカ軍は遂にライン河を越えた。我が軍がどこまで持ちこたえられるかは天のみぞ知るだ。しかし、余はけっして楽観はしていない。来たる四月十三日前後には我が軍のウィーンからの転進を決定する心算である。だが、それに先立ち、一切の後顧の憂いを絶っておかなくてはなるまい。余が舞台より去りし後も、余の意志を継いで、偉大なる争闘は継続されねばならないのだ。そこで余は我が友マルチン・ボルマン[*1]の助言を聞き入れ、貴君に〈偉大なる業《わざ》〉の貫徹を命ずるものである。
一、その場に居合わせたる人物（仮に〝伝説《サーガ》〟氏とする）を、余と思い、身命を賭して警護すべし。二、〝伝説《サーガ》〟氏の所持せる〈物件〉を、ひとつの瑕疵《かし》なく護り通すべし。三、〝伝説《サーガ》〟氏と〈物件〉の秘密を絶対に保持すべし。警護にあたっては敵国の謀略活動・人物・事故に限らず、天災・偶然の一致・神の悪意にも充分に配慮すべし。四、ユンカースの飛行コースは以下の通り。ウィーン＝ピルゼン＝ライプチヒ＝ブラウンシュタシュヴァイク＝リューベック＝ベルゲン。これは〝伝説《サーガ》〟氏の隠秘学的《オカルト》予見に基づく。以後も、彼の隠秘学的な予見や助言に従うべし。五、キール港にて赤十字の輸送船に偽装した小型船に移り、同盟国スペインのラコルーニャ港へと移動せよ。ラコルーニャ港で、U1313が、貴君らを待つであろう。以上。「脱出《エクソダス》」作戦の貫徹と成功を祈る。

第三帝国総統アドルフ・ヒトラー』

読み終えた中尉は、何者かの視線を感じ、命令書を封筒に戻した。

視線は粘り付くような感じがした。視線を発していたのは、サテンの黒覆面を被った男であった。

「……そういう訳だ」

と、黒覆面の男は言った。その男が、命令書に言及された〝伝説《サーガ》〟氏だった。

「ジークハイル！」

ベルガー中尉は右手を挙げ、敬礼した。

居合わせた将軍たちが一斉に踵を合わせ、右手をまっすぐ挙げた。インゲも、二人の老パイロットも、警備兵たちもそれに従った。

「……ハイル」

ただ〝伝説《サーガ》〟氏のみは、軽く右肘を曲げ、返礼のかたちをとると、何事もなかったかのように足元の木製のトランクを取り上げた。

(こいつ……何様のつもりだ？)

と、ベルガー中尉は鼻白んだ。

そして、片眼を反射的に細めてしまう。

〝伝説《サーガ》〟氏が手にした木製トランクの端に小さな焼印が捺されていることに気づいたからだった。

その焼印にはドイツ語でこう記されている。

〈芸術品保管室《クンストカンマー》〉、と。

まごうかたなきオーストリア貴族の私的蒐集品たる証拠であった。

それを見た瞬間、ベルガー中尉の脳裡にはひとつの推理が浮かんだ。その推理とは、およそ次のようなものである。――(〝伝説《サーガ》〟氏の正体は総統の金庫番だ。彼は第三帝国がウィーン駐留中に掻き集めた貴族や資本家どもの宝石・貴金属をしこたまあのトランクに詰めこんでいる。そして俺の使命は、そんな彼を無事、スペインか仏領アフリカ[*2]か南米に送り届けることなのだ)

……この時点においては、未だ、闇の触手など、まったく伸びる気配も感じられなかったのであった。

III　伝説《サーガ》の影・巨人《ギガント》の影

不意に、色濃い影が、封筒を見つめるベルガー中尉の額あたりにおとされた。

中尉は息を呑んで、寝棚から、視線を上方に向けた。長い髪をした女の影が、じっとこちらを見下ろしている。一瞬、ベルガーは、〈死の天使《アズラエル》〉かと思ってしまった。それは情報部の将校の間で、半ば冗談、半ば伝説となっている存在である。戦死する宿命《さだめ》の将校は死ぬ三分前に、美しい両性具有者の姿をした〈死の天使《アズラエル》〉を見るというのだ。

「どうしたの？　そんなにひきつった顔をして」

ベルガー中尉の前に現われた〈死の天使《アズラエル》〉は、インゲの声で言い、含みのある笑いを洩らした。

「いや……。突然、そんなところに立たれたら、誰でも驚くだろう」

ベルガーは封筒を胸にしまいつつ答えた。

「何の用だ？」と続ける。

「用があるのは、わたしじゃない。ヘル〝伝説《サーガ》〟のほう。あなたと今後のことを話したいんだって。コニャックと葉巻を楽しみながら」

「コニャックと葉巻？」

寝棚から身を起こして、中尉は訊き返した。

「ほう。生ける屍者も、そんなものをきこしめすとは初耳だな」

精一杯の皮肉と悪意をこめ、中尉は立ち上がった。

「……」

インゲの顔が、瞬く間に、硬直していった。だが、ベルガーを必ず特別室に連れてくるよう、きつく〝伝説《サーガ》〟氏に言いつけられているらしい。いつものように、この場で口論を吹っかけてこようとはしなかった。

「生ける屍者なんかじゃないわ……彼は……」

ふっと、インゲは力を抜いて、呟いた。

「ならば何だというんだ。あの化け物を何と呼んだらいい？」

インゲは少し間をおいてから、

「妄執に捕われた人物よ。……あるいは昔英雄だった人物……」

そう言うなり、ベルガー中尉の行く手を進みはじめた。

（昔、英雄だった男？）

インゲの後に従いながら、中尉は考える。

（そういえば、〝つぐみの巣《ドロッセルスシャンツェ》〟を離陸する時の、将軍たちの仰々しい見送り方といったら……。まさしく海軍の英雄ヨアヒム・シェプケを送り出す時みたいな有様だったが）

そして、ベルガーは思い出した――。

四月三日午前零時の出発の有様から、それから約四十八時間にわたり、たて続けにユンカースの機内外を見舞った恐怖の数々を。

＊

機窓の向こうで、将軍たちが、改めて〝伝説《サーガ》〟氏に対して「ジークハイル」の敬礼を行なった。

警備の兵たちは残らず「担《にな》え銃《つつ》！」の礼をとる。

そうして、ゆっくりと滑走を開始するユンカースを直立不動の姿勢で、見送り続けるのだった。

（誰なんだ、こいつは？）

ベルガーは眼を細めて、真向かいに坐るサテンの黒覆面を被った人物を見つめてしまった。

背格好からして四十歳前後というところではなかろうか。長身痩躯、まるで猟犬か鷲を連想させる体つきである。

身にまとっているのは漆黒のスリーピースに黒いネクタイ、磨き上げられた黒い革靴。そして黒革のコートだった。

ピアニストのように繊細で長い指をした手と、左手中指にはめられた黒玉の指輪。そして黒玉中央に刻まれた〈R・H〉の二つの金文字が特徴だ。

（左に、ひどく体を傾けているな。戦傷を負った後遺症か？　片肺？　うん……どうやら左側の肺と肋骨を何本か切除した形跡がある）

情報部員として、ベルガーは、面前に坐った謎の人物をそこまで素早く分析した。

やがてユンカースは夜空に飛びたった。

――と、どうだろう。

それまで晴れ渡り、月さえ見えていた夜空が俄かに雲で覆われはじめたではないか。

ただの黒雲ではなかった。

眩《まばゆ》い紫電がいくつとなく閃《ひらめ》く雷雲である。

機窓から射しこむ稲妻の光で、暗いユンカースの機内が青紫色に染まった。


風も出てきたようだ。

機体が激しく上下に揺れだした。同時に、うおおおん、うおおおん、という野獣の唸りめいた音がユンカースの機首から尾翼めがけて流れていった。

それを耳にして、インゲは、座席で身を縮こませる。対して、〃伝説《サーガ》〃氏は、彼女の膝に片手を置くと、

「心配することはない。これは単なるハストゥール[*3]の牽制だ。わたしたちの手中には〈ペリシテ人《びと》の炎宝《ほのお》〉がある。これある限り、〈風〉の邪神や、〈大地〉の妖魔や、〈火〉の怪物どもには指一本触れることはできん」

きっぱりと断言した。

「……はい《ヤー》。信じております、長官――」

インゲが言いかけるのを、怪人物は中断する。

「わたしのことは〃伝説《サーガ》〃と呼ぶように、と、その旨、総統より命令された筈だ。長官でも中将でもなく、ただの〃伝説《サーガ》〃と……」

そこで雷鳴が轟いた。

ベルガー中尉は大慌てで機窓に顔を寄せた。

機窓を雨が洗っていた。すでに、シャワーのよう、などというものではない。滝のようだ。横殴りに吹きつけてくる凄まじい風に乗って、大粒の雨が流れていく。さらに、そんな闇空を、時折、青紫色の稲妻が切り裂いていった。

（まさに……ウィーン撤退前夜を彩るには……絶好の演出だな）

と、皮肉な思いでベルガーは唇を歪めかけた。しかし、彼が浮かべようとした苦笑は、そのまま、消滅してしまい、驚愕の表情へと変わった。

「なんだ……あの大きな……影の連なりは？」

ベルガーは掠れ声で独りごちた。

真向かいより吹きつのる暴風や、みぞれまじりの雨とは別に、ユンカースの尾翼――目測でおよそ後方五〇メートル付近に、ゆっくりと濃密な影が、集まりつつあることに気がついたのである。

最初は小さな黒雲の集積のように。だが、見る間に、それは漆黒の粒子を重ね合い、闇空に粘稠《ねんちゅう》な触手を伸ばし合って――。

瞬く間に、巨大な、人間のかたちを形成していったのだ。

それの頭部と思《おぼ》しき部分が、こちらを見上げる姿勢をとった。たった一つしかない眼のあたりがサーチライトのような光を発している。

（まるで……粒子の荒い……人間のなりそこないが……頭上を舞う鳥を捕えようとしているようだ……）

ベルガー中尉は戦慄を禁じ得なかった。

「海魔め。何ができるというのか。〈水〉など〈火〉には蒸発させられるもの。それが、この世のならわしだ。そうではあるまいかな、中尉」

黒覆面の〝伝説《サーガ》〟氏はサテンの布の、ちょうど鼻

と口にあたる部分を上下させると、クックッと笑い声を洩らした。それから、トランクを膝の上に載せると、

「中尉、インゲ。わたしに従って、空中に〈火〉の五芒星《ドリューデンフユース》を描くのだ」

自信たっぷりの口調で命じるのであった。

「なんだって？」中尉は訊き返した。

「言う通りに。ヘル〝伝説《サーガ》〟は、総統やヒムラー閣下もお認めになった魔術の達人《アデプト》なのよ」

「――仰せのままに」

憮然として、ベルガーは、怪人物に従うことにした。そうするしか眼下の奇怪な現象より逃れるすべはない。そのように直感したためであった。

（いずれにせよ、あの化け物か、なんだか分からない物は、ずっと消えずにこっちを追い続けている）

いかにも全長三〇から五〇メートルと思われる人間型の黒い幻霧は、ある時は立つように、またある時は横に泳ぐように、さらに駆けるように、絶えず姿勢を変えながら、ユンカースを追い続けていた。

〝伝説《サーガ》〟氏の膝の上の木製トランクから、どこか脈拍めいた震動が発せられる。

それに合わせて、〝伝説《サーガ》〟氏は、左手を挙げた。人差し指を立てる。

「ぜのおおた、まぶあく、にごるさす」

奇怪な呪文を唱えはじめた。

「なー、ざざす、ざざす、[*4] くとうぐあ[*5]」

そして、空中に頂きから始まる五芒星を一筆描きしていくのであった。

「くとうぐあ！」

〝伝説《サーガ》〟氏に合わせてインゲとベルガーは無気味な単語に力をこめていた。

（これは何かの名前だ。神か悪魔か……もっと恐ろしい何か……そいつに助けを呼びかけているんだ

!?)

ベルガーは、そのように唱えつつ直感した。

機窓が、次の瞬間、真紅に染まった。

中尉の傍の窓ばかりではない。彼と向かい合った座席――〝伝説《サーガ》〟氏とインゲの席の左側の窓も。その他の、すべての機窓も真紅に照らされる。

(まるで、闇空に、突如として炎が点《とも》されたようだ)

とベルガーは感じた。しかし、けっして、機窓の向こうを見ようとしない。まことに迷信深い話だが、この時、彼の意識にあったのは、呪われた都市が滅亡する様子を振り返って見たばかりに、塩の柱に変えられてしまったという、ロトの妻の物語だった。

＊

気がつけば、ベルガーとインゲは、艦尾に到っている。

水兵たちの好奇と悪意に充ちた視線を振りほどき、バルブとパイプ、計器とハンドルだらけの艦内を足早に進んでいって――。

やがてインゲが足を止めたのは、漆黒のカーテンの手前であった。

それこそ、艦尾部分のスペースを改造した二人分の「特別室」に他ならなかった。

カーテンには銀の糸で、鉤十字《ハーケンクロイツ》が刺繍されている。カーテンの向こうから、鼻の奥までツンとくるような香の匂いが、漂ってきた。

(そうだ。……ユンカースの機内における〝伝説《サーガ》〟氏のあやしげな儀式は成功し、空中から無気味な影は消え去った。オンボロ機は、何事もなく、数回の給油を経て、四月五日にはキールに辿り着いていた。我々はキールから偽装船に乗り移ると、スペインに向かった。スペインの田舎の港ラコルーニャへ。そこで、三人を待っていたのは、U1313だった……)

カーテンの向こうから、脈拍にも似た震動が、あるいは高く、あるいは低く、響いてくる。それに伴ってカーテンの下のほうの隙間から、真紅の光も、明滅を繰り返して洩れているのに、ベルガー中尉は、遅まきながら気づいた。

（いかん。情報部員として注意散漫だな。このひと月、あまりに異常で緊迫した状況が続いたので、そろそろ神経が限界にきているんだ）

軽くかぶりを振って、気合を入れた。

まるで、そんな様子を見ていたかのように、不意に震動が止まった。同時に光の明滅も止まる。

「インゲと中尉か。入りたまえ。ここに、艦長もいる」

〝伝説《サーガ》〟氏の声がカーテンの向こうから湧き起こった。意外なことに、その声は、これまでの彼の声より、ずっと若々しく張りがあり、力に充ち溢れている。

（ウィーンからずっと俺たちを追跡してきた〝巨人《ギガント》〟の影よりも……。この〝伝説《サーガ》〟の影のほうが、よっぽど濃くって、暗そうだな）

ベルガー中尉は、そう思うと、インゲに気づかれないように、そっと口中に広がった苦い汁を呑みこんだ。

Ⅳ 〈火〉魔術師の宴

中尉が片手を挙げると、カーテンはひとりでに左右に分かれて開かれた。

インゲが開いたのではない。その向こうの寝台に坐って待つ〝伝説《サーガ》〟氏と艦長のいずれが開いたのでもなかった。

（カーテンは……自動的に……）

眉をひそめつつ「特別室」に歩み入った中尉の背後でカーテンは、またひとりでに閉まっていった。

カーテンの内側には水色の香煙が立ち籠めている。香煙は壁と床を覆っていた。パイプやバルブ、数知れぬ計器やハンドル、さらには鉄板さえも香煙で覆い隠されている。

そのため、本来は、大人二人が入れば精一杯の筈の「特別室」が、妙に広く、かつ天井も高いものに感じられてしまう。さらには、どんよりした艦内燈さえ、煌々と灯されたシャンデリアのように感じられるのであった。

「……むう……」

眩暈《めまい》を呼ぶような香煙の匂いに、中尉は、低く呻いた。同時に「特別室」の空間が、ぐにゃりと、ゆらいだように見える。いや、体感した。

「我が呪圏《スペルバウンド》へようこそ。友情をこめて、エーリヒと呼ばせてもらってよろしいかな？」

オーク材の椅子に坐った男が異様にひそめた声で言った。その男はいつもの黒いスーツを脱いでいた。SDの軍服をまとい、胸に鉄十字勲章を輝かせている。髑髏のマークのついた灰色の軍帽を目深に被っているのに、その細面の顔だけが、闇に覆われ、はっきりとしていない。まるで未だサテンの覆面を被っているようだ。

（これは――）

と、ベルガー中尉は眼を見張った。だが、それも無理はない。SDの軍服をまとった黒い男《シュヴァルツ・マン》が両手を組んでいるのは、赤いビロード布がかけられた巨大な円卓ではないか。

円卓の右手にはローゲンハーゲン艦長が、蒼白な顔で坐っている。

「……こんな馬鹿な。Uボート内に……こんな部屋をしつらえたり……豪華な円卓や椅子を用意することなど、こんな――」

「不可能というのかね、エーリヒ？　では、Uボート内に、上等のオーストリア産のコニャックと、トルコ産の葉巻をご用意することは如何《いかが》かな」

どことなく牙を隠した狼を思わせる口調で、〝伝説《サーガ》〟氏は言った。

「まずは掛けたまえ。コニャックと葉巻は、くつろぎのための品だ」

「……」

ベルガー中尉は手近の椅子の背に手をやった。椅子はマホガニー材で、イノシシの革が張られている。見事な手細工による製品であった。

（握り心地といい、引いた感じといい、椅子の重さといい、とても幻覚とは思えない）

そんなことを考えながら、椅子に腰を下ろしていった。彼の右側に、インゲが坐る。真向かいには〝伝説《サーガ》〟氏。正面から向き合っても、謎の男の顔は、闇に塗りこめられていて、まったく判別不可能であった。

「結構。では、コニャックを取るがいい」

「どこに？」

中尉は眉をひそめた。

「テーブルの上を見たまえ。グラスがあるだろう」

「えっ!?」

と、視線をテーブルの上におとせば、ブランデーグラスにコニャックが注がれて各人の前に置かれている。さらに、中尉の手近には中国風の彫り物がなされた匣《はこ》が開かれ、その中に上等の葉巻が並んでいた。

「これも……あなたの……魔術という訳ですか……」

つとめて平静を装いつつ、中尉は葉巻を取り上げた。そんな彼に、インゲがライターを点し、差しかける。

「左様。だが、そんなこと、確かめるまでもないだろう。四月三日にウィーンを離れて以来、ずっと君とわたしとは一緒だったのだ。その間《かん》、数えきれぬほど、君は、わたしの魔術の冴えを目のあたりにしてきたのではなかったかね？」

「さあて、どうでしたか」

中尉は口を濁しながら葉巻に火を点けた。

「あなたが幾度となく、あの……単眼巨人《キュクロペス》の手を逃れるため、先程のようなあやしげな真似をされたのは記憶していますし、自分も手伝った覚えがありますが」

甲高い音が、ベルガーの耳朶《じだ》を打った。反射的に口をつぐむ。音のしたほうに顔を向けた。それは〝伝説《サーガ》〟氏ではない。インゲである。煙草にライターで火を点しただけだった。

「間もなくアルゼンチンだ」

〝伝説《サーガ》〟氏は含み笑いを抑え、呟いた。

「思ったよりも、ずっと、早いですな」

中尉は応え、ローゲンハーゲン艦長を横眼で見やった。艦長の頭はぐらぐらと絶えず揺れていた。まるで今にも落下しそうな断崖の上の岩のようである。顔色は蒼白を通り越し土気色に近かった。

（……〝伝説《サーガ》〟氏は艦長に何かしやがったな。〈エストラリータ〉号にしたのと同じだ。あいつは、目的のためなら、敵国も同盟国も味方も関係ない。なんだって利用するし、どんな真似だってする野郎なんだ……）

「燃料をあるだけ使え、と命じたのだ。そうしたら、ローゲンハーゲンは拒否しおった。それで命令に服従するよう、生気《エネルギー》を吸収させてもらった」

そう言うと、〝伝説《サーガ》〟氏は足元に手を伸ばした。床から小さな木製のトランクを取り上げ、それをテーブルの上に置く。それはウィーンからキールへ。キールからラコルーニャへ。さらに大西洋上へと、彼が肌身離さず携行し続けてきた品であった。

「あれからもう一月《ひとつき》半。……今となっては遥か大昔のように思われる。ラコルーニャを出港したのが確か、四月五日か、六日ではなかったか。あれからアメリカやイギリスの海軍の眼を逃れて……南西アフリカを流れ、仏領コンゴで停泊し、ウルグアイを経由して、やっとここまで……なんと長い道のりであったことか」

「しかし、途中、化け物に襲われたり、第三帝国が無条件降伏したり、飽きさせられることはありませんでしたな」

皮肉を投げる中尉に、まったく精彩はなかった。

「化け物？　降伏？」

〝伝説《サーガ》〟氏は、中尉に、同じ言葉を投げ返すと、木製トランクの金具を一気に外した。

「海魔なぞ、我が〈火〉魔術の敵ではない。そして、このわたしが、アルゼンチンに上陸しさえすれば、南米大陸に、第四帝国の幕が切っておとされるのだ……この〈ペリシテ人《びと》の炎宝《ほのお》〉で!!」

芝居がかった身振りで〝伝説《サーガ》〟氏は、両手で木製トランクの蓋を持ち上げていった。蓋とトランクの隙間より、眩い光線が、洩れ広がる。その光線の色は真紅――。

何度となく脈拍めいた震動と共に垣間見えていた光の色。

そして、Uボートを追ってくる単眼巨人《キュクロペス》の眼の輝きの色ではないか。

（そうだ。……あの化け物は……五月一日……ラコルーニャを離れて一月《ひとつき》ほどのち……デーニッツが全戦線のUボートの乗組員に『即時戦闘中止命令』を発する三、四日前頃より……出現したのではなかったろうか……）

明滅する真紅の光が中尉の記憶を喚起する。

V　ペリシテ人《びと》の炎宝《ほのお》

ラコルーニャ港において、辛くもU１３１３と合流できたベルガーとインゲと〝伝説《サーガ》〟は、ローゲンハーゲン艦長立ち合いのもと、第二の命令書の封を切った。

　ベルガー中尉がそこから取り出したのは、予想に反して、ヒトラー総統のサイン入りの書類ではなかった。

　一通の手紙と、なにかの古書の切れ端らしき一ページである。

　手紙は、ナチス党親衛隊《SS》長官ハインリッヒ・ヒムラーからのものだ。

『拝啓。諸君らがアルゼンチンのマルデルプラタ港行きの第一陣となるであろうことは、ほぼ決定的らしい。おそらくこれから前後三カ月以内に総統、その内妻エヴァ、ゲッベルス一家、さらに党幹部や軍要人が続々とアルゼンチンを目指すだろう。わたしも事後処理が済み次第、そちらに向かうつもりだ。ローゲンハーゲン艦長は責任をもって、三名をマルデルプラタまで送り届けるよう。どうか、一同は新天地において我々を待ち続けていただきたい。総統閣下は〝伝説《サーガ》〟氏の〈力〉を心より信じている。わたしも信じたい。……だが……気になる記述を《書《ダス・ブーフ》》から発見したので同封しておくとしよう。

　　　　SS長官ハインリッヒ・ヒムラー』

　そして、同封された《書《ダス・ブーフ》》の切れ端にはこんなことが英語でしたためられていた。

　死から甦った〈魔術師《メイガス》〉の取り扱いには充分に注意を要する。何故ならばそれは外殻《シェル》（外皮）は生前のままであっても内容は《有害な知性体《イーヴル・インテリジェンス》》の場合が多々あるからだ。これをフォン・ユンツトは〈野獣《ビースト》〉と呼んだ。〈野獣《ビースト》〉は魔術界のみならず人間界においても敵と成り得る存在であり、最悪の場合、人類をこの世のものならぬ生命体同士の戦争に巻きこんでしまうのである。

ベルガー中尉が《書《ダス・ブーフ》》の上方に印刷された著者と思《おぼ》しき人物の名前を、

「……メイザース？……」

と、読みかけた時、不意に手にした封筒と便箋、そして《書《ダス・ブーフ》》の切れ端が同時に燃え上がった。それは瞬時にして、燃え尽きて、一握りの黒い灰と化してしまう。

「命令書は読んだ筈だ、艦長。大至急、U１３１３を出港させていただこう」

そう言った〝伝説《サーガ》〟氏の様子は何かに追われるようであったし、そんな彼の手には、後生大事に木製トランクが提げられていた。

＊

出港した当初は、それでも、Uボートは何物にも阻まれることなく、海底を進行し続けた。

それが奇妙な雰囲気を帯びはじめたのは、四月二十八日。西領サハラのビラシスネロスで食糧を補給しているあたりだった。

折りしもイタリアではムッソリーニがコモ湖畔でパルチザンに捕えられ、愛人ともども逆さ吊りの晒し物とされた日のことである。

北回帰線をかすめるこの港の沖が、急に白波を立てて荒れはじめたのだ。それが起こったのは、夜の八時三〇分であった。

同じ頃、港の漁師たちが一斉に暴動同然に騒ぎだした。そして……それまで友好的であった彼等は、突如として、Uボートを攻撃しようとしはじめた。

ほとんど銃で追われるように、U１３１３は、ビラシスネロスを離港した。

　四月三十日。セントヘレナ島近海で、U1313は、イタリアの全面降伏とヒトラーの自殺を知った。さらに新総統に、海軍提督デーニッツが就任したことを――。

　ベルガー中尉はもちろん、ローゲンハーゲン艦長をはじめとするU1313の乗員たち全員が、この報に接し、男泣きを禁じ得なかった。だが、しかし……〝伝説《サーガ》〟氏は――？

　そうだ。彼等が身命を賭して警護せねばならないUボートの〝客〟は、魔王のごとく大笑すると、こう言い放ったのである。

「デーニッツだと。ふん、あんな軍艦のことしか知らぬたわけに、総統などという大任が務まるものか。いいか、諸君。間もなく君たちは、人種のみならず、分というものも、人類を選別する場合の、重要な要因であることを思い知るであろう。そうとも。アドルフ・ヒトラーには、その分があった。が、けっしてカール・デーニッツには、そんな分などありはしない。これは自明の理だ！」

　まるで〝伝説《サーガ》〟氏のそんな哄笑が呼び寄せたかのように……。

　五月一日夕暮れから、それは出現した。

　最初、ベルガー中尉は、敗戦のショックによる集団幻覚かと思ってしまった。そうでなくて、どうして、セントヘレナ島近海の海底を歩きまわる、全長四〇メートルもの単眼巨人《キュクロペス》など……Uボートに乗り合わせた全員が目撃するだろう。

　だが、単眼巨人《キュクロペス》は、左のみの巨眼を真紅に輝かせて、U1313を昼となく夜となく追いはじめたのだ。

　仏領コンゴから、大西洋へ――。

　洋上から、海底へ――。

　そして、あと一息というところまで……。

五月二日のベルリン陥落や、五月六日のデーニッツによるUボート全戦線離脱の呼びかけも、U1313は、それに追われながら受信した。ベルガーが、追ってくる単眼巨人《キュクロペス》の影を時に幻覚と疑い、時に連合軍の新兵器かとあやしんだのは、実は理由のないことではない。

——というのも、真紅の眼を輝かせた巨影は、U1313が他の船に接近した場合には姿を消してしまったからだ。

また、時に、〝伝説《サーガ》〟氏が例の〈火〉の五芒星とやらを描いたり、呪文を唱えたりしても、掻き消えてしまうことがあったせいである。

＊

(そうだ。今、思えば……。そんな時、必ずこの怪物の手には……木製のトランクがあり……トランクの内部からは……脈拍めく……震動が発せられていたのではなかったか……)

その木製トランクの中身を、〝伝説《サーガ》〟氏はこう呼んでいた、と中尉は思い出した。

(……ペリシテ人《びと》の炎宝《ほのお》……)

その謎めく品を納めたトランクの蓋が、たった今——。

さらに謎だらけの人物によって開かれた。

VI 〈海〉と〈火〉と

「よせ！　貴様はこのうえ何を企んでいる!?」

思わずベルガーは叫び、椅子から立ち上がっていた。その勢いにグラスが倒れる。彼は手から葉巻を取りおとした。

——と。グラスも、葉巻も、マホガニー材の椅子も、すべて香煙の中に溶けこんでいってしまう。

（木製トランクより溢れだした真紅の輝きに照らされて……）

ベルガー中尉は愕然とした表情を貼り付けて、左右を見渡した。香煙が揺れていた。それに伴って、床も壁も天井も、「特別室」内の空間が揺れていた。

——現実も。

（ゆらいでいる!?）

言い知れぬ危険を覚え、ベルガーは片手を伸ばした。傍に坐ったインゲの腕を摑むと、力まかせに引いて、無理やり、立たせる。

「なにをするの。黙って、ヘル〝伝説《サーガ》〟の説明を——」

そんなインゲの言葉をベルガーは押し戻して、

「あのトランクから洩れる光を見ろ。あの輝き、あの色、どこかで見たことがあると思わないか!?」

女の身を寄せ、大声で怒鳴りつけた。

「……なんですって？」

「馬鹿っ！　この期《ご》に及んで、まだ、分からないのか」

ベルガーは一声叫ぶと、インゲに平手打ちを食らわせた。その勢いで女の手から、煙草が飛んだ。火の点いた煙草は艦長のほうへ飛んでいった。

テーブルの板面についた手の甲に、火の点いた煙草がおちても、ローゲンハーゲン艦長は、土気色の顔の表情を、まったく変えようとしない。

艦長がすでに死体なのは誰の眼にも明らかだった。

しかし、目下のベルガーは、そんなことにかまっている余裕さえなかった。呆然と〝伝説《サーガ》〟氏のほうに眼を転じたインゲに、こうまくしたてる。

「俺は、さっき、潜望鏡《ペリスコープ》で単眼巨人《キュクロペス》の〈眼〉を直《じか》に見た。赤く光る〈眼〉だった。暗緑色に沈んだ、二五〇メートルの海底にあっても、奴の〈眼〉は、真紅に、ギラギラと輝いていた。その輝きは眩しくて……Uボートの探照燈なんてものじゃなかった。あれは……。アメリカ軍のB17が垂れ流す焼夷弾……あいつが発した炎そっくりの色と輝きと明るさだった……。今年の二月に俺はドレスデン大空襲を遠くから眺めたが……ちょうど……あれとまったく同じ真紅の炎……輝き……眩《まばゆ》さを……俺たちを追ってきた単眼巨人《キュクロペス》の〈眼〉は放ち続けていたんだ……」

「それが……それが……どうしたというの……」

インゲは喘ぎつつ尋ねた。不安に見開かれた瞳の奥には、もうすでに中尉の言わんとしていることが分かっている、と記されていた。だが、自分で、それを悟るのが、あまりに恐ろしいのだ。

「……俺は……潜望鏡を通して……追ってくるものと……あいつの〈眼〉と視線を合わせてしまったんだ。…あれは超巨大で……全身が銀色の鱗に覆われ……手にも足にも水かきがあり……背鰭をたなびかせ……顔面の下のほうには鰓《えら》があった……唇はなく……ぐにゃぐにゃした亀裂のような大きな口と、その中に鋸《のこぎり》めいた牙が並んでいた……鼻は洞《ほら》のような二つの孔だけ……」

そこでベルガーは言葉を切った。

「だがな。だが、しかし——。

あいつの〈眼〉だけは……ああ……丸く脹らんでガラス玉みたいで……ドーム状の……差し渡しが一・五メートルもある〈眼〉だけは……。

そうとも、奴の〈眼〉は、ちゃんと二つあった。だが眼球に、真紅の瞳がはまって、輝きを発し、こちらを睨んでいたのは、左のほうだけだ。右のほうは……。右のほうは〈瞳〉の部分のみが、まるでえぐり取られたようになって、光を失っていたんだ」

「なんですって。すると……あのトランクの中身は……」

「そうだ。俺の見たてでは、〈ペリシテ人《びと》の炎宝《ほのお》〉

なんて洒落た名前で飾りたてちゃいるが。正体は、あの化け物の右の〈眼〉さ。そして、それがヘル〝伝説《サーガ》〟の魔術のタネだ！」

力強く言い切ったベルガーを、〝伝説《サーガ》〟氏はせせら笑った。

「さすがは第三帝国国防軍の誇る情報部員だ。マルチン・ボルマンが総統に推薦しただけのことはある。見事な分析力・観察力・推理力だ。その能力を我が第四帝国の創設に役立てていただきたかったが……」

すでに、〝伝説《サーガ》〟氏の手の中で木製トランクは、完全に蓋を開かれていた。真紅の光は「特別室」に充ち、香煙を染め終えている。

あたりは、まるで真紅のビロードの布で、天井から壁から床まで覆い尽くされたようであった。

だが、恐るべきことに、そんな光に照らされても〝伝説《サーガ》〟氏の顔は依然として闇に包まれていた。


「……君は創世記の闇にいささか触れすぎたようだ。知りすぎた人間は消えてもらわねばならん。それが神話というものだ」

「インゲは？　インゲはどうする」

ベルガー中尉は緊張した口調で訊いた。

「インゲ？　彼女の名は、エヴァだよ。エヴァ・ブラウン。そして、わたしの名はアドルフ・ヒトラー。わたしたちは四月二十九日にベルリンで結婚式をあげ、その足で、ベルリンの地下にあった秘密通路を伝い、キールに逃れた。そして、キールより、最新鋭の秘密兵器を用いて、南米へと逃亡したのだ」

「……なんだと……」

「闘争《カンプ》は永遠に継続されねばならない。不断に燃やし続けられる意志の炎。それによってのみ神話は完成されるのだ。これまでの二千年間はキリスト教の時代であった。が、これから始まるのは、意志と炎の時代――このわたしの時代である。そして、その時代の幕開けを告げるためには、神話が必要なのだ。大量の血で聖別された神話が！」

その口調は、まさしく四月二十九日にベルリンで自殺した筈の総統と生き写しであった。

ただし、より若々しく、より雄々しく、よりエキセントリックになっている。

「……貴様……総統に成り替わるつもりだったのか。そして、インゲを……エヴァ・ブラウンの身替わりに……」

「成り替わるだと？　そんな低次元の作戦ではない。これは、ヒトラー総統も認可された――わたしの蘇生さえ含めた――きわめて霊的にデリケートな作戦だったのだ。そのため、我がＳＳの精鋭三十名が、ベルギーはフランドルの片田舎に残っていた、かの魔術師ルートヴィッヒ・プリンの僧房跡を探索した。二十二名が奇怪な罠にかかって死亡したが、なんとか、目的の品は手に入れることはできた。それが『妖蛆の秘密《デ・ウエルミス・ミステリース》』[*6]に〈ペリシテ人《びと》の炎宝《ほのお》〉として言及された……これ……」

“伝説《サーガ》”氏は木製トランクに手を入れると、中から丸くて透明の玉を摑み出した。それは直径一五センチほどの水晶球のようだった。ただし水晶球と異なるのは、全体的に、左右がひずんで卵形をしており、内部より、圧倒的な眩《まぶ》しさを――痛みさえ覚えるほどの――真紅の光輝を放っているところであった。

「見るがいい。今生の見納めだ。これの偉大なる力が、三年前にチェコの暗殺団に奪われたわたしの生命を、肉体と魂さえも再生させた。そして運命の日――五月二十三日が迫るにつれ……わたしの身には力が漲《みなぎ》ってくるのだ」

最後の一言に力をこめ、“伝説《サーガ》”氏は、手にした〈炎宝〉を軍服の胸まで引き寄せた。

「そうはさせるか――この化け物！」

ベルガー中尉は、膝で、テーブルの板面を、素早く蹴り上げた。重いマホガニーのテーブルが、一瞬で、真向かいに転倒した。〝伝説《サーガ》〟氏はたじろぎ、後退る。

その隙をついて、中尉は、インゲの手を引き、駆けだした。一気にテーブルを飛び越える。

「飛ぶんだ」

インゲに命じながら、着地した。右手で〝伝説《サーガ》〟氏の左胸あたりに一発、叩きこんだ。厚紙をまとめて五、六枚、突き破ったような感触が右手に伝わってきた。

ひと呼吸おいて、インゲが、テーブルを飛び越えた。彼女の手を、左手で引いて、

「よし、逃げるぞ!」

肩越しに叫び、そのまま、前方へと走っていった。

〝伝説《サーガ》〟氏は追ってもこないし、まだ何の手も打ってこなかった。左胸のダメージが思いのほか効いたらしい。前のめりになって、苦しげに喘ぎだした。

〝伝説《サーガ》〟氏の手から〈炎宝〉がこぼれた。

同時に、艦長が、腐肉の溶け崩れる音をあげて、その場に倒れていった。

香煙のヴェールを突き破り、「特別室」の外へ――。

＊

艦尾に張り巡らされたカーテンをくぐると、非常警報が鳴り響いていた。すべてのライトはめまぐるしく明滅を繰り返している。

水兵は、総員、魚雷発射準備と戦闘配備について、せわしなく立ち働いていた。湯気が立ち昇るほどの熱気と、張りつめた緊張感が全艦に充ちている。

大人ひとりが立って、やっとという狭い艦内をベルガー中尉とインゲは、司令塔めがけて駆け続けた。

(まるで下水管の中を走りまわっているようだ……)

ようやく辿り着いた司令塔では、レッファー副長が潜望鏡にかじりついていた。

「どうした？　何事だ!?」

ベルガー中尉は大声で問いかけた。

「あいつがまた現われた。くそっ、アルゼンチンまで目と鼻の先というところで」

レッファー副長の返事の終わりのほうは、不意に襲ってきた震動で中断させられてしまった。震動の半分は凄まじい咆哮。あとの半分は大波である。

「潜れば――」とインゲ。

「もはや、その余裕はない。海上を全速前進しているところに、やってきたんだ」

口早に応えて、レッファー副長は、マイクを近づける。

「艦長、艦長。大至急お出でください」

「無駄だ。艦長は〝伝説《サーガ》〟に殺された」

一言吐き捨てると、ベルガーは、艦橋に続く鉄梯子のほうに向かった。

「どこへ行くの!?」

梯子の下から、インゲが呼びかけた。

「艦橋からデッキに出る。そうして備えつけの機関銃で単眼巨人《キュクロペス》を攻撃してみるんだ」

鉄梯子を上りながら大声で応えた。足元遥かから、遠く哄笑が反響してくる。あれは〝伝説《サーガ》〟氏の声だ。次いで、ごろごろ唸るような、ぶつぶつ呟くような――呪文が遠くではなくひどく近くから聞こえてきた。

艦橋のハッチを開きはじめる。ハンドルを必死で廻し続けた。完全に開いて、ハッチを押す。――力を加え、さらに力を入れた。

（全速前進しているせいだ。ハッチに水が）

そこまで考えたところで、抵抗が消えた。

ハッチが開いた。同時に、頭上から大量の海水が、ぶちまけられる。予期しなかった冷たさだった。一瞬、呼吸が止められたほどだ。それでもハッチを押し開き、艦橋の外に出てみた。

強風が真正面よりベルガー中尉の顔に吹きつけてくる。そして、その後頭部ぎりぎりのところに、かつて聞いたこともないような巨獣の咆哮が迫ってきた。

「はっ——」

と、ベルガー中尉は振り返った。そして、肩越しに後ろを見たかたちで、金縛りになってしまった。

海魔はそこにいた。

胸から上を海面より突き出して。水かきのある五本の鉤爪と、鰓のある皺だらけの顔面をこちらに向けて。

左のほうしかない真紅の〈眼〉いっぱいに憎悪と怒りを輝かせて。

(俺じゃない……お前の……右の……〈眼〉を持ってるのは……艦の中だ……)

思わずベルガー中尉は海魔に対してそんなことを胸の中で訴えていた。

——と、その時。

ハッチが開かれ、下から、女が現われた。インゲである。彼女は気丈にも、素早く立ち上がると、金縛りになっている中尉の胸倉を掴んだ。

「なにを見つめているの。艦内では『特別室』の香煙が洩れて大騒ぎよ。〝伝説《サーガ》〟の魔術が信じられない速度で、Ｕ１３１３と、その乗員を、異化しはじめている」

「ああ……それは……大変な事態だが……しかし……あんな化け物に対して……俺たちになにができるというんだ……」

「男はどうして戦うか死ぬことしか考えられないの」

インゲは唇を歪め、ベルガーの体を激しく揺さぶった。

「なんだと……どういうことだ……」

「こんな時にやるべき行動はただひとつ――海へ飛びこんで逃げるのよ」

「しかし、海へ行けば、俺たちもやられる」

「今のあいつの狙いは自分の右眼だけ。あと、頭を占めているのは〝伝説《サーガ》〟への復讐。それしかないわ。だから――」

ベルガー中尉は小さくうなずいた。身を海に向ける。インゲも彼と肩を並べて、海に飛びこむ体勢に入っていった。

だが、二人が飛びこむより早く、U1313の船体は、艦尾から浮かび上がっていた。

そのまま中尉とインゲは、声をあげつつ、艦橋より星空に放り出されてしまう。

海魔が、U1313の艦尾を捕えて、両腕で持ち上げたのであった。

夜の海面にベルガーとインゲは叩きつけられた。

二人の顔めがけ、横波が襲ってきた。さらに浮きつ沈みつするうちにも、二人の鼓膜は、海魔の咆哮にびりびりと共鳴する。

そんな状況にあっても、それ以後に展開した出来事は、重度の火傷《やけど》のように二人の記憶に深刻なひきつれを残した。

両腕でU1313を高く掲げた海魔――それはUボートをまず、沖合の岩礁に投げつけた。Uボートは、しかし、容易に大破することはなかった。バウンドし、逆さになって海上に浮いてくる。船腹の表面に生じた亀裂より、橙色をした煙が立ち昇ってきた。それこそ〝伝説《サーガ》〟氏の「特別室」より広がった魔術の香煙に他ならなかった。Uボート全体が大きく揺らいだ。なにか――別のものに異化しようとしているように見えた。橙色の香煙の内側より、虚ろな声が響いてくる。

『いあ！　いあ！　くとうぐあ!!――汝ないあるら

とほてっぷの天敵よ、〈火〉の邪神よ、我に魔力を貸せ……なー、ざざす、ざざす——』

だが、続く呪文が唱えられるより早く、単眼巨人《キュクロペス》は大股で海を掻き分け、香煙に包まれたUボートの船腹に、鱗まみれの鉤爪を突き入れた。

ぐいと引き抜いた時には、その水かきのある手には、SSの軍服姿の怪物が握られていた。怪物はきいきいと喚いている。海魔はぐにゃぐにゃした大口に表情らしきものを広げた。それは、おぞましいことに、我々、人類が〈笑い〉と呼ぶ表情と瓜二つであった。

海魔は、怪物の手から、真紅に輝く結晶体を摘み上げた。そして、それを己れの右に穿《うが》たれた——ドーム状の眼球に生じた窪みにはめこんだのである。それは時間にすれば、ほんの一瞬の出来事にすぎなかった。

それから次に生じたこと、耳にした声、その内容については、ベルガー中尉は、ずっと自分の恐慌状態より生じた幻覚幻聴であったと信じ続けた。

すなわち、エーリヒ・ベルガーとインゲ・ヴェルサーは、マルデルプラタ港沖二〇キロの位置にある岩礁で乗っていたUボートが座礁に遭い、海に投げ出され、約四時間後にアルゼンチンの漁船に助け出された。二人が乗っていたU1313は大破沈没。それ以外の乗員は全滅。ゆえに、二人が目撃した恐怖と怪異は、救出される四時間のあいだに見た夢にすぎない、と。

そうでなくて、どうして、あのような人知を絶した出来事が一九四五年の現代に起こり得るというのだろう。どうして——一九四二年にチェコで暗殺された筈のSS中将が、アルゼンチンで、もう一度、海魔に殺されねばならないというのであろうか。

そうだ。ベルガー中尉は、以後、一九七二年にモサドの追跡者の手で、背後より射殺されるその時まで遂に忘れることはできなかった。

　U1313より怪物を摘み上げ、〈ペリシテ人《びと》の炎宝《ほのお》〉を己が右の眼窩に戻すと、全長四〇メートルを越える海魔は、見事なドイツ語でこう囁きかけたのだ。

「ナチス親衛隊中将ラインハルト・ハイドリッヒ、[*7]〈火〉魔術師。〈火〉の邪神クトゥグアの下僕《しもべ》よ。ペリシテ人《びと》の神ダゴンは、人の子が『敷居』を踏み越えることをけっして許さぬものである。ダゴンの牙をもって、己が身の僭上《せんじょう》を知るがよい」

　それは声ではなかった。思考、意識、霊聴、とにかくベルガーとインゲと〝伝説《サーガ》〟――ハイドリッヒだけに届くなにかだった。

　それを送り終えた海魔は、再び、皺面を〈笑み〉で歪めた。

　それから、海底の亀裂めく大口の中にラインハルト・ハイドリッヒを放りこんだ。遠い過去に死んだ魔術師の絶叫が聞こえた。海魔はぐにゃぐにゃした大口を動かしながら、ゆっくりと、身を海に沈めていった。

　Uボートが巨大な渦巻に呑まれていくのが見えたが、激しい横波を被って、マルデルプラタ港へと流されていくベルガーとインゲには、もはや、どうしようもなかった。

＊

　〈クリティカ〉紙は一九四五年七月十七日、アドルフ・ヒトラーとエヴァ・ブラウンがU530で南極大陸に上陸した、という内容の記事を掲載したが、(中略)この記事は七月十八日の〈ル・モンド〉紙と〈ニューヨーク・タイムズ〉紙に引用されて広く流布することになる。また十六日の〈シカゴ・タイムズ〉紙は、ヒトラーたちがアルゼンチンに脱出していたという扇情的な記事を掲載していた。

——ジョスリン・ゴドウィン『北極の神秘主義』

松田和也訳

怒りの日

あの怪物どもが戦争に疲れはてた弱々しい人類の生き残りを、悪臭を放つ爪にかけて引きずりおろしてやろうと、海上に浮かびあがってくる日がやって来る。大地が沈み、世界が大混乱に陥っているさなかに、黒い海底がせりあがってくる日が見えるのだ。

――H・P・ラヴクラフト『ダゴン』山中清子訳

―

シュプレー川を越えてグロッサー・シュテルンへと向かう道すがら、突然、クラウスの真後ろから叫びがあがった。

「やつらだ！　やつらがいる。侵略されてるんだ、もうすでに。[*2]俺たちの考えはやつらに全部盗聴されてるし、何もかも仕組まれて――」

中年男の声だ。すぐに駆けつけた警官や、ゲシュタポらしきコート姿の男たちによって、叫びは中断された。男は小突かれはじめた。やがて、何処へともなく引き摺られていく。

「なあに？」

と、リル・ホレンダーが尋ねてきた。

「たいしたことじゃない。頭のおかしい奴が騒いでるだけだ。戦時下の緊張に耐えられなかったんだろう。すぐに静かになる」

クラウスが応えると、リルは「まあ」と小さく呟いて、彼の腕を抱く手に力をこめた。

小柄なリルのほうに目を移し、首を横に振った。

「おいおい。そろそろウチの連中がよく出歩くあたりだぜ。そんなにくっつくのはやめろよ」

「あっ、ごめんなさい」

リルは慌てて腕をほどき、ほんの少し、クラウスとのあいだに距離をおいて、

「すみません、大佐」

わざとらしく言い足した。

「いや。そんなにまですることはない」そう言って、微笑みかけたところで、顔をしかめた。片頭痛を覚えたのだ。

「大丈夫？　まだ、頭が痛いの？　ひょっとして古傷が？」

リルは心配そうにこちらを見上げた。クラウスは眼帯をかけた顔に微笑を貼り付けたまま、「ああ」と応えた。――こいつ、すっかり俺の女房気どりだ、と感じたが、うるさくはない。むしろ、寝ても覚めてもナチスを賛美することしかしない妻グシーに較べると、愛らしかった。

「わたしもこの頃は怖い夢ばかり見るわ。なんだかとても現実的《レアール》で、細かいところまではっきりしてるの。目が覚めた当初なんて、あんまりはっきりしてるものだから、ベッドの中の自分が夢じゃないかと思ってしまうほど」

「夢じゃない証拠に、俺が、いるだろう」

片頭痛をこらえて軽口を叩くと、リルは真剣な表情になった。

「そうね。……でも、毎日は、いない。だから、わたしは怖い思いをし続ける」

「この非常時に女房と別れろというのかい。そんなことしたら、フリッチュ司令の二の舞だ。知ってるだろう。司令はあの年齢《とし》で独身だったものだから、同性愛のレッテルを貼られて解任されたんだぜ。おえら方は、この期に及んでも、まだナチスに入党しない国防軍の人間を目の敵にしているんだ。俺も――」

「そんな話じゃないわ。わたしが言いたいのは、隣室《となり》が怖いって話なの。隣室でなんだか妙な音がするから。まるで工場のモーターの音みたいな」

「そいつがスパイだとでも?」

「違う。住人は古くからのナチ党員よ。もう六十過ぎたお爺ちゃん。孫娘と二人暮らしでね」

「なら、何も問題はないじゃないか」

「だけど……なにかが変なの。モーター音のする夜は決まってアパートの電話がおかしくなるし。わたしは怖い夢をみるし。……」

「戦時恐怖症だ。みんな多かれ少なかれ恐れてるんだ。連合軍が、このままベルリンを空爆で破壊し尽してしまうのではないか、と。ふん。もちろん、そんなことさせるものか」

そんな会話をしているうちに、グローサー・シュテルンに辿り着いている。リルの働くベルリン工科大学へ行くには、ここで別れねばならなかった。

「この次はいつ会えるかしら？」と、リル。

「分からない。目下、秘密作戦の下案作りに忙しいからな。時間が見つけられたら、こちらから、事務課に連絡するよ」

「きっとよ。一週間以内に、きっと」

「ああ。必ず」

「じゃないと……二度と……」

言いかけるリルの唇をキスで塞いで、クラウスは別れを告げた。

＊

それでも、片頭痛は去らず、クラウスはしかめっ面で職務についた。そんな彼の机で、電話のベルが鳴ったのは、午前九時ちょうどであった。

折りしもクラウスは「《大西洋の壁》作戦」の洗い直し案に目を通しているところだった。北フランスに張った防衛線を強化し、シェルブールからディエップにかかる一帯のいずこかに、巨大な要塞を築く――書類にはそんな夢物語が、総統やゲーリング好みの、内容空疎だが勇ましい文言で飾りたてられていた。

『連合軍のフランス上陸が本年中に実行されるのは間違いない。だが、敵の上陸目標は、ドーバー海峡により近い地帯、すなわち、カレー＝サンガット＝ブローニュシュルメールにかけてと予想される』

クラウスは書類の端に青鉛筆で走り書きしてから、受話器を取り上げた。

「はい。こちら――」

「そのままだ。……そのまま、何食わぬ顔であたりを見渡してみろ、大佐」

緊張した調子の声がクラウスの返答を中断させた。

「その声は――」

「黙って。近くに受話器をとっている者はいないか。まず、それを確かめるんだ」

「………」

クラウスは素早くフロアを眺め渡した。欠伸《あくび》をしている者、女性事務官と談笑する者、書類に読み耽る者……。まだ午前中早いせいだろう。居合わせる人間は数少なく、声の主が心配するような――受話器を耳にあてているのは、彼一人であった。

「大丈夫です、ロンメル閣下」

クラウスは囁き声で応えた。自然に両頬が緩んでくる。懐かしさと誇らしさとで、胸に熱いものがこみあげてきた。だが、〝砂漠の狐〟と英国首相チャーチルに恐れられた鬼元帥は、クラウスに、感傷にふける暇を与えなかった。

「わたしの名も、極力呼んではいけない。なにしろ、とうにノルマンディーに向かってる筈なのに、まだベルリンにいる身だ」

「……了解」

「よし。盗聴されてはいないようだな。ところで君は、非ナチ党員なのに、未だゲシュタポにもＳＳにも目をつけられていなかったな？」

「自分は総本部付ですから」

「総本部に所属していても、ずっと正気でいてくれ。いやこれは、口が滑った。……用件を述べる。本日一三〇〇《ヒトサンマルマル》、ノルレンドルフ広場にあるレストラン〈ラテルネ〉に来い。昼食をとりつつ話したいことがある。わたしの名を告げればすぐに特別室に案内してくれる手筈だ。けっして姓は言うな。いいか？」

「了解しました」

「では。必ずだぞ。忘れるなよ。……失礼する」

　クラウスは受話器を本機に戻した。溜息をおとした。片頭痛がぶり返し、首筋から背中にかけ、寒気が走った。軍服の下で鳥肌が立ってくる。小さな疑問が頭をもたげてきた。

（ロンメル閣下はあんなにくどい物言いをする人物だったろうか。……ロンメル閣下はすでにノルマンディーに着いた筈じゃなかったか。……）

　それから疑問はこう続けられる。――

（今の電話は本当にロンメル閣下からのものだったのだろうか）

　クラウスは左手で、眼帯で隠されたほうの目を覆った。片頭痛が一気にぶり返してきた。闇に充ちた視界の中で銀色の光の粒子が飛び散っている。

　――これは今朝見た夢の残り滓《かす》だ、とクラウスは思った。次いで、手を目から離した。鉛筆を取り上げる。作戦原案の書かれた書類をどかすと、メモ用紙を引き寄せた。「ラテルネ。午後一時」などとメモを走らせた。

　その横に、クラウスは、今日の朝まだ暗いうちから見はじめ、何度となく目覚めては、また見てしまった悪夢の記憶をなぞっていく。その悪夢こそ片頭痛の原因であった。

　悪夢《それ》は噂からはじまっていた。不安をかきたてずにはおかぬ噂であった。街角を歩いてきたクラウスに、向こうから走ってきた女がぶつかった。女は若いロマ人だ。黒い髪を乱し、真っ黒い眼で彼を見上げて、こう言った。

『あいつの時代が来る。来てしまう。来たら、わたしたちは皆、滅んでしまうのよ！』

『あいつ？　あいつとは誰だ？』

　女は何かの名を応えた。だが、その声は、街路に溢れる悲鳴や怒号や叫喚によって、すぐに掻き消されてしまった。見まわせば、街角には軍人・市民・

老若男女の別なく人間でごった返していた。彼等の表情はどれも同じだ。

　恐怖がべったりと顔に貼り付いている。

　同じ表情が自分の顔にも広がっていくのをクラウスは体感した。

　頭上から、ごうごうという大気を破るような音がおとされた。巨大ななにかの影が、崩れかけたビルの建ち並ぶ街の上に立ち現われた。空をおおう巨人の影だ。ただし、それは、人間に似たかたちの巨大な「何か」というだけのこと。

　絶対に巨大な人間の影などではない。

　その頭の頂きがぱっくりと縦に裂けた。内側から触手が広がった。ものすごく長大な触手であった。

　そして、なにかは、振動を発した。声ではない。咆哮でもない。夜空を砕かんばかりの、凄まじい振動だった。振動で地上の人々が薙ぎ倒された。

　クラウスには振動がこのように聞こえた。


——それは——それは——それは——。

「大佐。考えごとですかな」

　突然の男の声がクラウスを夢の記憶から現実へと引き戻した。

　慌てて面《おもて》を上げ、彼は、親衛隊《SS》の少佐が立っているのに、気づいた。細長い顔に縁なし眼鏡をかけた若い男だ。おそらく二十五、六だろう。昨今は二十代の佐官など当たり前だった。なにしろ、三十代で将軍という御時世なのだ。もっとも、そう考えたクラウスも四十前にして早くも大佐であった。

「やあ、マイ少佐」

　クラウスは、ヘルムート・マイという、相手の名を思い出し、ぎごちなく笑いかけた。

「考えごとなんて……。少し片頭痛がするもので。ぼうっとしてただけだ」

「片頭痛。いけませんな。軍医に診てもらっては。あるいは精神療法センターへでも？」

「いや、それには及ばない」そう応えたところで、クラウスは、マイ少佐が自分の手許のメモ用紙をじっと見ているのに気がついた。何気ないふうを装って、メモ用紙を丸める。そのまま、自然に、軍服のポケットにしまいこんだ。

「ところで、何の用かな」

クラウスが尋ね返すと、マイ少佐は、革靴の踵を合わせて高い音をたてた。本人は威儀を正している心算《つもり》らしいが、向かい合う者は威圧されているように感じてしまう。

「今朝付で総統よりご命令が下りました。来たる六月三十日に『《大西洋の壁》新案』について、会議を召集されるとのことです。つまり《大西洋の壁》を完成させろ、と」

(また会議か)と感じながらも、クラウスはマイ少佐から目をはなさず首を縦に振った。

「分かった。……ときに、あのモンゴル人は?……同席するのか?」

「導師《グル》テッパ=ツェンポ[*3]です。チベット人です」

マイ少佐は冷徹な口調で訂正した。その顔にはユーモアの欠片《かけら》もない。いや、人間らしさの欠片さえなかった。良く出来たマネキンの顔だ。

(こういう顔が去年あたりから街で急に増えてきたような気がする。いや、これは俺の思いすごしか?)

「そうだった。導師だった。すまん、訂正する」

と、クラウスは無表情に言った。

「ご留意下さい。総統はツェンポ導師に深く傾倒されておられます。彼の〝チベット・アーリア人起源説〟にも——」

釘をさすような一言を残して、マイ少佐は身を翻した。そのまま、廊下のほうへ歩きはじめた。——まっすぐ前を向いて、背筋をぴんと伸ばし、両脚を滑らかに繰りだしていく。不思議なことに、クラウスは、そんなマイ少佐の後ろ姿を見ながら、ブリキの兵隊人形がゼンマイで動く姿を連想していた。

「いかん。……また……片頭痛が……」

独りごち、ポケットに手を入れる。紙片を取り出した。くしゃくしゃの紙片を注意深く広げた。脈搏に合わせた痛みが、襲ってきた。痛みと脈搏はメモの文字を規則的に歪ませる。大きく、小さく。大きく、小さく。四行の文章が痛みを伴って、脈を打ちはじめた。


〈ラテルネ〉。午後一時。エルヴィンと昼食。

「あいつの時代が来る」という噂。

円錐形をした頭の神。その凄まじい巨影。

Cthulhu fhta gn[*4]――の巨影の放つ振動。

II

〈ラテルネ〉は「街灯」というその名にふさわしいレストランだった。都会的な外見に、一九一〇年代――古き良きワイマール時代を髣髴《ほうふつ》させる内装。明るい茶を基調とした椅子やテーブルも、どこか懐かしい。この非常時にさえいつものように営業できるのは、客筋が国防軍関係のせいなのだろう。

涼やかな音をたてて入口のドアが閉まるのを、クラウスは背中で聞いた。雑音にさえ丸みがあるように感じられた。客も満員でとても大戦下のベルリンにある店とは思えないほどである。静かにやって来た支配人に、クラウスは小さな声で素早く言った。

「エルヴィン氏と昼食の約束なのだが」

支配人は軽くうなずくと、クラウスをレストランの奥へ導いてくれた。それでも支配人の丸い背が、いささか誇らしげに見えるのは、彼が賓客室の客の正体を知っているからなのだろう。

エルヴィン・ロンメル元帥。

その名を知らないドイツ国民はいないない英雄であった。

「どうぞ、こちらで皆様お待ちです」

「皆様？　閣下お一人では……」

「さ。どうぞ」

訝しむクラウスの前で、支配人はドアを引いた。賓客室の明るさがクラウスの眼を射た。シャンデリアのせいか、と彼は思った。だが、すぐに眼が馴れて――自分が眩しく感じたのは照明のためではないことを悟った。

「ようこそ、大佐」

十人掛けの長大な食卓の上座から、そう言ったのは、ロンメルではなかった。

「ベック閣下……参謀総長殿……」

クラウスは愕然として呟いた。いかにも、上座に坐っているのは元参謀総長のベック上級大将であった。さらに情報局長官のカナリス提督。オスター参謀長。フォン・クルーゲ元帥。ハルダー上級大将。ヘプナー上級大将。フォン・ヴィッツレーベン元帥。……錚々たる国防軍の重鎮が、ロンメルを入れると八名、顔を揃えているではないか。彼等はいずれも地主貴族《ユンカー》出身のエリート軍人だ。クラウスは軽い眩暈《めまい》を覚えてしまった。

「大佐、九人目の同志として、君を歓迎する」

ロンメルがテーブルの東の端から呼びかけた。

「まずは、坐りたまえ」

英雄に促されるままに、クラウスは、椅子を引き、おずおずと掛けていった。

「十人目は来ないようだ。諸君、食事をはじめよう」

ベック元参謀総長が午餐の開始を告げた。

「……十人目は……どなたです……」

クラウスは、隣のロンメルに小声で尋ねた。

「軍人ではない。ライプチヒ元市長グルデラーだ。どうやら、彼は、反ナチ的な言動で当局の監視が厳しくて動けなかったようだな。……いや。密告するような男ではないから、安心したまえ」

「密　告《ハイムリツヒ》？……安　心《ツーフエルレシク》……？」

その単語に只ならぬ緊張と陰謀の匂いを、クラウスは感じとったが、席を立つことは出来なかった。

（ああ……また……片頭痛が……）

眉を寄せ、軽く眼をつぶった。こめかみが激しく脈を打ちはじめた。同時に今朝見た夢の欠片《かけら》が、暗い視界でチラついてきた。——ロマ人の女がクラウスのことを見つめている。それは、信じられないほど年をとった老婆だ。グリム童話に出てくる魔女そのままの雰囲気を持った老婆は、クラウスの掌を見ながら、こう言った。

『あんたは神様から素晴らしいものを授かってるよ。……それは邪悪を見分ける真実《まこと》の眼だ。他人が尻込みすることを、あえてやり遂げる勇気だ。……そうだね。あんたはカトリックの司祭様になるといい。そうして、多くの善男善女に取り憑いた悪霊を祓《はら》ってやるのさ。うん。そうとも。悪魔祓い師《エクサルツイスト》こそ、あんたの天職だよ』

それを聞いて、五歳の時のクラウスは、首を横に振った。

『ぼくは父上のように……地主貴族《ユンカー》らしく……勇ましい軍人になるんだ……』

言っているうちに、ロマ人の女は消え、クラウスは現在の姿へと変わっていた。それでもクラウスは言い続ける。

『……正しく強い……国防軍の将校に……』

どん、とその肩に男の体がぶつかった。逃げまどう市民の声が聞こえてきた。『あいつが来る』『あいつが立ち上がった』『あいつの叫びが世界を破壊する』

軍人も一般市民も。老人子どもの別なく。誰も彼もが街路に満ち溢れ、右往左往していた。彼等はすべて恐怖に戦《おのの》いている。泣き叫んでいる。迷路に放たれ、火をつけられたラットの群れだ。互いにぶつかり合いながら、どこかへ逃げようとしていた。しかも、逃げるところなど、どこにもなかった。

（史上初の空襲に驚くベルリン市民みたいに）

そんな恐慌のなか、若く美しいロマ人の女が、クラウスにぶつかってきた。女はこちらを見上げた。両肩を摑まえ、ゆさぶりかける。そして、リル・ホレンダーの声で言った。

『あいつの時代が来る。やって来る。来てしまう。あいつが目覚めたら、わたしたちは滅んでしまうのよ。なんといっても、わたしたちは、あいつの夢だから――!!』

『あいつ？　あいつとは誰だ？』

クラウスはそう尋ねようと唇を動かして、白昼夢から目覚めた。

その耳にロンメル元帥の説明が届けられる。

「……という訳で、三月四日より開始されたアメリカ軍のベルリン空爆をさえ、ナチ統合幕僚部は前向きに無視。それのみか北フランスに巨大要塞を建造するなどといった空想的計画を検討しはじめている」

「わしが入手した情報によれば、総統は、十六歳から六十歳までの全男子で構成される〝国民突撃隊〟を組織することを目論んでいるという。そして、それでも戦況が好転しない場合は……」

説明を受けてカナリス提督は、そこでひと呼吸おいた。居合わせた全員を見渡した。そっと伏目になった。言葉を続ける。

「……ネロ命令を下すことになっているらしい」

「ネロ命令？」

フォン・ヴィッツレーベン元帥が問い返した。

「連合軍が国境線を突破する前に、我が軍自身の手でドイツ全土を破壊し、焦土と化す、というものだ。他の何者でもないドイツ軍人の手で！」

提督に代わってベック元参謀総長が答えた。

誰かの息を呑む音が、広い賓客室に響き渡った。乾いた音であった。それはB17より投下された爆弾が大気を裂く音そっくりだった。

「一刻の猶予も出来ん。我が国土と国民を救うため、ここに、我々は総統暗殺及び国防軍によるクーデターを決議するものである」

ハルダー上級大将は厳然とした調子で宣告し、拳をテーブルに叩きつけた。

「カトリック中央党幹部、社会民主党関係者、反ナチのプロテスタント派教会、さらに……地下潜伏中の共産党幹部とも連絡は取り付けてある。総統死亡の確認がとれ次第、陸軍は親衛隊の武装を解除、ナチス幹部を拘禁。ゲシュタポの有する一切の権限を剥奪する」

ロンメル元帥はハルダー上級大将の言を受けて朗々たる声で言い切った。

「そして、暫定的に、ここにおられるベック元参謀総長に、大統領の座についていただく」

提督が言うと、全員は、ベック元参謀総長に注目した。

「新しい時代が来る」

フォン・クルーゲ元帥が興奮に頬を輝かせた。

「ナチスの黒魔術を排した——我々の時代だ」

ヘブナー上級大将が応じた。

「七月二十日を暗殺決行の日とする。細かい行動計画は次回までに立案しておこう。実行者も、それまでに決めておかねば」

とカナリス提督は続けると、立ち上がった。

「祖国のために」

フォン・ヴィッツレーベン元帥が呼びかけた。

「祖国のために」

皆は一斉に応じ、久しく忘れていた国防軍軍人本来の方式で敬礼した。

クラウスも将軍や元帥たちに合わせて敬礼する。

――ドイツ地主貴族（ユンカー）の誇りを胸に。

＊

一座が解散し、さて賓客室を出ようという段になって、クラウスは、

「大佐。君に見せたいものがあるんだ」

と、呼び止められた。呼び止めたのはロンメル元帥だ。大きな書類袋を手にしている。

「自分になにか?」

訊き返し終わらぬうちに、その袋を、押し付けられた。

「自宅に戻ったら、部屋で、これを見てくれ。必ず君一人で」

「……………」

「写真が三枚と、書類が何綴りか、入っている」

「今回のクーデター計画の?」とクラウスは尋ね返した。

「いや、直接には、それとは関係ない。……ただし、今回の計画の遠因ではあるかもしれない」

そう言うと、ロンメル元帥は、賓客室のドアを閉めた。あとに残されたのは、クラウスとロンメルの二人きりである。将軍は顎をしゃくった。「手近の椅子に坐れ」と命じたのだ。クラウスは従った。

「二年前、北アフリカで指揮していた時のことだ。わたしはエル・アラメインの南に陣地を築いた」

ロンメルは煙草をくわえた。

「そこで部下が砂に埋もれた遺跡を発見したのだ。遺跡は石造りで、地下にあった。どうやら石を

そこに運び、そののち、地下深くで組み立てていったらしい。完成後、長らく放置されたため、砂に埋もれてしまったんだろう」

「………」

「わたしは遺跡内部の調査を命じた。ことによると、陣地に使用出来るのでは、と考えたからだ」

「古代エジプトのものだったのでありますか？」

「いや。遺跡は、古かったが、そんな昔の代物ではなかった。壁にキリストや聖母マリア、それから十二使徒の姿などが彫りつけられていた。九世紀頃のコプト教徒の寺院跡だったようだ」

「コプト教徒？」

「キリスト教に改宗したエジプト人――というより、原始的な、呪術性の強いキリスト教を未だに信奉しているエジプト人と説明したほうが、分かりやすいだろう。彼等はイスラム教徒に隠れるため、地下に寺院を築いたのだ」

「………」

「壁画に付された碑文は、すべて九世紀頃のラテン語で彫られていた。やがて、部下は、寺院の祭壇跡より三枚の石板を発見した。それは緑に輝く――まるでエメラルド製と思われるような石板だった。表面には四行のラテン語と、奇怪なものの絵がいくつか刻まれ、金が流し込まれていた。つまり、明らかに後世に伝え残すのが、目的であった訳だ」

ロンメルは、そこで煙草を、灰皿に軽く叩いた。長い灰がどっと灰皿におちた。

「その袋の書類に、遺跡の写真と、緑の石板の写真が数枚入っている。自宅でよく見てほしい。わたしが説明するより、遥かに、想像出来るだろう」

「と、申しますと？」

「写真撮影を命じたのは正しかった。遺跡は数日後、敵軍の爆撃で、あとかたもなく吹き飛んでしまった。また、緑の石板は、革の鞄に大切にしまいこんでいたのだが、後日、鞄をあけてみると、緑の砂に変わっていたからだ」

そこでロンメルはシニカルな笑みを見せ、煙草とライターを、クラウスの前に置いた。規律に厳格なドイツ陸軍の将軍が、あえて、目下の者に対等の喫煙をすすめるとは。——これから話す内容を落ち着いて聞け、と暗に言っているようだった。

クラウスは一礼すると、煙草に火を点けた。

「コプト教徒の碑文の写真を、わたしは、ベルリン工科大学に勤める知人に見せた。ヘルツォークというラテン語の講師で、たいそう口のかたい——非ナチ党員だ。彼が解読してくれた文章の写しも書類の袋に入っている」

「承知いたしました。帰宅して、検討させていただきます」

「そうしてくれ」

ロンメルは力なく笑った。

「では、これで——」

クラウスは、煙草を消すと、書類袋を小脇に、立ち上がった。まだ坐っているロンメル元帥に一礼する。そうして、ドアのほうへ、歩きだした。
二、三歩行ったところでロンメルが、
「大佐。どうして、こんな代物を、君に渡すのか。それを不思議に思わないかね」

と、尋ねかけてきた。

「——?」

クラウスは振り返った。ロンメルは、まだちびた煙草をくわえていた。

「その眼だ。わたしの夢の中でも、君はそんな眼をしていた。そして、美しいロマ人の女と共に、夢の中で、わたしに言ったんだ。——将軍。自分も閣下と同族であります、とね。いかにも、そうだ。君も、わたしも、同族だよ。……悪魔祓い師《エクサルツィスト》の一族なのだ」

最後の一語に力をこめると、ロンメル元帥は、「行きたまえ」と呟き、次の煙草に火を点けた。

III

静かな夜だった。

クラウスは「今夜も作戦本部に泊まる」と妻のグレーに電話を入れると、そのまま、リル・ホレンダーのアパートへ向かった。

自動車の助手席に、昼間ロンメルより受け取った書類袋を置いていた。自宅で一人で見ろ、という命令であったが、なんとなく気が重い。リルの部屋で、ブランデーでも呑みながらでなければ、とても見られそうになかった。

自動車をアパートの近くに停めたのは、午後九時すぎである。今夜は空襲警報もなさそうだった。

鉄筋四階建てのアパートは空襲でも無事だったが、自動車を停めたあたりにあった建物はことごとく廃墟と化していた。

ぶ厚いコンクリートの壁の残骸と、そこから突きだした鉄筋が、ぼんやりした街灯に映えて、フリードリッヒの絵のように見えた。

クラウスは〈軍務中〉の札をフロントガラスに立てると、自動車から降り立った。札を出しておけば、ゲシュタポが停車中の自動車をうるさく調べまわるおそれはないからだ。

「リルは起きているかな」

と、呟いて、クラウスはアパートのほうを仰ぎ見た。四階建ての三階、いちばん左隅がリルの部屋だった。タウエンツィーン街の裏通りの古い下宿屋に住んでいたリルに、ここを手配したのはクラウスであった。彼が忍んで来れるよう、リルの部屋は、階段に最も近いところにとったのだった。

その彼女の部屋の窓には、クラウス好みの青いカーテンがおろされていた。小さくうなずいて、彼は、書類袋を持ち直した。

その時だった。不意にリルの言葉が思い出された。

（隣室からエンジン音めいた唸りが聞こえて、そんな夜は必ず怖い夢を見るとか……そのようなことを言っていたな）

クラウスは自然に、老人と孫娘の二人暮らしという、リルの隣室の窓へ視線を向けていた。

薄い花柄のカーテンがおろされていた。だが、室内の明かりで、住人の姿はシルエットとして映っていた。

髪の長い娘が食器をせっせとテーブルに運ぶシルエットだ。彼女は同居人に話しかけながら仕事を続ける。彼女にうなずくシルエットは、腰かけた老人のもの。どうやら、窓に背を向けているらしい。

娘が何事かを老人に言ったようだ。老人は大きくうなずき、片手を挙げる。

（蟹のハサミの片手を？）[*5]

クラウスの心臓が喉元まで迫り上がった。次の瞬間、彼は、眼を凝らした。——確かに老人の挙げた片手が、蟹のハサミに見えたのだ。半月型の大きな爪と、そこから突き出た小さな爪。さらに両者から細かい棘をだした蟹のハサミに。

と、そこで。……

前のほうの廃墟から、小さな甲高い囁きが発せられた。猫の鳴き声ではない。れっきとした人間の話し声だ。ぺちゃくちゃいう声の印象は、ちょうどレコードの回転を速くしたようであった。

クラウスは眉をひそめ振り返った。息を殺して、そっと廃墟に近づいていく。大きく崩れた壁のすぐ裏側から、その声は聞こえてくるように思われたのだ。

〝……plätchern《ぺちゃくちゃ》……plätchern《ぺちゃくちゃ》……plätchern《ぺちゃくちゃ》……〟

声と共に人の気配も感じられた。しかし、男ではないようだ。だからといって女でもない。小さな子どもか――。

（なんだ。人形か？）

崩れた壁の手前で足を止めた。同時にぺちゃくちゃという声が、唐突に、やんでしまった。

「気のせい？」

独りごち、さらに伸びあがって、壁の裏側を覗こうとした。同時に、影が最も色濃くわだかまった所から、甲高い声で叫びつつ、ウサギほどの大きさの物が飛びだした。

クラウスの心臓が縮みあがる。危うく悲鳴をあげそうだった。

飛びだしたものは、街灯の光に金色の毛をけばだたせながら、そのまま遠くへ逃げていく。

二本の足で。前肢を両腕のように振りながら？――

クラウスには確かにそれが身長三〇センチ足らずの人間に見えた。そんな小さな男が、ふさふさした金色の毛を乱して、驚いた妖精のように逃げていくように見えたのだった。

ぞっとする前に左手で額を押さえていた。

「俺も……戦争恐怖症なのだろうか……」

そんなふうに呟いた。出来れば、自分の言葉を信じたかった。そうでもしないことには、今、ようやく背中に広がりはじめた悪《お》寒《かん》を払えそうにない。

＊

何気ない顔をつくろって、クラウスは、リルの部屋を訪れた。だが、いつものように熱い抱擁を交わすことはなかったし、共に、蓄音機から流れるモーツァルトに耳を傾けることもしなかった。

ダイニングルームのテーブルに向かい、コニャックを持ってこさせた。リルが用意しているあいだ、彼は、ロンメル元帥から渡された書類袋の中身を広げはじめた。

「フランス製のコニャックをヘルツォーク先生からいただいたのよ。なんでも、教え子がパリに進駐して、お土産にもらったんですって」

「そうか。それは嬉しいな」

クラウスは、リルの言葉を受け流して、まず写真を眺めだした。——砂漠から頭を突きだした巨石の写真。まるで石造りの古井戸だ。ただし、近くに兵士が立っているので、その信じ難い巨大さがよく分かる。巨石はひとつが市街電車のプラットホームほどもあった。

二枚目は、フラッシュを用いて撮影したらしい。四隅が影（闇か？）でぼやけた石壁の写真だ。壁面にはラテン語が彫られている。それから、十字架にかかったキリストの姿。聖母マリア。十二使徒。……そして……

「鉤十字《ハーケンクロイツ》だと？」

クラウスは眉間に皺を刻んだ。

いかにも、ずっと下のほうに彫られているのは、まぎれもないナチスのシンボルである、鉤十字《ハーケンクロイツ》であった。その下には何かローマ字が連ねられていたらしいが、こちらは摩滅して判読不能だった。

「ヘルツォーク先生のことは前に話したわよね。ベルリン工科大学のラテン語の講師で。とってもお年寄りで、長く大学で教えてらっしゃるんですけど、まだ地位が低いままなの。まあ、非ナチ党員だからでしょうけど——」

リルが他愛ない世間話をしながら、コニャックの栓を開けた。闇の色をした液体をブランデーグラスの底に注ぎ、クラウスのほうへ持ってくる。

クラウスは三枚目の写真——緑色をしていたという石板を写したものを置いたところであった。

石板にはラテン語の文章にびっしり囲まれた、人間のかたちの妖物が彫られている。

妖物は円錐形の頭部に、鱗まみれの胴体で、烏賊《いか》を連想させる細くて無数の触手を、頭の頂きから生やしていた。両手には水かきが描かれていた。

クラウスは、一瞬、意識が肉体から離れかけるのを感じる。——既視感のせいだった。

石板の妖物に色彩が付されていくのを、その眼で幻視しはじめる。

(円錐形をした頭は白い。真っ白だ。つまりヨーグルトかミルク・ゼリーそっくりな光沢のある純白。その表面には何もない。眼も鼻も口も……なにも無いんだ。そうして妖物の身の動きに合わせ、絶えずふるふると震えている。のっぺらぼうな円錐形の、尖った頭の先端から、異次元のイソギンチャクのように群れているのは、触手。血の色をした触手。毒々しい真紅の触手なんだ。それらは独立した生き物みたいに互いに絡み合い、うねうねと蠢いている)

これほどはっきり幻視できるのは、他でもない。今日の朝早く、リルと共に横たわったベッドで、クラウスは、巨大化したこれを夢見ていたからだった。

(こいつが……立ち上がったんだ……)

片頭痛が甦りそうに感じ、クラウスは、テーブルのグラスを持ち上げた。中身を啜り、呑み込んだ。食道から胃にかけてが熱くなる。コニャックの薫りが、鼻の奥から口いっぱいに広がった。

少し余裕を取り戻し、クラウスは、残りの写真の枚数をかぞえた。あと二枚あるようだ。

一方、書類の綴りは——と眼を移して、

〈コプト教徒の石板碑文解読〉

というタイプ文字に気がついた。

「夢の化物について……コプト教徒は……なんと言ってるんだ……」

クラウスはその書類を持ち上げた。早速、解読文に目を通していく。

『アル＝カーヘラ（(解読者注＝カイロの古称ならん)）はキリスト者同士の戦いで赤く染まる。その頃、鋼鉄の虎が砂漠を領土となす。偽りの十字架を掲げた野獣が世界に爪を立てるのは、いま（(注＝紀元八三三年頃か?)）から正確に一一一一年後である。レハベアム王の子等（(注＝レハベアムはソロモン王の子。そのレハベアム王の子等とはユダヤ人のことか?)）の血と屍を野獣は、二柱《ふたはしら》の邪神《モノガミ》と、野獣の帝国に捧げる。この供物を邪神カーネターー（(クトゥルーか? 別名を彫り込んで削った形跡有り)）とN＊＊＊＊（(碑文すべて削除されおり)）は悦ぶであろう。〈白き三角〉は世界を夢見るであろう』

クラウスは深い溜息をおとした。片頭痛はやんでいたが、今にも、早朝に見た夢が高波のように、心の底から溢れてきそうだった。いや、高波というより、津波だ。彼の意識をひと呑みで、幻視の中へと叩き込む。

——煉瓦造りのビルが建ち並ぶ街を割って、暗黒の夜空めがけて立ち現われる巨大な影。巨人の影。それは人間に似たかたちの妖物だ。その頭部は純白の円錐形で、頂きには真紅に輝く触手が。巨大な妖物は振動を発する。その振動とは——Cthulhu fhtagn——ロマ人の老婆の声が、その振動に重ねられる——『あんたは神様から素晴らしいものを授かってるよ。……邪悪を見分ける真実の眼……悪魔祓い師《エクサルツィスト》こそ、あんたの天職だよ』——その声が男の声に変わる。熱狂的な演説の声に。——『人間の太陽期は終焉に向かいつつある。新しい種類の最初の偉大な群像の中に、今日でもすでに、来たるべきものが告知されている。古代北方民族の不滅の知恵によれば、古きものが神々とともに没落することによって、世界は繰り返し若がえるはずであり……』——あれは総統の、側近に対して行なった演説の一節だ。——時折、総統は、ひどく難解な専門用語をまじえながら、魔術的世界観を開陳した——。

石板解読文を置いて、クラウスは、いつしか、残る二枚の写真を持ち上げていた。

それは目がさめるほど美しいカラー写真であった。

（多分、情報宣伝省の連中が、総統やその取り巻きの御機嫌とりに、馬鹿高いカラー撮影を行なったんだな）

場所はベルクホーフ。すなわち総統の専用山荘のあるところだ。それは背景の、緑の森と青い峰々、さらにエメラルド細工のような美しい丘で、簡単に理解出来た。

澄明な空気と眩い太陽光をいっぱいに浴びて、第三帝国を動かす人間たちが総統を囲んでいた。

クラウスは目を細める。

（ヒトラー総統。ゲーリング国防相。ゲッベルス宣伝相。……ずっと端のほうには俺も立っている。——そして。……）

クラウスの視線は居並ぶ男たちのうちの一点へと吸いつけられた。

（……これは何だろう？）

これ——。

黄色い法衣をゆったりとまとい、ヒムラー長官と肩を並べている、この怪物は。

怪物の影像の上には大きな黒いスタンプが捺されていた。（〝VERBOTEN〟掲示禁止——ひどく古いスタンプだった）。しかし、それでも、怪物の姿は鮮明なカラー影像として残されていた。

——純白の円錐形の頭部。尖った頭の先端からは血の色をした何百何千もの触手。そののっぺらぼうの顔面は今にもヒムラーと頬を接さんばかりだ。法衣から露わになっている肩も腕も、びっしりと銀色の鱗で覆われている。そして、その右手の指には水搔きが——。

「……覚えている。昨年秋、ベルクホーフに召集をかけられた時の写真だ。……ゲッベルスの命令で、奴の秘書が撮った。……ここに……ヒムラー長官の隣に坐ってたのは……テッパ＝ツェンポ導師だ……」

まるでクラウスの悪夢から抜け出してきたかのように怪物はそこにいた。まるで九世紀のコプト教徒の石板から立ち現われたように怪物はナチス幹部と並んでいた。まるで怪物がそこにいるのが当り前のように、ヒトラーもゲーリングもゲッベルスもヒムラーも、微笑んでいた。

「………」

クラウスはグラスを持ち上げた。残りのコニャックを一気にあおった。熱い棒が食道から胃に通されたような感覚がした。だが、それだけのことで、酔いは、まったく上ってこなかった。

最後の一枚を表にだして目をおとした。

ちらと見てから、クラウスはかぶりを振り、拳でテーブルを殴りつけた。

その音に驚いてリルが彼の背後に駆けてくる。クラウスの肩越しにテーブル上の最後の写真を見やると、リルは言った。

「それはなあに？　サーカスの芸人。それともカーニバルの見世物？　それとも……新種の冗談？　トリック写真？……」

慌てて、クラウスは、その写真を裏返そうとした。

——中折れ帽を被った二人のトレンチコートの男(明らかにゲシュタポである)が、小さな人間の手を持ち上げていた。その後ろで、コート姿の女が、恐怖にひきつった表情を浮かべて、小さな人間を見つめていた。小さな人間も不安に戦《おのの》きつつ、両腕をゲシュタポに持ち上げられていた。おそらくその人間の身長は五〇センチに充たないだろう。

　写真を裏返した。白い印画紙の右下に赤いインクでこんな説明文がタイプされている。

〈人工精霊《エレメンタル》。もしくは人工倭人。アウシュビッツ収容所の〝素材〟の血と肉と生気により製造。一九四四年一月十日〉

　クラウスは書類の綴りに眼を転じた。そこには石板の解読とその報告以外にも、三種類の報告書があるようだった。タイトルがクラウスの眼に突き刺さる。――『他天体との通信計画・及び地球外知性体との交信計画Ⅲ―5について』『夢による大衆的無意識の方向付けについて』『血・肉・生気・及び劣等民族の憎悪・不安・恐怖を原資とする新エネルギー開発計画』――報告書の題名が、彼に、嘔吐を催させた。眩暈《めまい》さえ感じた。未だ夢の中にいるような感覚に陥れた。

　なにか――現実的ななにかをしっかりと抱いていなければ、自分も、悪夢と同化してしまうような気持ちがしてきた。

　クラウスは立ち上がると、ゆっくり身を翻し、そこで困惑げに微笑むリルを抱き締めていった。

＊

　ぶんぶんいう機械の唸りに起こされたのは、午前三時前後だった。

　瞼を持ち上げると、リルの後ろ姿が見えた。ベッドから出た、そのままの状態である。たおやかな首も白い背も魅惑的なヒップラインも露わだった。どこから光が射しているのだろう。黄金色の産毛《うぶげ》さえ、はっきりと見えていた。リルはマネキン人形のように微動だにせず立っている。

（どうしたんだ）

と呼びかけようとして、体が動かないのに気がついた。

　金縛りの状態だった。

「……」

眼だけが動かせた。長く伸ばした足のほうにうずくまるものがあった。そちらに必死で視線を向けた。ぶんぶんというモーター音が高まってくる。赤く輝く光点が凄い勢いで円を描いていた。さらにその下に視線を移せば――高さ一メートルほどの平べったいものが、蛍光性ピンクの輝きに縁どられて見えた。そいつの大きなハサミが、クラウスの足のあたりで動かされている。

(蟹だ……巨大な蟹が……ベッドの下から……)

リルがこちらに振り返った。その瞳は真紅の輝きを放っている。彼女が無表情に言った。

『あなたはテッパ＝ツェンポ導師の波動をもっと受け止めるべきよ』

次の瞬間、クラウスの胸底より、恐怖の塊がせり上がってきた。津波のような――それでいて質量をもった恐怖である。そのまま、クラウスは、恐怖で失神した。

IV

翌朝、陸軍総司令部に出勤したのは、午前七時三十分だった。

同僚が顔を見せはじめたのは八時半頃からである。その間、ずっとクラウスは、せわしなく煙草を吸いながら、

(ソ連軍も南下するなら一日も早く来てくれればいい。我が軍が連合軍に無条件降伏するなら、一刻でも早いほうがいい)

などと念じていた。

と、そんな彼に向かって、

「おはようございます、大佐。あなたでしょう、

あんなことをしたのは」

いきなり呼びかけてくる男の声があった。

振り返れば、マイ少佐である。

「あんなこととは何かな？」

クラウスはくわえ煙草で訊いた。

「これです。写真や書類を裏庭で燃やしましたな」

マイ少佐は、そう言いながら、自分の鞄の中から何枚かの燃えさしを取り出した。

「……これ？　これというと」

なおもクラウスは、とぼけ続けた。

マイ少佐はこちらに大股で歩み寄った。手にした燃えさしを机の上に勢い良く広げた。

「………」

クラウスは息をひそめた。喉の奥にからんだ固い唾を呑み下した。ゆっくりと、机の上の写真や書類の燃えさしを見つめていった。

そこにあるのは。——

ベルクホーフの山荘で談笑する総統と、ゲーリングやヒムラー、それに陸軍の将校たち。ＳＳの制服を着たチベット人。……上のほうには大きな「〝NACHRICHT〟報道」のスタンプが捺されている。

書類は周囲が焼け焦げていた。だが、その題名だけは、はっきりと読むことが出来た。それは、『第６軍・第４軍・第９軍＝機甲部隊によるベルギー攻撃の見通し』。——

「失礼。四年も前の書類なので、もう不要と思ってね。早朝出勤して、勝手に燃やしてしまったんだ」

「如何に使用済の写真や古い作戦計画書とはいえ、どこでスパイの役に立つとも知れません。どうぞ、今後は、本部の焼却炉へ……ご留意を」

「ああ、分かった。すまん。謝るよ」

「ご理解いただければ結構です」

マイ少佐は一瞥を残して、クラウスの前から去っていった。そのブリキ人形めいた歩き方を見送りながら、クラウスは思った。

（やっぱりそうだ。俺の勘違いじゃない。写真も書類も別物にすりかえられたんだ）

――彼は午前六時、大ボリュームのラジオの声で、叩き起こされたのだった。

ラジオは一昨日の国会演説をレコード録音したものの再放送だ。演説している男は、ゲッベルスである。

『敵国放送は、我が第三帝国の政府当局が、国家的規模でユダヤ人を強制収容所に集め、非人道的なる弾圧を加えている、と非難しております。しかし、彼等は、ドイツ政府がまさに国家的寛容さでもって、ユダヤ人たちを保護し、如何に清潔快適なる施設に収容しているか――その点は無視しているのであります。……』

ベッドから起き上がると、寝室には、昨日まではなかった茶色いスピーカーボックスが置かれていた。それは『国民ラジオ受信機《フォルクス・エンプフェンガー》』ではないか。すなわち、ナチスの肝煎りで大量生産された安価なラジオだ。そして、チューナーは、朝から晩まで党本部の発表とワーグナーしか流されない御用放送に合わされていたのである。

これを訝しく思ったクラウスは、リルに、昨夜（というより今朝早く）の出来事が夢だったのか、現実であったのか、確かめようとして――断念した。

リルの印象がどこか違っているのに気づいたからだ。どこか……。正確にどの部分と指摘することは出来ない。しかし、リルは、昨夜までのリルではなかった。

ひどく屈託がなく、明るすぎて、人間が本来有している陰翳がない。清潔な笑顔は、まるで党本部の理想とする〝高等女性《ホーエ・フラウ》〟のポスターのようだ。

不安を覚えたクラウスは、着替えると、さりげなくリルに「昨夜の奇妙な写真は？」と尋ねてみた。

リルは明るい笑顔と共に書類袋を持ってきた。

……そこに入っていたのは、ありきたりな人物写真（〝総統と作戦本部一同〟といった類のものである）と、一九四〇から四一年にかけて行なわれた軍事作戦の計画書であった。

にこやかに袋を手渡してくれたリルの顔のどこにも謀《はか》りごとの気配はなかった。

「隣室の音が昨夜しなかったかい」と、クラウスは訊いた。

「いいえ。お隣の音なんてずっとしないわ」

――リルの返事を聞いて、クラウスは、確信した。

（やっぱりそうだ。俺の勘違いじゃない。写真も書類も……リルも別物にすりかえられたんだ）

そして、早朝出勤すると、クラウスはロンメル元帥より受け取った書類袋の中身（それらはどれも本物ではなかった）を裏庭で焼却したのである。

午前十時。ようやく思いたって、クラウスは、電話をとった。

「西方軍総司令本部、ロンメル閣下を」

『生憎ですが。ロンメル閣下は、昨夕、北フランス沿岸へ発《た》たれました』

「……そうか。分かった。……もういい」

電話交換手に断わると受話器を置いた。

片頭痛がしてきた。

それから、昨日の昼、別れ際にロンメル元帥より投げかけられた言葉を思い出した。――そうだ。君も、わたしも、同族だよ。……悪魔祓い師《エクサルツイスト》の一族なのだ。

「……悪魔祓い、か」

独りごちつつ、煙草に火を点けた。煙はクラウスの周りを漂いながら、少しずつ空気に溶けていく。その有様を見るうち、彼は、一昨日の悪夢を、また、思い出した。パニックの街――ロマ人の老婆の占い――ビルの谷間より立ち現われる円錐形の頭をした巨影――彼に危機を訴える若いロマ人の女（声はリルのものだ）――。

「ヘルツォーク」

突然、そんな名前が口をついて出てきた。眉を寄せた。煙草を急いで揉み消した。

「そうだ。ヘルツォークだ。ロンメル閣下もリルも。二人とも、その名を口にしていた。ベルリン工科大学のラテン語講師ヘルツォーク。彼が石板のラテン語を訳したんだ」

そして、勢いをつけて受話器を取っていた。

「ベルリン工科大学、事務局を頼む」

今度はつながった。

「こちら、国防軍司令部の者だが。貴校にヘルツォークなるラテン語講師はいるか？　かなりの高齢らしいが」

『ヨーハン・G・ヘルツォークのことでしょうか』

「ああ、多分、そうだと思う」

『……ヘルツォークは今朝、ゲシュタポに逮捕されて連行されましたが』

「なんだって。……容疑は一体……」

『ユダヤ系であることを偽って教職に就いていた容疑と、学生相手に体制批判を行なった容疑です』

「もういい。分かった」

――おそらく、ヘルツォークは三日と保ちはすまい。万が一にも、ゲシュタポの拷問に耐えられたところで、一週間後には収容所行きだ、暗澹とした表情で、クラウスは電話を切った。――やつらは先手を打った訳だ。

煙草をとり、二本目に火を点けた。

片頭痛が、どっと襲ってくる。――あやしげな写真。妄想のような作戦計画書。眠っているうちに別物になってしまった愛人。リルの隣人の蟹そっくりのシルエット。――どれもこれも同僚に話す訳にはいかない内容である。第三帝国においては、精神に異常をきたした兵士は即刻〝処分〟されるのが〈掟〉なのだ。

(ロンメル閣下がいてくれたなら)

と、心の底から思った。そして、昨日の昼食会のメンバーを思い出す。……どれもロンメルに匹敵する人物ばかりだったではないか。ハルダー大将、ベック元参謀総長、フォン・ヴィッツレーベン元帥――。その中でも情報局の最高幹部カナリス提督は、こう言っていた筈だ。

『七月二十日を暗殺決行の日とする。細かい行動計画は次回までに立案しておこう。実行者も、それまでに決めておかねば』

(そうだ。あの言葉を俺は本当に聞いた。将軍や元帥の居並ぶ――総統暗殺謀議の場に、俺は確かに立ちあったんだ。それは夢でも妄想でもない。……事実だ)

あたりを見渡した。電話をしている者、こちらの様子を窺っている者は一人もいない。クラウスは煙草の煙の陰から視線をとばした。

「そうとも……俺の妄想じゃない。ロンメル閣下から写真と書類を託されたのも、暗殺謀議に加わったのも、すべて現実だ。現実の証拠に……やつらの思いもよらぬ展開を見せてやる……」

V

国防軍情報局へは一人で赴いた。

もとより尾行をそらすことなど朝飯前である(尾行がついていたら、の話だが)。

情報局のあるE棟に向かう途中、予兆めいたものを覚えた。高すぎる天井のどこからか、クラウスは自分をじっと見つめる視線を感じた。擦れ違う人間が「地下鉄坑を駆けまわるウサギほどの大きさのネズミ」の話をしていたような気がした。

　昨日と打って変わって、今日からは、世界は不吉な予兆を帯び、いたるところにやつらの罠の気配があった。

　それでも努めて無表情になり、長すぎる廊下を渡り続けた。そして、提督の部屋へ辿り着いた。

「昨日の件で――」

　クラウスは意を決して切りだした。『なんのことだ』と訊き返されたなら、とぼける用意はあった。

（そうとも。昨日の〈ラテルネ〉の昼食会すら、俺が見た極めて現実的な夢だったのかもしれない。それでなくて、どうして、あれだけの人物たちが総統暗殺などという大それた謀議をかわすことだろう？）

　だが、その一方で、司令部付の大佐としてクラウスは記憶していた。――一九三三年一月。一九三八年九月。一九三九年十一月。一九四三年一月。……とこれまでに少なくとも四回、陸軍はヒトラーに対し、クーデターをもって立ち上がろうとしたのではなかったか。

「昼食時の話題が、どうした」

　カナリス提督は中世騎士を思わせる厳しい容貌を、まっすぐ、こちらに向けた。

「………」と一呼吸おいて、クラウスは口を開いた。

「昨日の昼食時お話しした件でありますが」

　提督は人差し指を唇の前に立てた。声を低く、の合図だ。その指で、近くへ寄れ、と招いた。クラウスは従った。提督に囁きかける。

「自分にやらせて下さい」

「なにを？」カナリス提督は訊き返した。

「……悪魔祓いです」

　提督はクラウスをじっと見つめた。その眼で見られているうちに、クラウスの口は勝手に話しはじめていた。

「総統とナチスの幹部たちはこの世のものならざる存在と密約を交わしています。その行動は破壊のための破壊であり、虐殺のための虐殺であります。彼等には大義がありません。聖書に予言された反キリスト者とは彼等のことです」

「古風な表現を使うな、君は」

「閣下は、あのチベット人にお会いになりましたか？」

「テッパ＝ツェンポか」

「あいつはチベット人などではありません。この世の外側よりやって来て、総統を操る化物です。自分はロンメル閣下よりいただいた資料で、それを確信いたしました」

「………」

カナリス提督は目をつぶった。右手を机の上に置く。中指で板面を叩きはじめた。

「ロンメルも似た意見だったな。総統暗殺は我が祖国のためだ、と。つまり自分たちは裏切り者ではない。暴龍を倒す聖ゲオルクに他ならない、とな」

「自分も同意見です。現在、我が国は、見えないところ、影の部分から少しずつ〈異化〉しつつあると。それを昨夜、確認しました」

「ナチスの連中は〈異化〉の原因こそ、ユダヤ人とフリーメーソンとソヴィエト・ロシアの手先の仕業だ、とそう言っておったね」

そこで、提督は鼻を鳴らした。

「ふん。現実と見まごう悪夢で大衆を怯えさせたり、童話のホムンクルスまがいの妖精をベルリンの暗がりで駆けまわらせたり、魔術師に一般市民を生贄として殺害させたり……。そんな真似をするユダヤ人やフリーメーソンや共産主義者がどこにいる。この第三帝国内で、そんなことを嬉々としてやりたがる連中がいるとしたら、それは……ナチスだけだ」

「自分にやらせて下さい」

と、クラウスは繰り返した。

「悪魔祓いをか？」

「はい」

「分かった。……意見は確かに聞いた」

提督は気のない表情で書類に向かった。「君の意向は尊重する」それが提督の答えだった。

＊

ベンドラー・シュトラッセの軍務省から、クラウスは三日振りに東区にある自宅に帰った。

自宅前の細い私道に自動車を停め、いつものように〈軍務中〉の札をフロントガラスに立てた。

そうして、玄関のポーチに立てば、音量を最大にしたラジオの音が聞こえてくる。グシーは熱烈なナチ党員であった。

ドアチャイムを押し、グシーが出てくるのを待っていると、不意に左の視界に金色のふさふさした毛の塊が割り込んできた。――犬か、と思って目をおとした。

金色の髪を長く伸ばし、ピンクの顔をした――ウサギ大のネズミだった。コンクリートの地べたに坐り、背を伸ばして、二本の手で鼻髭をしごいている。

そいつと、クラウスは、眼が合った。

『貴様になにが出来る？』

きいきいと甲高い声で小さな怪物は言った。

『悪魔祓いだって？――カトリックの司教さえ目下のドイツではナチスなんだぞ。たった一人でなにが出来るんだ――』

クラウスは玄関のドアに向き直ると、怪物を無視し続けた。

『そもそも悪魔祓いとはキリスト教の〈神〉に対立するものを祓う行為だろう。お生憎だが、この国に根を張り、はびこっているのは、そんな小さな存在じゃない。人類より古く悪魔より邪悪で……貴様の想像も及ばないものなんだ』

クラウスは下唇を噛みしめた。頭のずっと奥のほうで発条《バネ》が大きくたわんでいるのを、体感した。左手が、自然に、腰のホルスターに流れかける。ルガーを握った。と、化物は、跳ねるように逃げ去っていった。

そこで、ドアが、開かれた。

「お帰りなさい」

痩せすぎて眼の大きさと鼻の高さばかり目につくようになったグシーが、無表情で出迎えた。彼女はクラウスの右手の拳銃に気づくと、冷たく言い添える。

「まさか、それで、わたしを殺すつもりじゃないでしょうね」

(お前なんかよりずっと巨大な邪悪を殺すつもりだ)

クラウスは心の中で応え、ルガーをホルスターに押し込んだ。彼の頭の奥の発条は静かにもとに戻っていく。

VI

妻の何気ない仕草、そのひとつひとつがクラウスの神経を傷つける。まるで大きな板金用のヤスリで脳や神経叢がこすられていくようだ。

たとえば寝室といわず居間といわずダイニングといわずに置かれた茶色いスピーカーボックス。あの「国民ラジオ受信機」である。お蔭でクラウスは自宅のどこにいても、ナチス幹部の空疎な絶叫と、大本営発表の嘘八百な大勝利の告知に付き合わなければならなかった。

夕食に出されたのは、何の肉とも知れない脂だらけのものが浮かんだシチューと、コップ一杯の蛍光性ピンクの液体である。

「これはなんだ」

とクラウスが訊くと、グシーは抑揚のない口調で応えた。

「配給の肉よ。なんでも仔羊の肉だって」

「こちらの液体は？」

「チベット豆でつくった豆乳。体と脳にいいそうだわ」

こともなげに言って、グシーは、原色の液体を一気に呑み干した。それから美味そうに〝仔羊〟のシチューを食べはじめる。

「………」

クラウスはシチューをスプーンですくった。皿の底のほうで、カチッという手応えがあった。そっとスプーンを持ち上げてみた。

鋭く光る金属塊がスプーンの上にあった。

「――!?」

クラウスは、それを見つめた。……スプーンの上の金属が歯の詰め物だと気づくには、さしたる時間は必要なかった。

（いかにもシチューの肉は〝仔羊〟のものだ。ただし、ラム肉という意味ではない。聖書にいう『迷える哀れな仔羊』。つまり、これは人間の肉なのだ）

嘔吐感に襲われて、クラウスは腰を上げていった。口を押さえると、洗面所に駆け込んだ。思いきり胃の中のものを吐いているあいだ、彼は、ぶんぶんいうモーター音とグシーのものではない女の含み笑い、それから、ぺちゃくちゃと交わされる囁き声を聞いていた。

勢い良く出した水で顔を洗った。

洗面所の鏡の前に顔を出す。――右の肩の上に、蟹のハサミが置かれていた。クラウスは小さく叫んで、それを払いのけた。

「どうしたの？」

急に夫に手を払われたグシーが笑いながら尋ねた。

　クラウスは、いつか、グロッサー・シュテルンへ向かう途中で喚いていた中年男のことを思い出した。男はこう大声で訴えていた。

『やつらだ！　やつらがいる。侵略されてるんだ、もうすでに。俺たちの考えはやつらに全部盗聴されてるし、何もかも仕組まれて――』

「分かってるぞ。お前もリルもみんなやつらの仲間になってしまったんだ」

　クラウスは口の中で呟いて、ぎこちなく微笑んだ。

＊

　二度目の昼食の招待が来た時、七月十日であった。招待主はロンメル元帥ではなかった。ロンメルは、すでにノルマンディーに行ったきりとなっていたからである。

　クラウスの眼から見ても、ここ二週間で、ロンメル元帥の立場は大きく悪化していた。ロンメルが第三帝国の戦略に懐疑的であるということが総統の耳に達したためであったらしい。

　このような背景のなか、作戦本部は、ヒトラーの一言でお伽話でしかない《新・大西洋の壁》計画を決定した。それは北フランスのシェルブールからカレーまでの間に百五十もの砲門を据え、万里の長城めく長大な防護壁を築くという――技術も予算も人員も無視した計画だった。

　この計画書に総統のサインが書き込まれ、会議の末席に坐ったチベット人僧侶が「一九四五年こそ第三帝国がその神威を全世界に知らしめる〈怒りの日〉となるでしょう」とぶちあげた翌日――すなわち七月十日。クラウスは招待を受けとったのである。

招待主は国防軍情報局のカナリス提督。そして同参謀のオスター少将であった。場所は〈ラテルネ〉。ただし、賓客室ではない。窓際の落ち着ける席である。

*

大きなガラスの向こうにはノルレンドルフ広場が眺め渡せた。広場を歩いているのは、誰も彼も軍人である。一般人はほとんど見当たらない。

「見たまえ。あいつ……SSの制服を着た東洋人を」

と、カナリス提督は、いまいましそうに囁いてきた。なるほど、SSの灰褐色の制服を着た東洋人がひどく目立つ。

「奴等はテッパ＝ツェンポと共にやって来たチベット人だ。総統の『アーリア人＝チベット起源説』に便乗して、今では、親衛隊の制服をまとい、ベルリン市街を闊歩している」

「本物のチベット人か、怪しいものですね」

クラウスはコーヒーにリキュールを注ぎながら眉をひそめた。

「まったくだ。ロシア人の中にはアジア系も―」

と言いかけたオスター少将にみなまで言わせず、クラウスは続けた。

「いや。この世のものかさえ疑わしい」

提督と少将は同時に息を呑んだ。こちらをじっと凝視しはじめる。だが、クラウスの精神状態を疑っている気配は微塵も感じられなかった。

「ロンメルは君を高く評価していた。君にはやつらか否かを見破る〈眼〉がある、とね。ロンメルも同じだった。きっと彼は砂漠の〈磁気〉によって超感覚的知覚を得たのだろう」

「ならば、わたしは、ロマ人の老婆の予言によって――特殊な知覚が得られたのでしょう」

クラウスは応えると、コーヒーを啜った。

「ロマ人の予言？」

「はい。わたしが五歳かそこいらの時です。父の領地を訪れたロマ人の一団に占いの老婆がおりました。彼女は、わたしの手相と人相を見て、『お前はカトリックの司祭になったらいい』と予言したのです。『悪魔祓い師の資格がある』とか何とか――」

「確かに一種の悪魔祓いだ」

カナリス提督はうなずいた。次いで、隣の少将のほうを見る。「例のものを」

オスター少将は注意深い手つきで、やや大きめの書類鞄を食卓に置いた。

「時は七月二十日。場所は東プロイセン。狼《ヴォルフスシャン》の堡《ツェ》塁――総統大本営だ。時間を十二時五十分ちょうどに合わせろ。中に時計が入っていて、起爆装置やプラスチック爆弾と直結している」

「狙うのは総統一人でしょうか」

「総統、ゲーリング、ヒムラー、この三人すべてが暗殺目標だが、生憎と、大本営にこの時間同席するのは、総統とチベット人僧侶のみだ」

「……つまり……テッパ＝ツェンポも同時に？」

「そうだ」

「しかし、ツェンポには超能力があります。気《け》どられませんか？」

「X線の眼でも持っていない限り、鞄の中身を知ることは出来まい。それに総統と奴を殺さなければ、迷信と狂信に縛られた我が大本営は目覚めないだろう」

自信たっぷりにオスター少将は断言した。

「暴発の危険は？」

「ない。情報局の破壊工作班が使用している時限爆弾と同じ仕様だ。二十分前にスイッチを入れる。鞄を会議室に置く。君は会議室から出ていく。――

それだけだ」

「爆殺対象以外の……多くの将校や将軍が巻き込まれますが？」

「彼等は前向きに〝反対しない〟という行為でナチス政権をずっと支えてきたのだ。爆殺されても仕方なかろう」

「……了解しました。ただし、お願いがあります」

「なんだ。逃走経路なら――」

クラウスは、そう言いかけたカナリス提督に、首を横に振ってみせた。

「たった二つのことを要求します。第一に、わたしの成功を、正式に教会の牧師に祈ってもらうこと」

「それは反ナチ派のプロテスタント派の牧師にお願いしよう。いまひとつは？」

とオスター少将は尋ねた。

クラウスは真剣な顔で言った。

「聖別した十字架と聖水を、この鞄の中に入れて下さい」

「聖別……。つまり、しかるべき牧師に、十字架を祝福してもらうというのかね」

「ええ。それと教会の聖水を入れたガラスの小壜を」

「なんのために？」

カナリス提督はひきつった笑みを広げた。

「悪魔祓いです。……わたし流の」

「よし。用意しよう。三日後に、十字架と聖水を鞄に入れて、渡すと約束する」

Ⅶ

七月十三日、国防軍司令部のクラウスの許に、オスター少将から書類鞄が届けられた。

粘り付くような「盗み見」の視線を無視しながら、クラウスはそれを受け取った。ただし「受け取った」という連絡は少将にも提督にも入れなかった。——盗聴のおそれがあったからである。

鞄を提げてクラウスはリルのアパートへ赴いた。(妻があんな状態であれば、リルも当然、同じだろう。)そのようには考えたが、ひょっとして自分の一時的狂気がリルは変容したと思い込ませたのでは——と思い直して、出かけたのだった。

四階建てのアパートの三階、最も階段寄りの部屋に着くと、ノックをしてみた。

隣からはモーター音が響いてはいない。

何度もノックしていると、

「リル・ホレンダーになにか用かね」

そんな鋭い声をかけられた。振り返れば、ソフト帽にコートをまとった中年男が立っていた。ゲシュタポだ、とクラウスは直感した。

「いや……知り合いなもので……」

クラウスは言い澱んだ。書類鞄を調べられては、万事休す、であった。

「この部屋の住人は、昨日、逮捕された。知らなかったのか?」

と、男は近づきながら言った。

「いや、まったく。……罪状は?」

ことによると彼女が〝何か〟に取り憑かれたのを秘密警察も嗅ぎつけたのでは、という考えが頭を横切った。

「経歴詐称だ。女め、ユダヤ人の癖に公職に就いていやがった。ベルリン工科大学の事務員だと……。ふざけやがって」

「リルがユダヤ人?——まさか」

ゲシュタポはクラウスの独りごとを聞き逃さなかった。不意に値踏みするような視線をこちらに向けてきた。

「お前、ユダヤ女の何だったんだ？　いいか、ヒムラー長官の有名な御言葉がある。たとえ金髪に青い瞳をもっていても、心がユダヤに毒された者は、一人残らずユダヤ人だ。我々はそうした輩《やから》を識別し、逮捕し、収容所に送ってやるのが務めである、とな。覚えておけ！」

「……たとえ外見は人間の姿をしていても……その中身が違っている……そんな事態をゲシュタポは想定してるのか？」と、クラウスは力なく訊いた。

「そうだ。低級人間はおのずと判明する」

「……分かるものか……」

小声でクラウスは呟いたが、ゲシュタポは聞き逃さなかった。

「なにっ、なんと言った」

「……お前たちに分かるものか。蟹と人間と人間もどきの区別さえつかないくせに……」

「待て、貴様。なんの話をしている!?」

と押し留めようとする男に、クラウスは、笑みを投げた。自分でも虚ろな笑みだと理解出来る笑い方だった。ゲシュタポの男は、一瞬、たじろいだ。男が、クラウスのことをどう思っているのか、痛いほど良く分かった。

「リル・ホレンダーの隣室を調べてみろ」

と言い捨ててクラウスは歩きだした。

「——えっ。なんのことだ!?」

「ひょっとすると蟹の化物が見られるかもしれないぞ。人間に化けて、ベルリンのあちこちに潜んでいる奴等だ。ユダヤ人を摘発するより大事な行為だろう」

「お前……頭がおかしいのか!?」

「みんなと同程度にはな。さあ、早く、隣室のドアを開いて、なかを調べてみろ。俺は失礼する」

「くそったれめ」

背後からゲシュタポの罵声が浴びせられた。次いで、ドアに体当たりする音が響きだす。クラウスは皮肉な笑みを湛えたまま、アパートの外に歩み出た。

ドアが破られる音。男が力まかせに踏み込む音。それらが背後から響きあがった。――外から三階の窓を見上げた。花柄のカーテンが揺れた。男の手が摑んでいた。血飛沫《しぶき》でカーテンが染まった。男の腕がずり下がっていった。

乱れて開いてしまったカーテンがさっと閉じられた。閉じたのは、老人の手でも、孫娘の手でもなかった。

ピンクの巨大な蟹のハサミだった。

「ユダヤ人と妖物の区別もつかないくせに」

クラウスは、ゲシュタポに吐き捨ててやった。

＊

七月十四日から十七日まで、クラウスは、司令部に泊まり続けた。仮眠所もシャワー室もある。下着からワイシャツまで支給品で間に合わせた。

「東ぷろいせんノ大本営に来ラレタシ」、という命令を受けたのは、十八日だった。《大西洋の壁》改正案に関するクラウスの意見に、総統閣下が、直々に質問なされたい、というのである。

七月二十日まで何をしていたのか、クラウスは覚えていなかった。

二十日の朝、クラウスは書類鞄を抱えて、東プロイセンのラステンブルクに向かった。

(自分の膝にある書類鞄で、歴史が変わる)

汽車で移動中、絶えずクラウスは、そのことだけを考えていた。掌にはずっと汗が滲んでいた。軍服の下も――暑さのせいでなく――汗まみれだった。

ラステンブルクの駅前にある電話ボックスから、カナリス提督に長距離電話を入れた。電話回線を交換手が接続するのが、信じられないほど、遅く感じられた。――まるで夢の中で化物に追われているようだ。必死で走っても走っても、足がゆっくりとしか動かず、心臓の脈打つ音が耳許で響いてくる。あの気分そっくりだった。

（これが盗聴されていたら？）

そんな不安が脳裏を横切った時、提督の電話に回線はつながった。

『カナリスだ。大佐か？』

「はっ。只今、ラステンブルクに到着いたしました。これよりヴォルフスシャンツェに参ります」

『結構……。十二時四十分頃、オスター少将が、君あてに電話を入れる。そうしたら、例の鞄を机の上に置いて、電話に出てくれたまえ。ベルリン行きの飛行機は手配済みだ。陸軍の空港へ直行したまえ』

「了解しました」

『あ、大佐。……』

「なんでしょう？」

『ベルリン東区を管理する牧師殿に、君の武運を祈っていただいた。本日、七月二十日は聖マルガレータの祝日だそうだ』

「……」

『知っているだろう。聖マルガレータは龍に変じた悪魔に呑まれたが、彼女を呑んだ悪龍の腹が裂け、無事に生きて戻られた聖女だ。この故事より、聖マルガレータは龍退治の聖女とされている』

「ありがとうございます、と牧師様にお伝え下さい」

『大佐、聖マルガレータの御加護のあらんことを！』

クラウスは軽く一礼して電話を切った。

Ⅷ

大本営に出てみれば、会議は、賓客用の仮小舎で行なわれる、と知らされた。

クラウスは汗ばんだ手で書類鞄を持ち替えると、無意味に長い廊下を渡りはじめた。異様に高い天井の隅あたりから、視線が感じられた。

大本営付の将校たちと擦れ違うと、

「アルハザードが……異界のものどもと……蟹どもにはしてやられた……」

「早々とユダヤ人を〝原資〟に……フォン・ユンツトの言ってるように……総統は全てを見通している……」

「たとえ見かけはそっくりにしても……電磁波の影響で……シュブ＝ニグラートも驚くほどの効果が……いわんこっちゃない……」

そんな会話の断片が、野茨の棘のように、耳に引っかかった。ロンメル元帥に見せられたおぞましい写真や書類が思い出される。戦慄が背を駆け抜けた。固い唾が喉の奥に絡みだした。冷や汗で軍帽の中が濡れそぼっていた。

無表情を装って歩き続ける。

と、その真後ろから、

「大佐、あなたも会議に招集されたのですか」

聞き覚えのある声が浴びせられた。飛びあがらんばかりに、振り返った。

縁なし眼鏡をかけた細面《ほそおもて》が微笑みかけていた。

「マイ少佐――」

「どうも、奇遇ですな」

言われて、クラウスは、ひきつった笑いを広げ、鞄の把手を握る手に力をこめていた。冷や汗が制服の下で、どっと噴きだす。手袋が汗まみれになる。だが、鞄を落とすことは出来ない。もし、そんな真似をしたら、総統やチベット人僧侶より先に、クラウスが粉々に噴きとばされてしまうのだ。

(聖マルガレータ……我を護りたまえ……そして

……主よ……我に悪龍を倒させたまえ……）

自然に勇み足になりそうな歩調をクラウスは死ぬ思いで、ゆっくりと運び続けた。

＊

会議には総統も含めて、二十四人が出席した。当然その中にはテッパ＝ツェンポ導師もまじっていた。

参加人数を聞いた時、クラウスは、

（この暗殺は成功する）

と、確信した。――幼い頃、自分を見てくれたロマ人の老婆の言葉を思い出したのだ。老婆は、彼の手の皺を読んで、言ったことである。

『坊ちゃん、あんたの運命線には二十四本の線がある。これは、あんたが、ドイツの歴史に深く関わる証《あか》しだよ。何故かって……。それはね、24が、生と死を表わす2と、朝と昼と夜を表わす3と、地水火風を表わす4と。……2×3×4の答えだからだよ。さらに24は「黙示録」に出てくる主の前の御座の数。バビロニアの星の神の数なんだ。――』

そんな幸運の数と同じ人数が会議に参加するという。これが天啓でなくして何だというのだろう。

（ダイナマイトの量からいって、この仮小舎の半分は楽々と跡かたもなく噴き飛ばせる。問題は……どこに置くかだ）

クラウスは肩を並べるSSの将校に視線を投げた。マイ少佐である。その気障な横顔を目にするや否や、（使える!!）という言葉が閃いた。そうすると彼の口からこんな台詞が送っていた。

「今回の作戦改正案に関して、わたしは、総統に直々、申し上げたいことがあるんだが。どうか、君から、会議の前にとりなしてもらえないか。なにしろ君は総統のおん覚え目出たいのだから――」

おだてられたマイ少佐は、「いや。それほどでもないが。では、今ここで」と承知してくれた。そして、入室する前の総統を、会議室入口でともに待ってくれることとなった。

十二時十五分。――多数の側近と声高に話しながら、総統は、廊下の向こうから現われた。

その時になって、クラウスは、書類鞄を未だ左手に提げているのを自覚した。

「ジーク・ハイル！」

マイ少佐は総統に挙手をした。その声に、ヒトラーは、ゆっくりと立ち止まった。クラウスもマイ少佐にならって右手を挙げていた。

「……君らは？」

ヒトラーの瞳が静かにマイ少佐をとらえ、続いて、こちらを向いていった。クラウスは鳥肌立った。

「司令部作戦本部付、ヘルムート・マイ少佐であります」

「同じく――」

クラウスが名のる前にヒトラーは彼の階級章に眼を移して、唇だけ微笑んだ。

「ことによると『大西洋の壁』改正案に青鉛筆で注を入れたのは、君だったかな、大佐」

「はっ！」

クラウスの声はひずんでいた。

「来たまえ。君の意見を大本営の間抜けどもに聞かせてやるのだ。間もなく築かれる巨大要塞の重要性を、司令部の玄人《プローフィ》中の玄人《プローフィ》たる君の口から――」

ヒトラーの手がクラウスの肩を抱いた。彼の全身に寒気が走った。

「マイ少佐、君は、この大佐を補佐してくれたまえ。ホイジンガーの石頭めに、まだまだ我が軍がいけることを話してきかせるには、一人では足りない。二人の玄人《プローフィ》の熱弁こそが凍った老将軍どもの心を溶かすのだ」

「承知いたしました！」

――そして、クラウスは、ヒトラーに肩を組まれたまま、会議室に入っていった。

「坐りたまえ、わたしの隣に。さあ、二人とも」

「失礼します」

勧められるままにクラウスは総統の左隣の椅子に坐っていった。マイ少佐は、クラウスのさらに左隣である。

「さて、諸君、本日の会議は北フランスの防衛線と、栄光ある第三帝国軍のヨーロッパにおける戦況についてである」

ヒトラーが上座につきながら、会議の開始を宣言した。それを聞くクラウスの膝の上に書類鞄は載せられていた。

（テッパ＝ツェンポは……チベット人はどうした……）

机の上に置いた左手の指が、自然に、ピアノの連弾のかたちに動かされだした。二十四人分の席は未だ満席ではない。そして、その中に黄色い法衣をまとった僧侶の姿は見当たらなかつた。

時計に目をおとした。十二時二十八分である。もう待っている暇はなかった。

（いざとなれば、俺もろとも、鞄を爆破させるしかない……）

意を決し、クラウスは、鞄の金具を机の下でそっと開いた。手さぐりでスイッチを入れた。鞄を閉めた。心臓が破裂しそうだった。

「大佐、話したまえ！」

ヒトラーの命令が耳朶《じだ》を打った。

「はっ」

と、クラウスは、立ち上がった。すでにヒトラーやこの場の将軍・将校たちと心中する気だった。

「司令部といたしましても、閣下の説に賛成するものであります。連合軍の本格的侵攻は、我々の分析によれば、今秋――十月初旬であり、それまでには、北フランス沿岸部の要塞化も可能であろうと思われます」

「つまり、大西洋の防衛壁たるヨーロッパ要塞の建設だ!!」

ヒトラーが平手で机の板面を叩いた。

「半年あれば米英が歯も立たぬ巨大要塞を建造可能である。――そうだな、大佐」

「はっ」

と、クラウスがうなずいた時であった。

仮小舎の向こう側のドアが小さく叩かれた。手近の将校がドアを開いた。

「……なんだ……今……会議中だと……」

「……それが……軍務省本部より……緊急報告と……カレー地区に……怪しい船影が……」

「急用かね、中佐」

ヒトラーはドア付近の将校に呼びかけた。要塞を建造すべし、という主張が、軍務省の大佐に支持されたせいで、総統は上機嫌だった。

「はっ、そちらの大佐に緊急連絡がベルリンより入っておりまして」

中佐と連絡係との囁きはヒトラーの耳にも届いていたのだろう。総統は、クラウスのほうに、顔を向けた。

「行ってやりたまえ、大佐。わたしと君の見識の正しさが、たった今、証明されたようだ。これぞ、天の意志だ。歴史的必然が、我々を動かしている証拠だ」

「有り難うございます、閣下」

と言い置いて、クラウスは、書類鞄をヒトラーの隣、机の下に、

(これ一つで仮小舎半分くらいは)

置いた。その内部からは秒針が時を刻む音が静かに響いていたが、誰も気にしている様子などない。

(十二時五十分頃に爆発する)

クラウスは堂々と会議室を横切り、身を翻すと、

「ジーク・ハイル」の礼を見せた。

「お言葉に甘え、クラウス・フォン・シュタウフェンベルク大佐、中座させていただきます」

そして、クラウスは、仮小舎のドアを押し、廊下へと出ていった。

（絶対に失敗しない。……俺は悪魔祓い師《エクサルツィズト》だ……あの鞄の中には……聖水も入っている。聖別された十字架もある。今日は聖マルガレータの祝日だ。会議場の人数は二十四名だ。……俺はきっと歴史を変える……）

自分に言いきかせながら、クラウスは、大急ぎで大本営の玄関へと向かった。横付けされたベンツに飛び乗る。

「陸軍の空港へ。大至急だ」

運転席の伍長に命じると、全身から力を抜いていった。リアシートに深く身を沈める。目を閉じた。片頭痛が額の奥から湧いてきた。


ベンツが発進して、一分ほどしたところで、向こうから来たベンツと擦れ違った。黒塗りのベンツはナンバープレートの末尾が20となっている。総統府付の公用車だ。

「……………」

クラウスはサイドウィンドウ越しに対向車のリアシートを睨みつけた。

暗い車内の後部のほうに、光沢を帯びた純白の――円錐形と、黄色い法衣らしきものが、ちらと見えた。テッパ＝ツェンポ導師だ。

（これは俺の妄想か。それとも悪魔祓い師の〈眼〉が貴様の正体を見破ったのか。……）

クラウスはベンツが大本営のほうへ遠ざかるまで、眼を凝らし続けた。

完全に見えなくなった時、クラウスは顔を転じ、運転席の伍長に訊いた。

「貴様は、チベット豆は好きか？」

「……はあ？　なんでしょう。自分は、まだ、そういうものは食《しょく》したことがありませんが」

伍長の返事を聞いて、クラウスは笑った。

「そうだろう。俺も、チベット豆なんて知らん。仔羊肉の配給とやらも――」

そこで一息おき、クラウスは煙草をくわえた。火を点ける。煙まじりに言った。

「急ごう。俺たちのことを、ロンメル閣下と……、、、、、、、、主が待っておられる」

エピローグ

クラウス・フォン・シュタウフェンベルク大佐は、この後、ベルリンに飛行機で無事戻り、軍務省内で「ヒトラー死亡」を発表した。

発表は一時過ぎのことだった。

さかのぼって、十二時四十七分。なかなか仮小舎に帰ってこないクラウスに痺れを切らし、マイ少佐が「戻って来たら一座の末端に」と書類鞄をヒトラーから最も遠い場所に移した。

十二時四十九分。陸軍最高司令本部長ホイジンガーが、ヒトラーに指名されて、立ち上がった。

それとほぼ同時に仮小舎のドアが開かれた。

テッパ＝ツェンポ導師が会議室に入場した。

怪チベット人は自分の席の上に置かれた、頑丈な書類鞄を一目見るなり、

「伏せろ、爆弾だ！」

と、叫んだ。

導師の声は、折りしも「わたくしといたしましてはロンメル元帥に賛成で、連合軍の北フランス上陸は本年六月、しかもノルマンディーと」と所見を述べていたホイジンガー中将の言葉にかぶさった。

その瞬間、書類鞄が爆発した。時限爆弾は、一秒の何万分の一の速度で、黄色い法衣をまとった怪物を、ピンクの肉片へと変えた。

テッパ＝ツエンポの叫びに過剰に反応し、机の上の鞄に飛びついたマイ少佐も、その上半身が粉砕された。

その他将軍が四名、爆死した。だが、ヒトラーは、一時的に聴覚に異常をきたしたものの、まったくの無傷であった。

ヒトラーはこの暗殺計画に激怒し、関係者の徹底的な処分を命じた。さらに自分が爆発に遭っても死ななかったことで、己れの成すべき運命的決断を確信した。

結局、クラウスの悪魔祓いは、さらなる虐殺を呼んだにすぎなかった。すなわち、暗殺計画に加担した者すべての名誉・軍籍の剥奪と処刑。そして収容所の全ユダヤ人の「処分」である。

クラウスは七月二十日午後十時に銃殺された。

ベック元参謀総長とロンメル元帥は、日を追って自殺した。

それ以外の者は？

肉屋が肉をぶら下げる鉤に（一部はピアノ線によって）全裸で絞首刑に処された。この様子はゲシュタポの撮影班によってすべて映画フィルムにおさめられた。

最後に作者は一九四五年五月二日のベルリン陥落に、ひとつの「神話」が存在することを報告して、この暗鬱《うつ》な物語の筆をおきたい。

それは、連合軍がベルリンに進みかけた折、彼等に徹底抗戦に出たＳＳ（親衛隊）の部隊が存在したというものだ。

この部隊はほどなく全滅させられたが、その構成員を見て、連合軍兵士は驚愕した。と、いうのも、ＳＳの制服をまとっていたのは、いずれもアジア系の男たち。――おそらくヒトラーとルドルフ・ヘスによって、戦時中ドイツに招かれたチベット人だったからである。

さらに、もう一つ。これも「神話」である。

七月二十日のヒトラー暗殺計画には、アルブレヒト・ハウスホッファーの名も連ねられていた。アルブレヒトは地政学者カール・ハウスホッファーの息子である。

アルブレヒトは暗殺が失敗した後、モアビット刑務所へ収容され、処刑までに八十ものソネットを作った。ソネット三十八番「父」はこううたっている。

かつて悪魔をその穴に押し戻すのは父の役割だった。
父は悪魔の封印を破ってしまった。
父は邪悪の気配を感じることはなかった。

そして父は世界中に悪をとき放ったのだ。

アルブレヒト・ハウスホッファーが、クラウス・フォン・シュタウフェンベルク大佐と、直接、面識があったか否かは確認されていない。

（本篇は『歴史読本ワールド／アドルフ・ヒトラーの謎』所収「ヒトラー暗殺計画」山口定・文を参考に執筆された）

1944年7月20日　ヒトラー暗殺未遂計画

ヒトラーを時限爆弾で暗殺し、その罪をナチス高官に着せることによってヴァルキューレ作戦（国内予備軍による沿岸防衛や敵の空挺部隊上陸阻止に関する作戦で後に内乱鎮圧用の作戦に修正された）を発動し、国内を一気に掌握する計画であった。しかし暗殺に失敗し、計画に加担した者たちを始め、反ナチス派約7000人が逮捕され、約200人が処刑された。

国防軍最高司令部

国防軍防諜部

部長・海軍大将
ヴィルヘルム・カナリス
暗殺計画を黙認し、発覚後絞首刑。

参謀長・少将
ハンス・オスター
暗殺計画の中心人物であったが、史実では1943年に別件で退職させられた。暗殺失敗後、絞首刑。

陸軍総司令部

陸軍元帥
フォン・ヴィッツレーベン
ヴァルキューレ作戦発動命令を発布、暗殺失敗後、絞首刑。

参謀本部

参謀総長・海軍大将
フランツ・ハルダー
1942年に参謀総長を更迭され、史実では暗殺に加わっていない。

国内予備軍

参謀長・大佐
クラウス・フォン・シュタウフェンベルク
時限爆弾を持ち込む暗殺実行者であった。銃殺刑。

軍集団

司令官・元帥
ギュンター・フォン・クルーゲ
史実では実行には加わってはいなかった。その後ヒトラーに疑惑をもたれ自殺。

司令官・元帥
エルヴィン・ロンメル
史実では暗殺計画への関与は不明とされているが、その嫌疑をかけられ家族を守るために服毒自殺。

退役軍人

元・陸軍上級大将
ルートヴィヒ・ベック
暗殺計画成功後は「摂政」として国家元首に就任する予定だった。暗殺失敗後、自殺。

元・陸軍上級大将
エーリヒ・ヘプナー
ヴァルキューレ作戦発動後、国内予備軍司令官として担うなど中心的人物であった。絞首刑。

魔術的註釈

新しい人間は、すでにわれわれの間に生きているのだ。彼はすでに存在しているのだ！》とヒトラーは勝ち誇ったように叫んだ。《……この秘密を語ろう。私は恐れを知らぬ過酷な、新しい人間を見たのだ。私は彼を畏れる》

――ヘルマン・ラウシュニング『永遠なるヒトラー』船戸満之訳

「〝伍長〟の自画像」

＊1　髪を長く伸ばした小男

リンツ実科学校時代のアドルフ・ヒトラーを当時のクラス主任ヒューマー教授は次のように述懐している。『……あの頬のこけた蒼白な青年を、私は、かなりはっきりと思い出すことができる。彼は確かに、何かある種の天賦の才を持っていた。けれども、彼は偏狭かつ短気であるだけでなく、反抗的、専制的であり、学校という規律のなかに順応することが非常に困難な生徒だった』

リンツ時代の旧友ハークミュラーによれば、彼は芸術に深い関心を示すきわめて内気な青年だった、という。

＊2　〈星智教団〉

Order of Starry Wisdom。魔術結社としての略称はO∴S∴W∴（∴はこの結社がフリーメーソン的秘儀を有し、かつ暗黒神を崇拝していることを表わす。もし結社が光明を志すならば、∵となる）。O∴S∴W∴は一八四四年五月にエジプト調査より戻ったアメリカ人学者イノック・ボウエン教授により創始された秘教結社である。同結社は創立当時から、バプティスト派の神学者などから非難されていた。また、一八四六年頃より、O∴S∴W∴本部のあるロードアイランド州プロヴィデンスでは行方不明者が続出。同結社の〝血の供儀〟の生贄に供されたのでは、という臆測があとを絶たなかった。そのため、一八六九年にはプロヴィデンスはフェデラル・ヒルの旧フリーウィル教会に設けられていた本部をアイルランド人の暴徒が襲撃する、という事件が発生した。これをきっかけに市民は、カルト宗教とその信徒の立ちのきを要求。一八七七年末までに

O∴S∴W∴関係者はすべてプロヴィデンスから撤退した。その後、O∴S∴W∴がどのような経緯をへて世界的ネットワークを有する新・新宗教に発展したのかは定かではない。

＊3　〝アブラメリン〟

アブラ＝メリンとも。アブラ＝メリンは魔術師の名前。おそらくは象徴上の人物で、実在しなかったと思われる。その著『術士アブラ＝メリンの聖なる魔術』は十九世紀末の魔術師S・L・マクレガー・メイザース（後述）が英訳した。アブラメリン流の魔術は瞑想と禁欲と隠棲といった〈行《ぎょう》〉を基本に、魔方陣《マジカル・スクエア》（方形の中に数字や文字を書き込んだもの。魔法円と区別すること）と呪文を用いて、諸悪魔を意のままに操る。ただし、失敗した魔術師には、発狂か自殺が待っている、と伝えられる。さらにこの魔術を実践する資格のある者は二十六歳以上五十五歳以下と決められている。

＊4　アッツォウス

一九一一年チューリッヒでドイツ人魔術師クリンゲン・メルゲルスハイムは〈アブラメリン魔術〉の実験中、謎の大悪魔と交信した。大悪魔は自らを〈アッツォウス〉と名のり、メルゲルスハイムに黙示を授けた。これが後世、『アッツォウスの虚言』と呼ばれる霊界文書である。なお、同書は一九八三年に日本語訳が出版され、オカルト界の隠れたベストセラーとなったが、一九九五年、版元が回収。絶版にされた。

「ヨス＝トラゴンの仮面」

＊1　〝名状しがたき宗派《ネームレス・カルト》〟
　原書の英文でもラウシュニングは、〝Nameless Cult〟と記している。ところで、この語は、神秘学者フリードリッヒ・フォン・ユンツトの『無名祭祀書』(Unaussprechlichen Kulten)――その英訳版（一八四五年、ロンドン）の書名でもある。ヘルマン・ラウシュニングが、無意識に、フォン・ユンツトとヒトラーとを重ねていたのか否かは、ここでは、言及を避けておきたい。

＊2　ハインリッヒ・ヒムラー
　ハインリッヒ・ヒムラーは一九〇〇年生まれ。二十八歳でナチス親衛隊（ＳＳ）の全国指導者、三十六歳でドイツ警察長官となった。その性格は「愛情こまやかな父親にも、非の打ちどころのない上官にも、またよき僚友にもなる」一方、「憑《つ》かれたような狂信者、つむじ曲がりの夢想家」――つまりはオカルティスト的傾向の強い二重人格であった。魂の転生を確信し、自分のことを十世紀のザクセン王ハイドリッヒ一世の生まれ変わりと信じていた。また、側近に、ハイドリッヒ一世と夢の中で霊的交信をもった、と語っている。「テュートン騎士団」なる中世ドイツ秘密結社の復興を企図した。ヴェストファーレン洲、パーダーボルン近郊にあるヴェーヴェルスブルク城を買いとり、同所にＳＳ幹部を集め、魔術儀式を行なったという。ちなみに同じナチス幹部が彼に付した渾名《あだな》は、「謎のないスフィンクス」。「他の天体から来た男」。

＊3　ツァラ・レアンダー
　ナチス時代の美人女優。スウェーデン生まれ。一

九三七年デビューし、「ドイツのグレタ・ガルボ」と評された。

＊4　ゲッベルス

ヨゼフ・ゲッベルス。一八九七年生まれ。一九二一年ハイデルベルク大学で博士号取得。一九三三年、ナチスの宣伝相に就任。第三帝国のため、あらゆる宣伝技術を駆使し、大衆を煽動し続けた。かのノストラダムスの予言を政治プロパガンダに利用したり、ナチスの宣伝に通俗オカルト作家エリック・ヤン・ハヌッセンや占星術師ヴィルヘルム・ウルフを使ったりしたが、ゲッベルス自身は、なにも信じていなかった。

＊5　レニ・リーフェンシュタール

ナチス時代のドイツが誇る女流映像作家。代表作にベルリン・オリンピックのドキュメンタリー映画『民族の祭典』がある。

＊6　ドイチェス・アーネンエルベ――祖国遺産協会

一九三五年、ヒムラーの肝煎りで設立された研究機関。その活動目的は「アーリア人の起源に関するオカルト理論研究を助けること」であった。具体的にはアトランティスやレムリアの実在を唱えるハンス・ヘルビガーの「宇宙氷説」（巨大な宇宙の氷が太陽に吸収され、天体が爆発、これで宇宙が誕生した、という奇説）やカール・ノイバートの「地球空洞説」をはじめとする信じ難い〝超科学的〟学説の証明、さらに〝魔術的〟なまでの超古代伝承の探究であった。アウシュビッツの人体実験も、このアーネンエルベの活動の一環である。

＊7　一九三四年の〝オカルト・パージ〟

一九三四年八月二日、ヒンデンブルク大統領死去。その後継者としてヒトラーは首相兼総統に就任した。同年、ヒトラーは、国内のオカルト関係者の一掃を命じた。命令を受けてベルリン警察当局は、すべての占い業を禁止。ドイツのオカルト書籍類を没収した。これによって神智学協会、フリーメーソン系秘教結社、魔術結社が次々に解散、閉鎖、地下潜伏を余儀なくされた。そのなかのひとつ「東方聖堂騎士団」(O・T・O)の責任者カール・ゲルマーもゲシュタポに逮捕された。ゲルマーはアレグザンダー・プラッツ刑務所に収監されたのち、エストルヴェーゲン収容所に移送された。ゲルマーは同収容所の独房で魔術的瞑想を実践。遂に「聖守護天使」と接近遭遇。その甲斐あってか彼は、十カ月後、なんの理由も説明されぬままに釈放され、一九四一年、アメリカに亡命した。渡米後、ゲルマーはアレイスター・クロウリーと合流。二人は、「ヒトラーが『法の書』を研究しており、ヒトラーの会話や演説のいたるところに、このクロウリーが〝地球外知性体〟より受け取った霊界文書の引用や言い替えが見られる」と、信じていた。

＊8　グイド・フォン・リスト

ギイド・フォン・リストとも。一八四八—一九一九。十四歳の時、ウィーンで、大人になったらゲルマンの最高神ヴォータンのため寺院を創ると誓う。成人後、異教信仰団体「オーストリア・アルプ結社」に入団。この結社のメンバーは異教信仰の合図として、右手をまっすぐ立てる〝ハイル〟の礼をとっていた。また、同団体の最も神聖なシンボルは「鉤十字」だった。一九〇八年、リストは自身の秘密結社「アルネマン秘法伝授団」を結成。

この団体は一九一二年頃、「ゲルマン騎士団」に刷新。第一次大戦が終わるや、作家ゼボッテンドルフ男爵（本名ルドルフ・グラヴェル〔一八七五―一九四五〕）の「トゥーレ協会」と「ゲルマン騎士団」は合併した。彼等の活動目的は、魔術儀式と神秘主義とゲルマン・汎ドイツ民族主義の融合であり、これがナチズムへの伏流となる。

＊9　アドルフ・ランツ

一八七四年生まれ。元修道僧のオカルティスト。フォン・リストの友人。「新聖堂騎士団次長」ＰＯＮＴの筆名で、自らの主宰するオカルト雑誌〈オスターラ〉にゲルマン民族主義とオカルティズムをエロティシズムで味付けした記事を発表。ウィーン在住時代、ヒトラーは〈オスターラ〉を愛読し、ランツの人種オカルティズムに傾倒した。

＊10　フリードリッヒ・フォン・ユンツト

ドイツ人神秘学者。一七九五―一八四〇。世界のあらゆる場所を旅行してまわり、夥《おびただ》しい数の秘密結社に参入して、奥儀書《グリモワール》・草稿・断章を読破。『無名祭祀書《ウンアウスシュプレッヒリッヘン・クルテン》』なる隠秘学の大著をあらわした。死の直前まで同著の原稿を書き続けたが、閂と鍵を内側からかけた密室で、死体となって発見された。その死体の喉には鉤爪による傷跡が残されていたという。書きかけの原稿はすべて引き裂かれていた。その原稿は、フランス人神秘家アレクシス・ラドーが、断片を集めたが、彼はその内容を読み終えると、原稿を焼却。自らの喉をカミソリで切って自殺した。『無名祭祀書』のドイツ語版は一八三九年にデュッセルドルフで出版されている。その英訳海賊版は一八四五年、ロンドンのブライドウォールによって上梓され、さらに削除版が一九〇九年にニューヨークのゴールデン・ゴブリン・プレスより発行された。ちなみに同書の別名を『暗黒の書《ブラック・ブック》』と呼ぶ、とみなす向きもあるが、元来、Black Bookとは中世の儀式魔術書、つまり奥儀書の別称である。おそらくは『無名祭祀書』に儀式魔術の式次第も紹介されているところから、〝近代の奥儀書〟という意味で『暗黒の書《ブラック・ブック》』と呼ばれたのであろう。

＊11　H・P・ブラヴァツキー

ロシア人神智学者。ヘレナ・ペトローヴナ・ブラヴァツキー（ロシア式の名前はエレーナ・ペトローヴナ・ブラヴァトスカヤ）。一八三一―一八九一。幼少期より霊能力があった彼女は一八五一年ロンドンで〈超人〉ないしは〈霊的導師〉のモリヤと接近遭遇。神智学と呼ばれる神秘主義運動の中心人物となる。その代表的著作は『シークレット・ドクトリン』（秘教奥儀という意味）『ヴェールを脱いだイシス』など。「人類の霊的進化のために神は地球的規模の激変を何度となく用意された」という彼女の破局必然説や、「人類はこれまで七段階の霊的進化を経てきたし、今後も進化して、やがて神人となる」という根源人種説は、ナチスの思想に多大な影響を及ぼした。

＊12　トゥーレ

紀元前三四〇年から同二八五年の間のあるとき、アッシリアのピュアテスなる人物が北方に航海し、未知なる北限の土地〈トゥーレ〉を地図にあらわした。これをアーリア人発生の地＝北極原郷と見定め、ナチスの神話的教義へとつなげたのは、リスト、ゼボッテンドルフ、そしてリーベンフェルスである。三人の神秘家はブラヴァツキーの著作に霊感を得、ノルディック・アーリア人（長身・金髪・碧眼）優生説へと強引にねじ曲げた。すなわちゲルマン民族の祖先は北の涯てなる幻夢境トゥーレで発生し、非アーリア民族はおぞましい人獣交接の結果誕生したアンチ人類である、という説だ。こうしたトゥーレ神秘説を探究するため、一九一八年、ルドルフ・グラウナーによって〈トゥーレ協会〉が設立された。〈トゥーレ協会〉のメンバーには、ナチスの御用歴史家となったアルフレート・ローゼンベルク、副総統となったルドルフ・ヘス、悪魔主義者ディートリッヒ・エッカルトなどが名を連ねていた。

＊13　ヨス＝トラゴンの仮面

Yoth-Tlaggonと表記される謎の神性。その名が初めて一般人によって書き記されたのは、一九三二年四月四日、アメリカのホラー作家H・P・ラヴクラフトが同僚作家C・A・スミスに宛てた書簡中である。いっぽう、一九六〇年、ルチオ・ダミアーニ師父が発表した『クシャの幻影』なる超古代史研究書には、「アトランティスが未だクシャと呼ばれ、レムリアがシャレイラリィと呼ばれた太古において、ヨス＝トラゴンは九大地獄の王子と定義された」と記されている。ダミアーニ師父が前述ラヴクラフト書簡を知っていたとは考えられない。何故なら、ラヴクラフトの書簡が公表されたのは一九七〇年代だからである。

＊14　ルドルフ・ヘス

ナチス・ドイツ副総統。一八九四―一九八七。エジプトのアレキサンドリアに生まれる。一九二三年ミュンヘン一揆に参加。ランツベルク要塞にヒトラーと共に収監される。獄中でヒトラーの『わが闘争』執筆に協力。一九三三年、総統代行に任ぜられる。一九四一年五月十日、対英和平工作のために、単身メッサーシュミットに搭乗。イギリス入国とほぼ同時に、戦時捕虜となった。戦後は西ベルリン（当時）のシュパンダウ刑務所に服役。八七年八月十七日、獄中で死亡した。若い頃よりオカルティズムに傾倒。占星術、ダウジング、心霊学、魔術、夢占い、超能力などに耽溺する。意外なことにヘスはドイツにおける人智学（ルドルフ・シュタイナーの創始した神秘主義）の理解者として知られている。シュタイナーの提唱した有機農法でつくられた農作物を好み、シュタイナー学校運動を保護し続けた。ヘスの単独イギリス行は人智学的背景を有していた、と主張する神秘学者もいる。

＊15 ルドルフ・シュタイナー

ドイツ人神秘主義者。教育家。ブラヴァツキーの神智学から独自の神秘主義を創出。一九一三年、人智学協会を創立した。人間の肉体と精神が芸術と一体化するとき、より高次の知的存在と交霊し得る、とする彼の思想は、人類の魔術的進化を目的としたナチスの思想とネガ＝ポジの関係で抵触した。そのため、ナチスは「同族憎悪」的に人智学とシュタイナーを憎悪。一九二二年、シュタイナーは、ナチス党員に暗殺されかける。同年末、スイスで人智学協会センター、ゲーテアヌムがナチスに放火された。スイスに亡命したシュタイナーは、一九二四年、ナチスの仕掛けた毒入りサンドイッチを食べ、発作的な衰弱に襲われる。翌二五年三月、シュタイナーは死亡した。

＊16 『アカシャ年代記』

アカシック・レコードとも。物理次元の上層に存在する霊妙な次元には、宇宙創成以来のあらゆる情報が集積されている。これをアカシック・レコードといい、鋭い霊能を有した者のみが解読できるのである。シュタイナーはこの一部を人智学的に読み解き、『アカシャ年代記より』という神秘学書にまとめた。

＊17 ルーンの文字
ゲルマンの主神オーディンが苦行によって獲得したという秘文字。ルーン(古ゲルマン語でルーナ、リューンとも)という語は「秘密・神秘」という意味。その文字自体に魔力があると信じられた。

＊18 ガイウス・カシウスの聖なる槍
紀元三三年、十字架にかけられたイエス・キリストが苦しまないようにと、ローマの兵士ガイウス・カシウスは、キリストの脇腹を槍で突いた。この槍を「聖槍《せいそう》」「ロンギヌスの槍」(ロンギヌスとは〝槍を手にする者〟という意味)と呼ぶ。現在、この槍は、ウィーンのホーフブルク宮殿宝物館に展示されている。ただし、学者によれば、これは八世紀に作られたレプリカだという。……さらに一説には、一九三八年、ヒトラーの命令で複製とすりかえられたのだともいう。どうしてヒトラーがそんな命令を下したかといえば「このロンギヌスの槍を手にした者は世界の王となる」という伝説があるからだという。

「狂気大陸」

＊1 ノイシュヴァーベンラント
非常に多くの人口に膾炙したオカルト伝承によると、一九三八—三九年、クイーン・モード・ランドを探険したドイツの南極探険隊は、たくさんの湖があり、雷や氷のまったくない一群の低い丘を見つけ、これに「新しきスピッツナ」と名づけたという。オカルティストのミゲール・セラノは、このドイツ隊は地底の大空洞の入口と、ヒュペルボリア人の都市を発見した、と主張している。作家ジャン・ロバンはヒトラーがベルリン陥落後、ここに亡命。一九

五三年に地底の基地で死亡したと主張した。多くの陰謀論者は、一九四七年二月よりリチャード・E・バード少将が行なった「ハイジャンプ計画」――南極横断飛行こそ、戦勝国がナチス最後の砦たる南極秘密基地をめざしたものであり、計画は、失敗したと唱える。バードの残した公式飛行地図が、巧妙にクイーン・モード・ランドを避けているのは、ナチスの秘密兵器におそれをなしたからだ、というのがその理由である。

＊2　先の大戦で、かれの父はUボートに乗り組み……

ドイツ帝国海軍に残る記録――潜水艦U29／艦長アルベルク＝エーレンシュタイン伯爵カール・ハインリヒ海軍少佐。同艦オフィサー　クレンツ海軍大尉。一九一七年八月二十日・北緯二〇度西経三五度あたりにて操航不能となる。U29は、その後、消息を絶つ。

＊3　レン

①『死霊秘法《ネクロノミコン》』に言及された中央アジアの未踏の地。そこでは屍食を教義とする宗教が信じられているという。②幻視者ランドルフ・カーターが黄色い仮面の司祭長と出会ったという夢の場所。③一九三〇年にミスカトニック大学南極探険隊が狂気山脈付近で発見した高原。南緯八二度東経六〇度から南緯七〇度東経一二五度にかけて存在する。そのうえには巨大な黒曜石の都市があった。

＊4　狂気山脈

南極大陸の深部、南緯七七度東経七〇度にはじまり、南緯七〇度東経一〇〇度で終わる邪性の峰々。クイーン・メアリ・ランドの海岸部から、狂気山脈の北端がのぞめる。ちなみに、W・ベルンハルトによれば、この東北に位置するミューリッヒ・ホフマン山脈の「氷の洞窟」内には、一九四五年、U―530の乗組員によって隠された、「ロンギヌスの槍」その他のナチスの秘宝が眠っているらしい。

＊5　ショゴス掃討作戦

『ナコト写本』『死霊秘法』その他によれば、ショゴスとは、異次元ないし宇宙の彼方より飛来した知的生命体〈古《いにしえ》のもの〉が合成した原形質生物である。最初は奴隷生物として〈古のもの〉に使役されていたが、のち知能を有し、彼らの主人を絶滅の危機に陥れた。その姿は変幻自在だが、一般には、泡だつアメーバ状として目撃される。

「1889年4月20日」

＊1　ケネス・グラント

クロウリー最晩年の弟子であり、現在、英国性魔術界の権威。彼の『魔術の復活』(植松靖夫訳／国書刊行会)には、ラヴクラフト作品とクロウリーの魔術世界との奇妙な一致点が、表であらわされている。(次頁の対照表を参照)

＊2　『魔術日記《マジカル・ダイアリー》』

儀式魔術を実践する者は必ず〈魔術日記《マジカル・ダイアリー》〉を記録しなければならない。多くの場合、それは、暗号・象徴文字・第三者に判読不明の記号や略称などで記される。具体例として、史上有名な三名の魔術師の〈魔術日記〉を次頁に引用する。

ラヴクラフト	クロウリー
アル・アジフ――アラブ人の書。（この書は魔術的な意味で最強のものと屡々言われる）	エル・ヴェル・レジス――法の書。（この書には最高の呪文が収められているとクロウリーが主張。『魔術』百七頁参照）
大いなる古き者。（この表現はク・リトル・リトル神話の物語の中にある）	夜の大いなる者。（黄金の夜明け団の儀式で何度も使われる言葉）
ヨグ＝ソトート（最大の悪を喚起する野蛮な名前）	スト＝トート、スト＝テュフォン（クロウリーは自分の『聖なる守護天使』をセトと同一と見なし忌むべき神と考えた。『自分の気高さを隠すために邪悪だと言った』）
グノフ＝ケー（毛深きもの）（明らかに男根的）	コフ・ニア（『AL』にある野蛮な名前で、多分男根の概念と結びつけられている）
寒き荒地（カダス）	荒地（ハディト）の放浪者。クロウリーが使った称号。
ナイアルラトホテップ（「白痴の笛吹き」を連れた神）	「わが孤独の中へと笛の音が入りこんでくる」（『リベルⅦ』のクロウリー）
[illegible]の子を連れた山羊。	「私は恐しい神だ……」ケプス、恐しき神、犬と熊の混[illegible]テュフォン）（『[illegible]の書』におけるク

	ウリー）
死してルルイエにて夢みる大いなる地下の神々。	根源的眠り、その眠りの中に「夜の大いなる者」が浸っている。「牧羊神は死んではいない、生きている、牧羊神よ！」
アザトート（無限の中心にある盲目で白痴のカオス）	水銀《アゾート》、即ち錬金術の溶媒参照。トート、メルクリウス。カオスは「無限」（ヌイト）の中心のハディース。
顔なき者（神ナイアルラトホテップ）	頭なき者（ないしクロウリーがお気に入りの魔術的召喚につけた「生まれざる者」という名）
灰色の石を刻んで造った五角形の星。	ヌイトの星：中心に円をもつ五角形の星。（「灰色」はサトゥルヌスの色、ヌイトの姿をする「大母」の色）

a　アレイスター・クロウリー

「8月9日木曜日　ケフラの拝礼　午前1時15分。OPVと長時間会議――堂々巡り！　午後2時30分。円内の点。この観念を、空間概念を有さない精神にいかにしてわかりやすく言葉で説明するか？」（江口之隆訳『アレイスター・クロウリーの魔術日記』スティーヴン・スキナー編）

b　ウィルバー・ウェイトリー

「（一九一六年十一月二十六日付）今日は安息日《サバオス》のためにアクロの呪文を習ったが、気に入らぬらしく、空中からではなく山から応えてきた。（中略）この地球をかたづける時、ドホウ・フナの術式でやりとおせなかったとしたら、その二つの磁極へ出かけ

ることになるだろう」（鈴木克昌訳『ダンウィッチの怪』H・P・ラヴクラフト）

c　ジョーゼフ・カーウィン

「一七五四年十月十六日水曜日。（中略）昨夜〝さばおと〟ヲ三度唱ヘシガ、何者モ現レズ。とらんしるばにあノH殿ヨリ更ニ教示ヲ乞ヒタシト思ヘ共、連絡ハ難事ニシテ、彼ガ此ノ百年ノ間斯クモ巧ニ用ヒシモノヲ吾ニ伝ヘラレヌトハ甚ダ遺憾ナリ。さいもんヨリ此処五週ノ間便無ケレド、間モ無クアル可シ」（小林勇次訳『狂人狂騒曲』H・P・ラヴクラフト）

＊3　背の高い、肌の浅黒い男

〝長身で浅黒い肌の男〟というのは、魔女狩りや異端審問の時代から、魔術の世界ではお馴染である。文化人類学者マーガレット・マーレーは『魔女たちの神』『西欧における魔女術』で、魔宴《サバト》に出現した「悪魔」が、いずれも黒い服を着て長身の浅黒い肌の男の姿だった、と膨大なデータを挙げて言及している。これらの男が魔術研究家には「ダークマン」と呼ばれ、UFO研究家には「MIB」と呼ばれて――実は同一のものなのだ、と筆者は『黒衣伝説』で論考した。

＊4　S・L・メイザース

マサースとも。近代英国の儀式魔術師。一八五四―一九一八。英国魔術結社〈黄金の夜明け〉（後述）の重要メンバー。一九〇〇年、同団より追放。数々の奥儀書《グリモワール》の翻訳者としても有名（代表的なものは『アブラ＝メリン』『アルマデール』など）。彼の妻モイナ（ミナのアイルランド読み）は、フランスの観念哲学者ベルクソンの妹。また、メイザースは、詩人W・B・イェイツに、一時期、神秘主義を教示し、イェイツの「導師《グル》」的存在でもあった。この時代の思い出をイェイツは自伝小説『まだらの鳥』（人文書院）で甘苦く記している。

＊5　W・W・ウェストコット

ウィリアム・ウィン・ウェストコット。一八四八―一九二五。英国フリーメーソン会員。英国薔薇十字協会大管長。〈黄金の夜明け〉創立者のひとり。本職は、スコットランド・ヤードの検視官。一八九七年、〈黄金の夜明け〉の役職から身を引き、魔術界の黒幕的存在となる。ウェストコットは一時期、その住居にメイザースを同居させていたことがあった。また、ドイツの幻想文学者マイリンクと文通していたこともあり、伝奇的興味は尽きない。たとえば、ウェストコットとメイザースの噂が神秘主義に傾倒していたコナン・ドイルの耳に入り、医者と探偵趣味の高等遊民・ワトスンとホームズのモデルになったのでは、という説（松尾未来）など。

＊6　ミナ

ミナ・メイザース。メイザースの妻。霊能力を有する優れた魔術師として、メイザース死後、勇名を馳せる。女流魔術師ダイアン・フォーチュンのライバルとして、晩年、怖れられた。

＊7　逆鉤十字《サンバスティカ》

日本ではお馴染の卍をサンスクリットで「スワスティカ」、逆卍を「サンバスティカ」と呼ぶ。単に右廻りか、左廻りか、だけの問題で、それが「右廻りは光を志向する」とか「左廻りが闇に向かう」といったことはない。英語ではナチスのマーク鉤十字（逆卍）を単に「スワスティカ」と呼んでいる。このマークは仏教のみならず全世界的に見られるものので、おそらくは人類共通のシンボルと思われる。

＊8　**NYARLATHOTEP**

アメリカのラヴクラフト研究家ジョージ・T・ウィッツェルによれば、「この神の名前は、〝**nyarlat**〟と〝**hotep**〟の組み合せであり、二つながらそれぞれの意味を持つ。〝**hotep**〟は接尾語であって、エジプト語の意味は〝満足する〟である。（中略）〝**nyarlat**〟をさらに音節に分けた〝**nya**〟は、アフリカのあるネグロイド族の神々の名に接頭語としてよく使われる。たとえば〝**nyanropon**〟（アシャンティの天空神）がその一例である」という（『ク・リトル・リトル神話研究』片岡しのぶ訳／『真ク・リトル・リトル神話大系』四巻収載）。さて、では〝**nya**〟に続く〝**rlat**〟の意味であるが、筆者が『ヒエログリフ入門』（吉成薫／六興出版）で調べたところ〝**r**〟は「ことば、呪文」という意味。〝**l**〟は、本来古代エジプト語に〝**L**〟なる音は存在しないので、後代のギリシア人ないしローマ人の誤記と思われる。さらに〝**at**〟だが、これは「瞬間」という意味だという。そうしてみれば、ナイアルラトホテップとは、NYA（浅黒き人々の神をあらわす）R（呪文）[L]AT（瞬間）HOTEP（満足する）となり、「呪文《をとなえる》瞬間に満足したもう《黒き》神」と解読できるのではなかろうか。ただし、筆者はヒエログリフ及び古代エジプト語に関してはまったくの門外漢なので、あくまでも仮説と断わっておきたい。

＊9　魔法名《マジカル・モットー》

魔術師は、親より与えられた本名以外に、魔術世界でのみ通用する秘密の名前をもっている。これを魔法名《マジカル・モットー》という。普通は魔術結社入団の際につけ、その形式は自分の魔術修業の志をラテン語の短文であらわす。また〈黄金の夜明け〉など、一般的な結社においては男は〝**Fratre**〟（フラター。兄弟という意味）、女は〝Sorror〟（ソロール。姉妹という意味）を魔法名の前に付ける。史上有名な魔術師たちの〈魔法名〉を次に掲げれば――、

アレイスター・クロウリー……フラター・ペルデュラボー（吾は耐えしのばん、という意味）。ブロディ＝イネス……フラター・スブ＝スペ（希望の下に、という意味）。ジョーゼフ・カーウィン……アルモンシン・メトラトン（意味不明）。サイモン・オーン……ヨグ＝ソトース・ネブロド・ジン（意味不明）。エドワード・ハッチンソン……ネフレン＝カー・ナイ・ハドス（意味不明）。

＊10　〈黄金の夜明け《ゴールデン・ドーン》〉

一八八八年に英国で創立された魔術結社。Golden Dawn。G∴D∴と略される。創立者はウェストコットとメイザース、そしてR・W・ウッドマン。英国各地や、パリなどに支部をもつ。団員に著名な文学者や芸術家が多いことで有名。……ところで、『20世紀最後の真実』落合信彦（集英社文庫）には、アルゼンチンで、落合氏が接触した元ナチス高官〝フェニックス〟の証言として、次のような興味深いものがある。「彼（朝松註・ヘスのこと）には勝算があったようだ（朝松註・ヘスの単独英国飛行と対英和平交渉のこと）。というのは彼はその頃、秘密結社ツーレ・ソサイエティのメンバーだった。この結社の兄弟グループのようなものが英国にもあった。ゴールデン・ドン・ソサイエティと呼ばれる結社だ。その有力メンバーにハミルトン伯爵がいた。ヘスは彼と親しかった。（以下略）」

＊11　〈秘密の首領〉

シークレット・チーフとも。物理次元より遥かに高次のアストラル界を活動領域とし、目的のある場合のみ、人間の姿をとって物理次元に出現。魔術結

社を善導するという超人的存在。あらゆる秘教的結社には、この〈秘密の首領〉が、存在する（名称こそ〝導師〟〝聖者〟〝守護天使〟〝菩薩〟〝神人〟と違うが）。当然、ナチスにもそれは存在した。この註釈の巻頭に引用したヒトラーの言葉こそ、その〈秘密の首領〉をさすもの、と主張するナチ＝オカルト研究家は多い。

＊12　グスタフ・マイリンク

ドイツの幻想作家。一八六八―一九三二。神智学・人智学・カバラ主義・魔術・西洋神秘哲学・東洋神秘主義（禅・密教を中心とする）に通じ、一時期は、「入っていない秘密結社はない」とまで豪語していた。晩年、キリスト教徒から大乗仏教徒に改宗する。代表作は『ゴーレム』『緑の顔』『西の窓の天使』など。

「夜の子の宴」

＊1　ツァトゥグア

一般には**Tsathoggua**と表記される。土星より飛来し、ヒュペルベルオイ及びン・カイで崇拝された邪神。中世フランスはアヴェロワーニュの魔術師ガスパール・ドュ＝ノールは、悪名高い『エイボンの書』をフランス語訳するにあたって、ツァトゥグアを**Zhotaqquah**とフランス風に表記した（ちなみに同書にはクトゥルーは**Kthulhut**と表記されている）。このラーピスの碑銘においては、**Sadoquae**がツァトゥグアのラテン語表記である。

「ギガントマキア１９４５」

＊1　マルチン・ボルマン

ナチス・ドイツ末期の最高幹部。一九〇〇―一九四五？　第一次大戦後、武装志願兵組織〈ロスバッハ団〉に加盟。会計係となる。同団の資金を着服したワルター・カードフを射殺して、禁固一年を命ぜられる。一九二七年、ナチス入党。ヘスの英国単独飛行の後、ヒトラーの側近中の側近、総統秘書になる。ボルマンの進言で、ヒトラーはユダヤ人の大虐殺や対ソ戦におけるソ連国民二千万人を殺傷した残虐行為の命令書にサインを下した、と伝えられる。一九四五年にはヒトラーの遺言執行人に命じられた。一九四五年五月一日以降、行方不明となったため、南米などに亡命して、今も生存、世界のネオ・ナチを陰で操っている、という「伝説」がある。

＊2　仏領アフリカ

一九四五年の段階ではフランスは正式にナチス・ドイツの占領を脱していなかった。当然、仏領アフリカ各地では、親独派が権力を牛耳っており、ナチスの残党は西アフリカ経由で南米方面に逃亡したのである。

＊3　ハストゥール

ハスター。ハスタルとも。オーガスト・ダーレス等によれば〈風〉のエレメントを司る邪神だという。バイアクへー（バイアキー）を下僕にすると伝えられる。一方、パラペリアス・ネクロマンティアスの『霊魂三回帰説』はハストゥールが〈黒き湖《うみ》ハリ〉に潜むといっている。かの邪悪な『黄衣の王』にもハストゥールに関する言及があるようだが、内容は不明。

＊4　ざざす、ざざす

ケネス・グラントによれば、地獄を開くための術式は「ザザス、ザザス、ナサタナダ、ザザス」だという。この呪文でアダムは地獄の門を開いた。ここでいう「地獄」とは「死者の集う穴」――すなわち人類最古の記憶を封じ込めた潜在意識のことである。

＊5　くとぅぐあ

クトゥグア。Cthugha。〈火〉のエレメントを司る邪神（ダーレス説）。ナイアルラトホテップの天敵だと伝えられる。

＊6　『妖蛆の秘密《デ・ウエルミス・ミステリース》』

De Vermis Mysteriis　デ・ウェルミス・ミステリースという。著者はルートヴィッヒ・プリン。錬金術師。降霊術師。魔術師。第九回十字軍の生き残りと自称していた。史料にはモントセラト家の家臣L・プリンなる人物の名が残されているが、懐疑的研究家は別人ないし――百歩譲って――先祖であろうとみなしている。晩年、プリンはフランダース地方の片田舎にある、前ローマ時代の墓地跡に居を構えた。そこで彼は「不可視な仲間」や「星よりの家来」を使役しつつ、不埒なる妖術や魔術を研究した。が、これが魔女狩りの司祭の耳に届き、プリンは役人に捕えられた。拷問ののち、地下牢に幽閉され、最終的に火刑に処された、と記録は語っている。

＊7　ラインハルト・ハイドリッヒ

ナチスのエリート幹部。一九〇〇―一九四二。二十八歳でSS保安部部長。三十歳でプロイセン秘密国家警察局長。三十五歳のとき国家保安本部長官に就任。一九三九年九月、ポーランド侵攻にあたって、SS保安部と保安警察を統合、その長官となる。一九四一年には、中将、国家保安部長官、ベーメン・メーレン保護領（チェコ）副総督、SS副長官などの肩書を有していた。その暴威はとどまるところを知らず、ハイドリッヒの指揮によって四百万人以上の東欧のユダヤ人が殺害された。一九四二年五月、ハイドリッヒはプラハの軍政府当局に出勤途中、暗殺部隊に襲われ、軽機関銃と手榴弾で重傷を負った。肺と脾臓を手榴弾の破片で破壊されながら、彼は三日ほど生きていたが、六月四日、とうとうヒトラーとヘス宛の遺言をのこし、敗血症で死亡した。それは襲撃されて三日後のことだった。これに怒ったヒトラーは、チェコスロバキアに対する報復を命令。リディツェ村（暗殺部隊を匿ったとの報告があった）に大量の兵士を送った。全村民が村の広場に集められ、男・女・児童・子を持たぬ女の四グループに分けられた。男性二百名はその場で射殺。子を持つ女性六十名は強制収容所に送られ、所内で処刑された。児童八十八名は母から引きはなされ、ほとんどが殺害された。子を持たぬ女性二百名は強制収容所に送られ、百名は所内で死亡した。村は焼き払われ、ダイナマイトで爆破された。さらに残骸はブルドーザーでならされ、瓦礫は完全に廃棄された。更地となった村の跡地には強力な枯葉剤が散布された。それが、ナチス流の——ヒトラー流の——報復であり見せしめであった。……ちなみにハイドリッヒの遺言の内容はヘス宛、ヒトラー宛ともに、明らかにされていない。

「怒りの日」

＊1　怒りの日
dies irae（ラテン語＝怒りの日）。神の裁きの下る日のこと。英語では一般に〝day of wrath〟と呼ぶ。

＊2　侵略されているんだ、もうすでに

ノルマンディー上陸作戦において、アメリカ軍の陸軍最高幹部であったJ・V・フォレスタル国防長官は一九四九年、突然こう叫んで、国防省内で暴れだした。こうした侵略妄想・盗聴妄想に捕われた軍関係者のデータは常に闇から闇に葬られるが、相当数に及ぶと思われる。ちなみにナチス体制下においては①知能障害　②視覚・聴覚障害を合併した①の患者　③小頭症　④重症もしくは進行度の高い水頭症　⑤すべての奇形、四肢の欠損、重度の頭蓋裂および脊椎裂　⑥リットル病を含む種々のマヒ、は「安楽死」させられる旨、法律で定められていた。妄想症もこの例外ではない。

＊3　テッパ＝ツェンポ

〝テッパ〟とはチベット語で「乗り物」。〝ツェンポ〟は「大いなる」という意味。つまり、この怪導師は自ら「大乗」と名のってナチスに接近していた。さて、どうしてアーリア人とチベット人が同一の先祖であるなどという妄説をナチスが信奉したのか。事情は複雑だが、筆者は神智学の影響が濃いのではないか、とみている。神智学の祖H・P・ブラヴァツキーによれば、人類には七種の〈根源人種〉があるという。それは——①不可視人種（『ダンウィッチの怪』を連想せよ！）　②ヒュペルボリア人　③レムリア人　④アトランティス人　⑤現生人種　⑥⑦未来人種。現在のアフリカ系黒人、ドラヴイダ人、オーストラリアのアボリジニはレムリア系であり、アジアの黄色人種と南北アメリカのネイティヴはアトランティス系。インド人・ペルシア人・中東人・ヨーロッパ人は百万年前の中央アジアに起源をもつ第五根源人種の亜流だというのだ。（ジョスリン・ゴドウィン『北極の神秘主義』松田和也訳／工作舎／59頁）

＊4 **Cthulhu fhtagn**

現代に生きる英国の魔術師ケネス・グラントは言っている。「精霊を呼び出す呪文の野蛮な名前は、（中略）意識の封を切るように特別に適合されている。その効果は主に、その名前が意識なき知性には理解できないところにある。（中略）普通の状態にある精神には、無意味であるかのように装えるくらい異質なものである。（中略）クロウリーが先鞭をつけた「ホルスのアイオン」においては「ロゴス」――「獣」だから言葉が話せない――は「恐ろしい怪物みたいな発声」しかできない。（中略）「野蛮な名」という表現は、明らかに「怪物のような発声」ないし怪物の言葉のことを示していて、これは「ゴーティ」つまり（獣のような）うなり声の意味を解く鍵となっている」（『魔術の復活』植松靖夫訳／国書刊行会／一二〇～一二二頁）

＊5 蟹のハサミ

H・P・ラヴクラフト『闇に囁くもの』参照。「身の丈が五フィートほどの薄桃色をした生き物で、甲殻類のような胴体に数対の広い背鰭か、もしくは膜のような翼と、何組かの関節肢が付いている上に、本来なら頭のあるところに一種の渦巻型をした楕円形がのっていて、それには多数のきわめて短いアンテナがついていた」（創元推理文庫『ラヴクラフト全集』第一巻／大西尹明

参考文献

『ロンドンの恐怖』仁賀克雄（早川書房）
『恐怖の都ロンドン』S・ジョーンズ／友成純一訳（筑摩書房）
『歴史読本ワールド／アドルフ・ヒトラーの謎』同編集部編（新人物往来社）
『歴史読本／特集・超人ヒトラーとナチスの謎』同編集部編（同右）
『倒錯の都市ベルリン』長澤均＋パピエ・コレ（大陸書房）
『黒魔術師ヒトラー』ジェラルド・サスター／近藤純夫訳（徳間書店）
『運命の槍』T・レブンズクロフト／堀たお子訳（サイマル出版会）
『神々と獣たち』D・スクラー／山中真智子訳（大陸書房）
『神秘学大全』ポーウェル＆ベルジェ／伊東守男訳（サイマル出版会）
『潜水艦戦争（上・下）』レオンス・ペイヤール／長塚隆二訳（早川書房）
『ヒトラーとロンギヌスの槍』H・A・ビョークナー＆W・ベルンハルト／並木伸一郎訳（角川春樹事務所）
『北極の神秘主義』ジョスリン・ゴドウィン／松田和也訳（工作舎）
『図説ドイツ民俗学小辞典』谷口幸男他（同学社）
『クトゥルー神話事典』東雅夫（学習研究社）
『ファイティングシップシリーズ№3　ドイツ海軍Uボート［1］』同編集部編（デルタ出版）
『ミリタリー・ユニフォーム4　第2次大戦ドイツ兵軍装ガイド』ジャン・ド・ラ・ガルド／同編集部訳（アルバン）
『永遠なるヒトラー』ヘルマン・ラウシュニング／船戸

満之訳（都市出版社）
『写真集ヒトラー』小笠原久正編（芳賀書店）
『The Hitler File』Frederic V.Grunfeld（Bonanza）
『戦略戦術兵器事典』④［ヨーロッパW・W・II］陸海軍編（学研）
『第二次大戦ヨーロッパ戦線ガイド』青木茂（新紀元社）
『死神ヒトラー1999年の大降臨』並木伸一郎（廣済堂出版）
『精神医学とナチズム』小俣和一郎（講談社現代新書）
『真ク・リトル・リトル神話大系』『定本ラヴクラフト全集』『アレイスター・クロウリー著作集』（以上国書刊行会）

※なお『狂気大陸』におけるミスカトニック隊の報告書からの引用は、国書刊行会『定本ラヴクラフト全集』五巻収載の「狂気山脈」高木国寿訳に従いました。

初出一覧

「〝伍長〟の自画像」小説CLUB一九九四年八月号
「ヨス＝トラゴンの仮面」SFマガジン一九九四年六月号
「狂気大陸」SFマガジン一九九五年九月号
「1889年4月20日」SFマガジン一九九七年三月号
「夜の子の宴」SFマガジン一九九七年十一月号
「ギガントマキア1945」SFマガジン一九九八年九月号
「怒りの日」書き下ろし
初刊　早川書房（ハヤカワ文庫JA）一九九九年八月

軍事考証協力　奥津城常世

邪神帝国関連年表

年	月日	事項	本文章
1888		ロンドン・切り裂きジャック事件	第4章
1889	4/20	アドルフ・ヒトラー生誕	
1914		第一次世界大戦勃発	
1918		第一次世界大戦終了	
	11/9	ヴァイマール共和国成立	
1919	6/28	ヴェルサイユ条約	
1930	9/2	ミスカトニック大学の南極探検隊、ボストン港出航	第3章
1933	1/30	ヒトラー、首相に就任	
		ドイツ、国際連盟脱退、ヴェルサイユ条約無効宣言	
1934	7月	突撃隊幹部、粛清事件（長いナイフの夜事件）	
	8/19	ヒトラー、首相と大統領を統合し総統となる	

	11月	日独伊三国防共協定	
1938	12/17	第3次ドイツ南極探検	
1939	4/3	ヘルダーリン号、南極へ出発	第3章
	8/23	独ソ不可侵条約	
	9/1	ポーランド侵攻、第二次世界大戦勃発	
1941	6/22	バルバロッサ作戦開始	
		ヒャルマー・ヴァイル少尉の部隊がルスカティンシェ村へ迷い込む。	第5章
1944	7/20	ヒトラー暗殺未遂事件	第7章
1945	4/5	U1313、ラコルーニャ港を出発	第6章
	4/30	イタリア全面降伏、ヒトラー自殺	
	5/2	ベルリン陥落	
	8/15	第二次世界大戦終了	

解説

一九世紀末のヨーロッパでは、世紀末への宗教的な不安、産業革命による格差の拡大などを原因とした社会不安もあって、オカルトに傾倒する人たちが増えていた。

オーストリアでは、一八八九年に神秘主義者アドルフ・ヨーゼフ・ランツが、アーリア民族の優越と反ユダヤ主義を唱える新テンプル騎士団を結成。優生学と神秘主義を結び付けたランツは、「優等人種」のアーリア人を使った〝神〟の創造や、ユダヤ人を始めとする劣等民族の絶滅を主張するオカルト的な人種論をアリオゾフィ（アーリアと叡知《ソフィ》の合成語）と名付け、広めていった。

一九〇八年には、やはりオーストリア人のグイド・フォン・リストが、リスト協会を設立。リストもアーリア民族至上主義者にして反ユダヤ主義者で、アーリア人はキリスト教よりも本来の信仰たる北方神話に回帰すべきと唱え、魔術的な儀式にスワスティカ（卍型）を用い、ゲルマン語の表記に用いられたとされる秘文字ルーン文字の研究も行っている。ルーン文字の魔術的効果に最初に着目したのはリストであり、スワスティカがナチスのサンバティスカ（鉤十字）の源流になったとの説もある。

一九一二年には過激な反ユダヤ雑誌「ハンマー」を発行していたテオドール・フリッチと有力な読者だったヘルマン・ポールが、愛読者団体の帝国ハンマー同盟とその秘密組織にあたるゲルマン騎士団（ゲルマン教団)を結成。ランツとリストの影響を受けていたゲルマン騎士団はオカルトを前面に押し出しており、アーリア民族の優越と反ユダヤ思想をオカルトや魔術で理論付けることで、順調に発展していく。

一九一八年になると、ルドルフ・フォン・ゼボッテンドルフが、ゲルマン騎士団の非公認のバイエルン支部としてトゥーレ協会を設立。トゥーレは、北極圏にあるとされるアーリア人発祥の地のことである。当初は会員二五〇人程度の小さな組織だったトゥーレ協会だが、判事や警察官、貴族、企業経営者といった上流階級に属する会員が多かったこともあって、影響力を拡大。一九一九年、バイエルンで革命を起こした共産主義者がレーテ共和国設立を宣言すると、トゥーレ協会は共和国を打倒する武装闘争を開始し、クルト・アイスナー首相の暗殺にも重要な役割を果たしている。

一九一九年、トゥーレ協会の思想を労働者階級にも広めるため、アントン・ドレクスラーによってドイツ労働者党が結成される。ドイツ陸軍で情報局の仕事をしていたアドルフ・ヒトラーは、設立されたばかりのドイツ労働者党の調査を命じられたことを切っ掛けに入党。トゥーレ協会の有力会員だったディートリヒ・エッカルトから演説法などの指導を受けたヒトラーは、短期間のうちに頭角を現す。ドイツ労働者党は、一九二〇年に国家社会主義ドイツ労働者党に改名、つまりナチスの誕生である。ちなみに、ヒトラーの著書『我が闘争』第一巻は、恩人であるエッカルトに捧げられている。

秘密結成トゥーレ協会とその政治部門ともいえるドイツ労働者党には、ルドルフ・ヘス、アルフレート・ローゼンベルク、ハンス・フランクら、後のナチスの幹部が数多く所属していた。ミュンヘン一揆などの武装闘争を経て党勢を拡大し、一九三二年七月、続く一一月の総選挙で合法的に第一党になったナチスが、翌年ヒトラー内閣を発足させ、独裁政権を樹立していくプロセスは改めて指摘するまでもないだろう。ナチス誕生までの歴史を少し詳しく振り返ったのは、ナチスが単なる政治結社ではなく、オカルトを信奉する宗教的秘密結社でもあった事実を明らかにするためである。

一九三四年にドイツ総統になったヒトラーは、真っ先にオカルト関係の書物の販売を禁止し、占星術師や神秘主義者を取り締まるオカルト・パージを行った。この時、ナチスの源流の一つともいえるトゥーレ協会も解散を命じられている。だが、これをナチスによるオカルト・バッシングと見るのは早急に過ぎる。オカルト・パージは、ナチスがオカルトの遺物と知識を独占するための手段に過ぎなかったのだ。そのことは、ナチスでも随一のオカルティストだったヒムラーが率いる親衛隊が、隊のマーク「ＳＳ」(″Schutzstaffel″の略)をルーン文字で描き、同じくヒムラーが設立したアーリア人の起源と歴史を研究する祖国遺産協会で、神秘主義とオカルトに精通するカール・マリア・ヴィリグートが重用されていたことからも明らかだろう。

ナチスのオカルトが、一九二〇年代から三〇年代にアメリカのホラー作家ハワード・フィリップス・ラヴクラフトが生み出し、後続の作家たちによって連綿と書き継がれているクトゥルフ神話の邪神たちを召喚するため、もしくは邪神たちに操られて行われていたとしたら……。

このような発想をベースに、史実の隙間にクトゥルフ神話の世界を織り込んでみせたのが、本書『邪神帝国』である。「ＳＦマガジン」に連載されていた頃から話題を集め、朝松健の代表作との呼び声も高い本書だが、長く入手難の状態が続き、古書価も高くなっていた。それだけに今回の復刊は、朝松健のファンにとっても、クトゥルフ神話のファンにとっても、喉の渇きうるおすことになるのではないだろうか。

巻頭の「〝伍長〟の自画像」は、著者を思わせる作家のAが、夜の池袋で、過激なアジア人差別を口にする貧しい美大浪人生・平田と出会うところから始まる。画家を目指す貧しい青年、小男で貧相な容姿、過激な排外主義、神秘体験をした平田が「〝伍長〟と呼ばれた英雄」だった前世を思い出すといった一見すると無関係に思えるエピソードが繋がり、背筋が凍るビジョンを浮かび上がらせるラストは圧巻である。

この作品が発表された一九九四年頃は、作中に出てくるアジア人蔑視が社会の奥底に蠢いていても、それを表立って主張する人間は少なかった。ところが現在では、長引く不況による閉塞感によって、外国人が日本人の権利を侵害しているという虚妄にリアリティを感じる人が増え、匿名で情報を発信できるネットの発達もあって公然と人種、身分差別を煽る発言がなされ、恐ろしいことにそれが一定の支持を集めている。

秘術を身に付ければ、弱者であっても強大な敵が倒せるオカルトは、格差や貧困に苦しむ社会的弱者のよりどころとなる。それは、第一次大戦後の不況がドイツでオカルト結社の隆盛を生み、ナチス結成の呼び水になったことからも明らかである。二一世紀の〝闇〟を予見したかのような「〝伍長〟の自画像」の恐怖は、発表当時より現在の方がリアリティを増しているといっても過言ではあるまい。

オカルトに傾倒したナチスの指導者は少なくないが、その中でもヒムラーとルドルフ・ヘスは特に熱心だった。「ヨス＝トラゴンの仮面」は、超古代のトゥーレで祭祀に用いられたヨス＝トラゴンの仮面をめぐって、ヒムラーとヘス、そして魔術師クリンゲン・メルゲルスハイムが三つ巴の争奪戦を繰り広げ、壮絶な魔術戦にナチスの対ソ戦略を探る命令を受けていた日本人スパイ神門帯刀が巻き込まれていく。

ヨス＝トラゴン（Yoth-Tlaggon）は、ラヴクラフトが、『魔道士エイボン』などクトゥルフものも数多く執筆している友人の作家クラーク・アシュトン・スミスに宛てた書簡で、"Yoth-Tlaggon — at the Crimson Spring/Hour of the Amorphous Reflection"と名前だけを記した邪神だったが、この作品によって史上初めて具体的なイメージが与えられた。著者は、『崑央《クン・ヤン》の女王』『弧の増殖　夜刀浦鬼譚』でさらに詳しくヨス＝トラゴンを描いているので、興味のある方は一読をお勧めしたい。

古今東西の魔術、オカルトに精通する著者だけに、ヨス＝トラゴンをめぐる魔術戦の迫力は圧倒的。派手な戦闘に目が奪われがちだが、なぜベルサイユ条約を破棄したドイツが、真っ先にオーストリアを併合したのか、ナチスの勢力拡大に貢献した突撃隊を、ヒムラー率いる親衛隊が粛正したのはなぜか、そして、飛行機に乗り込んだヘスが単身でイギリスへ向かった理由は（ヘスがイギリスへ行った理由には諸説あり、現在も議論が続いている）といった有名な事件を、オカルト史観によって読み替えていく緻密な計算にも驚かされるはずだ。正史とまったく矛盾しないように異形の歴史を紡いでみせた著者の中には、歴史がどれほどいい加減かを指摘することで、歴史論争になると熱くなる人たちを皮肉る意図もあったように思える。

一九三八年、アルフレート・リッツァー率いるナチスの遠征隊が南極へ向かい、内陸部へ進めた飛行機から鉤十字の矢を投下し、一万枚を超える写真を撮影した。この成果に感激したヒトラーは、リッチャーが調査した地域を「ノイエス・シュヴァーベンラント」と名づけ、さらなる調査隊の派遣を計画したが、第二次大戦の勃発によって中止に追い込まれている。と、ここまでは史実だが、リッツァー隊には、南極で四〇〇〇メートル級の山脈や火山活動のため雪に覆われていない内陸地帯を発見したというまことしやかな伝説がある（リッツァー隊が撮影した南極の写真の多くが戦災で焼けたことも、伝説に信憑性を与えているようだ)。

リッツァー隊をめぐる伝説が真実で、ヒトラーが南極探検を継続していたとしたら。この歴史のifを小説にしたのが、「狂気大陸」である。主人公のブラスキ中佐は、南極の山脈を目指す探検の途中で、ミスカトニック大学の南極探検の記録を読むが、この部分はラヴクラフト『狂気山脈』の要約。つまり「狂気大陸」は、古のものやショゴスが初登場した歴史的名作の続編であり、オマージュにもなっているのだ。こうした"遊び"をさらりとやってのけたところからも、日本におけるクトゥルフ神話の第一人者である著者の確かな手腕が確認できよう。

「ヨス=トラゴンの仮面」と同様に、「狂気大陸」も異形のモノとの戦い主題にしているが、「ヨス=トラゴンの仮面」を西部劇のガンファイトのような個の戦いとするなら、「狂気大陸」は物量で勝負する戦争映画。近代兵器を操るナチスと邪神が激突するクライマックスのスペクタクルには、思わず引き込まれてしまうはずだ。

「1989年4月20日」は、一九八八年八月三一日から約二ヶ月の間に、ロンドンのスラム街イースト・エンド、ホワイトチャペルで五人の売春婦を殺害し、バラバラに解体した切り裂きジャックを題材にしている。そのため実在の大魔術師S・L・メイーザースと後に妻となるミナなども重要な役割で登場しており、ドイツ系オカルトが中心の本書にあって、イギリスの儀式魔術を描いた異色の一編となっている。

物語は、手紙やメモ、新聞記事などを引用しながら、邪神に命じられるまま殺人を繰り返すジャックと、魔術を使ってジャックを追うメイーザースの息詰まる頭脳戦を描いていく。次の被害者は誰か、ジャックはどこに潜んでいるのか、ジャックを操る邪神は何者かといった目に見える謎が物語を牽引していくが、著者はこれらをブラインドにして罠を隠し、ラストには周到に張り巡らせた伏線を丁寧に回収しながらジャックの意外な正体を明かすので、〝犯人当て《フーダニット》〟としても秀逸である。

ナチスとは無縁に思える「1989年4月20日」だが、イギリスがエジプトを植民地にしていた事実や、歴史的にフランスと仲が悪かったこと、そしてジャックが殺人を行ったのが貧しいユダヤ系移民が数多く住む地域であり、現場に〝The Jews are not the men who will be blamed for nothing〟との落書きが残されていた反ユダヤ主義的な色彩があったことなどを指摘することで、切り裂きジャックとナチスを鮮やかにリンクさせている。そのため、〝最後の一撃《フィニッシング・ストローク》〟のインパクトも絶大だ。

ルーマニアを進軍中に道に迷ったドイツ軍が、近くにローマ時代の遺跡がある村に迷い込む「夜の子の宴」は、ポプラ館に住むD**伯爵夫人に導かれたヴァイル少尉が、〝闇〟に魅了されていくプロセスを描く静かで夢幻的な作品となっている。当初は、D**伯爵夫人に仕えていると思われた村人が、実はまったく別の目的を持っていたことが分かるどんでん返しや、ポプラ館の意味を反転させる一種の暗号トリックもあるので、「1989年4月20日」と同じようにミステリーとしても楽しめる。

ルーマニアが舞台だけに、「夜の子の宴」はクトゥルフ神話だけでなく、ドラキュラ伝説も加えられている。ルーマニアとドラキュラの関係といえば、ブラム・ストーカーの小説『吸血鬼ドラキュラ』のモデルになった一五世紀の領主ヴラド・ツェペシュが有名だろう。ただルーマニアには中世以前から吸血鬼伝承があり、自殺者、犯罪者、私生児の親から生まれた子供など、反キリスト教的な人間は死後に吸血鬼になると信じられていたようだ。そのため死者を吸血鬼にしない方法や、吸血鬼と戦うための民間伝承も広まっていたという。F・W・ムルナウ監督の名作映画『吸血鬼ノスフェラトゥ』の影響もあって、ドラキュラと並ぶ吸血鬼の代名詞となったノスフェラトゥは、ルーマニア語で吸血鬼の意味である。また古代にはダキアと呼ばれていたルーマニアは、ダキア戦争に勝利した皇帝トラヤヌスに併合され、ドナウ川以北では唯一となる属州ダキアが置かれたので、世界遺産になっているオラシュチエ山脈のダキア人の要塞群などローマ時代の遺跡も少なくない。こうした史実が、フィクションに迫真性を与えていることも忘れてはならない。

一九四三年、ドイツがスターリングラードの攻防戦でソ連に敗れると、ナチス高官の一部は、ナチスの資産と人材を密かに国外へ移す計画を進め始める。ナチスがヨーロッパ中から強奪した金は持ち主を隠してスイス銀行などに預けられ、貴金属や絵画はイタリア、もしくはスペインを経由してUボートでアルゼンチンへ輸送された。ドイツが連合軍に降伏すると、ナチス高官の脱出も相次ぎ、ホロコーストの指揮を採ったアドルフ・アイヒマン、収容所でユダヤ人を使った人体実験を行い、ヒトラー復活計画を描いたアイラ・レヴィンのSF小説『ブラジルから来た少年』にも登場するヨーゼフ・メンゲレも南米に渡っている。なお、アイヒマンは一九六〇年にモサドによってイスラエルへ連行され、裁判によって死刑判決を受け、メンゲレは一九七九年に海水浴中に心臓発作で溺死するも、その死が確認されたのは一九九二年のことである。

「ギガントマキア１９４５」は、ヒトラーから直々に、「〝伝説《サーガ》〟」と呼ばれる謎の人物をUボートでアルゼンチンへ運ぶ命令を受けたベルガー中尉が、巨大な怪物に追われながら目的地を目指す物語。潜水艦という密室に閉じ込められたまま、不可解な存在の「〝伝説《サーガ》〟」と巨人の脅威という内憂外患と戦わなければならなくなった人々の濃密なドラマが描かれるだけに、実際に潜水艦に乗り込んでいるかのような緊迫感がある。ナチスの南米脱出計画という史実に、生死不明のナチス高官の生存説や第三帝国復活計画といった都市伝説を織り交ぜているだけに、「〝伝説〟」の正体を明確にしないまま終わるリドル・ストーリー風のラストが、より印象深くなっている。

タイトルにある「ギガントマキア」は、ギリシャ神話に出てくる巨人族ギガースとオリンポスの神々との戦いのこと。ラヴクラフトは、ギリシャ神話の影響を受けた詩を残しており、クトゥルフ神話とギリシャ神話の共通性を指摘する研究者も多い。ギリシャ神話のモチーフを導入している本作は、クトゥルフ神話の原点を探る試みとしても高く評価できる。

一九四四年、ドイツ国防軍の予備役将校だったクラウス・フォン・シュタウフェンベルク大佐、フリードリヒ・オルブリヒト大将、アルブレヒト・メルツ・フォン・クイルンハイム大佐を中心とするグループが、ラステンブルクにある総統大本営に時限爆弾を仕掛け、ヒトラーを暗殺する計画を実行する。クラウスたちが用いた作戦名をタイトルにした二〇〇八年制作のアメリカ映画『ワルキューレ』の影響で一躍知名度を上げた事件を、それよりも早く取り上げたのが「怒りの日」である。

クラウスによる暗殺計画はほぼ史実を踏まえているが、これに著者は、悪魔祓い師《エクサルツイスト》の血を引くクラウスと、ヒトラーを守護する謎のチベット人の導師テッパ＝ツェンポとの戦いという要素を加え、事件を白魔術VS黒魔術の構図で再構築している。そのため歴史に詳しければ詳しいほど、著者の用意した仕掛けに驚かされるはずだ。本作の執筆が、地下鉄サリン事件の記憶も生々しい一九九九年であることを考えれば、国家の命運を左右する導師テッパ＝ツェンポの存在は、チベット密教風なチープなオカルト理論を振りかざし、テロ事件を起こしたオウム真理教への批判になっているようにも思える。

「怒りの日」には、ヒトラーの霊的なボディーガードとしてチベット僧が登場するが、これは一九一八年頃に、インドやチベットなどの東洋魔術を研究する秘密結社ヴリル協会が設立されたこと、チベット人とアーリア人の起源が同じことを証明するため、ヒムラーがチベットに探検隊を派遣したことなどを踏まえた設定である。二〇一二年、ナチスの探検隊がチベットから持ち帰った仏像が、隕石で作られたいたことが判明したと報じられたのを覚えている人もいるのではないだろうか。ナチスが東洋的なオカルティズムに関心を持っていたのは間違いないが、ヴリル協会の会員には地政学者カール・ハウスホーファーがいて、彼がヴリル協会とナチスを取り持ったというオカルト的伝説は、推測の域を出ていないようだ。ただ、広くアジアを旅したハウスホーファーが、ヒンズー教や密教に詳しい神秘主義者であったのは確かである。

「魔術的注釈」は、朝松健が持てる知識を総動員して書いた渾身の一章。この注釈は、読者の常識を揺さぶり、作品の読み方を根底から覆すパワーを持っているので、絶対に目を通して欲しい。注釈だからと侮って読み飛ばすと、本書の価値が半減する。それほどの価値があるのだ。

本書は、邪神に魅了されたナチスを描いた連作集だが、これを過去を舞台にしたフィクションと見なすことはできない。それはナチスが唱え、ドイツの民衆を魅了したアーリア民族の優越、ユダヤ人排斥の思想が、現代の日本で、大和民族の優越、中国人、韓国人の排斥という形で反復されているからだ。二〇〇一年に同時多発テロが起こると、アメリカは愛国一色に染まり、二〇〇三年にイラク戦争を始める。この時、キリスト教原理主義系の宗教団体がイスラム教との戦いを十字軍になぞらえ、アメリカの世論を誘導した事実は、霊的なものが今も絶大な影響力を持っていることを如実に示している。日本は無宗教の国といわれるが、昭和初期に皇国史観が急速に広まったのは、皇祖皇太神宮天津《あまつ》教、大本《おおもと》教、ひとのみちといった神道系新興宗教の勢力拡大と無縁ではないだけに、霊的な力は無視できない（天津教、大本教、ひとのみちはいずれも政府から弾圧を受けるが、これらの宗教団体の教義は、親国家、親天皇である。それなのに弾圧を受けたのは、親天皇観が国家ご用達のものと異なっていたからである。その意味では、昭和初期に起こった新興宗教への迫害は日本版オカルト・パージといえるかもしれない）。

差別や暴力を肯定する〝闇〟が、〝闇〟ではなく〝光〟に見えている人間が増えている時代に、〝闇〟の恐怖を暴いた本書が復刊された意義は限りなく大きいのである。

評論家　末國善己

クトゥルー・ミュトス・ファイルズ
The Cthulhu Mythos Files ③

邪神帝国

2013年2月28日　第1刷

著者

朝松健

発行人

酒井武史

カバーと本文中のイラスト　槻城ゆう子
カバーデザイン　神田昇和

発行所　株式会社　創土社
〒165-0031 東京都中野区上鷺宮 5-18-3
電話 03-3970-2669　FAX 03-3825-8714
http://www.soudosha.jp

印刷　シナノ書籍印刷株式会社
ISBN978-4-7988-3003-2 C0093
定価はカバーに印刷してあります。